OPÉRATION OPALE

EOIN COLFER

OPÉRATION OPALE
ARTEMIS FOWL / 4

Traduit de l'anglais
par Jean-François Ménard

GALLIMARD JEUNESSE

Titre original: *Artemis Fowl: The Opal Deception*
Édition originale publiée par The Penguin Group, 2005
© Eoin Colfer, 2005, pour le texte
© Éditions Gallimard Jeunesse, 2006, pour la traduction française

Pour Sarah.
La plume est plus puissante
que le traitement de texte.

PROLOGUE

L'article suivant fut diffusé par l'internet des fées sur le site www.cheval-savant.gnom. Bien qu'on n'en ait jamais eu la preuve, il semblerait que ce site ait été créé par le centaure Foaly, consultant technique auprès des Forces Armées de Régulation du monde souterrain. Chaque détail, ou presque, de ce commentaire contredit le communiqué publié par le service de presse des FAR.

Nous avons tous entendu les explications officielles des événements tragiques qui ont entouré l'enquête sur l'affaire de la sonde Zito. Dans leur déclaration, les FAR se montraient avares de précisions concrètes, préférant brouiller les faits et contester les décisions d'un certain officier de sexe féminin.

Je sais d'une manière certaine que l'officier en question, le capitaine Holly Short, a eu un comportement exemplaire et que sans ses compétences sur le terrain, nous aurions eu à déplorer des pertes beaucoup plus

nombreuses. *Au lieu de faire du capitaine Short un bouc émissaire, les Forces Armées de Régulation devraient lui décerner une médaille.*

Les humains ont été au centre de cette affaire. La plupart d'entre eux sont trop bêtes pour trouver le trou de leurs jambes de pantalon mais il existe quelques Hommes de Boue suffisamment intelligents pour m'inspirer les plus vives inquiétudes. Car s'ils venaient à découvrir l'existence de la ville souterraine des fées, ils feraient certainement tout leur possible pour en exploiter les habitants. La grande majorité des hommes sont bien incapables de rivaliser avec les hautes technologies féeriques. Quelques-uns d'entre eux, cependant, manifestent des facultés intellectuelles presque assez développées pour qu'on puisse les confondre avec des fées. Je pense à un humain en particulier. Nous savons tous de qui je veux parler.

Dans toute l'histoire des fées, un seul être humain a réussi à l'emporter sur nous. Et ce qui me défrise la crinière, c'est que cet humain n'est qu'un jeune garçon pas même adulte. Il s'agit, bien entendu, d'Artemis Fowl, ce délinquant irlandais de génie. Le petit Arty a entraîné les FAR dans une course folle d'un continent à l'autre jusqu'à ce qu'ils aient enfin recours à un effacement de mémoire pour lui ôter de l'esprit le souvenir de notre existence. Pourtant, au moment même où Foaly, le centaure surdoué, appuyait sur le bouton qui devait lui faire tout oublier, il se demandait si le Peuple des fées n'allait pas se retrouver berné une fois de plus. Le jeune Irlandais n'avait-il pas laissé derrière lui des éléments qui lui permettraient de se rappeler ? Bien sûr que si, comme nous allions tous nous en apercevoir par la suite.

Artemis Fowl joue un rôle essentiel dans les événements qui vont suivre mais pour une fois, il n'essayait pas de voler quelque chose au Peuple car il ne savait plus que nous existions. Non, le cerveau qui a présidé à toute cette affaire était en fait celui d'une fée.

Alors, qui est impliqué dans cette tragédie d'entre deux mondes ? Qui en sont, parmi les fées, les principaux acteurs ? De toute évidence, Foaly est le véritable héros du drame. Sans ses innovations technologiques, les FAR auraient dû affronter les Hommes de Boue aux portes mêmes de la ville. Il est le héros ignoré qui résout les énigmes éternelles tandis que les équipes de détection et de récupération se promènent au grand air en recueillant tous les lauriers.

Il y a aussi le capitaine Holly Short, cet officier dont la réputation fait l'objet de tant d'attaques. Holly est l'un des meilleurs et des plus brillants éléments des FAR. Un pilote naturellement doué, avec une extraordinaire faculté d'improvisation sur le terrain. Mais sans doute n'est-elle pas la mieux disposée à obéir aux ordres, un trait de caractère qui lui a valu bien des ennuis en plus d'une occasion. Holly s'est trouvée au cœur des incidents liés à Artemis Fowl. Tous deux avaient presque noué des liens d'amitié lorsque le Grand Conseil a ordonné d'effacer la mémoire d'Artemis, alors même qu'il devenait un Bonhomme de Boue plutôt sympathique.

Comme nous le savons tous, le commandant Root a aussi sa place dans l'histoire. Cet elfe, le plus jeune commandant qui ait jamais dirigé les FAR, a permis au Peuple de surmonter bien des crises. Il n'était pas toujours d'un contact facile mais parfois, ce ne sont pas les meilleurs chefs qui font les meilleurs amis.

Je pense que Mulch Diggums mérite également une mention. Jusqu'à une date récente, Mulch était en prison mais, comme d'habitude, il a réussi à trouver une porte de sortie. Ce nain kleptomane et flatulent a été mêlé bien malgré lui à la plupart des aventures d'Artemis Fowl. Holly, cependant, n'était pas mécontente qu'il lui apporte son aide en la circonstance. Sans Mulch et ses fonctions organiques d'un genre particulier, les choses auraient pu tourner encore plus mal. Et on peut dire qu'elles ont mal tourné.

Au centre de cette affaire, on trouve Opale Koboï, la fée lutine qui avait financé la tentative du gang des gobelins pour prendre le pouvoir à Haven-Ville. Opale devait être condamnée à passer le reste de sa vie derrière des barreaux laser. Si toutefois elle ressortait du coma dans lequel elle était tombée lorsque Holly avait réussi à déjouer ses plans.

Pendant presque un an, Opale a végété dans une chambre capitonnée de la clinique du docteur Argon, totalement insensible aux efforts des médicosorciers pour la ranimer. Durant tout ce temps, elle n'a pas prononcé le moindre mot, pas avalé la moindre bouchée de nourriture, pas manifesté la moindre réaction aux stimuli. Tout d'abord, les autorités se sont montrées soupçonneuses. C'est de la comédie, ont-elles assuré. Koboï simule la catatonie pour se soustraire à la justice. Pourtant, à mesure que les mois passaient, même les plus sceptiques finissaient par se laisser convaincre. Personne ne pouvait faire semblant de rester dans le coma pendant presque une année. Certainement pas. Il faudrait y être poussé par une véritable obsession...

⊗◊◊⚶⊖⧸··∪⊡◊·⊗·⟲⊖⚹ ⧂·⚶⊖⊖⊖ ··⟲⊖·

CHAPITRE I

UNE VÉRITABLE OBSESSION

CLINIQUE DU DOCTEUR J. ARGON, HAVEN-VILLE, MONDE SOUTERRAIN, TROIS MOIS PLUS TÔT

La clinique J. Argon n'était pas un hôpital public. Personne n'y séjournait gratuitement. Argon et son équipe de psychologues ne traitaient que les fées qui en avaient les moyens. Parmi tous les riches clients de l'établissement, Opale Koboï était un cas unique. Plus d'un an auparavant, elle avait constitué un fonds d'urgence pour son propre bénéfice, *au cas où* elle perdrait la raison et aurait besoin de financer un traitement. C'était une initiative judicieuse. Sans ce fonds, sa famille l'aurait certainement transférée dans un centre de soins moins coûteux. Le lieu lui-même n'avait toutefois guère d'importance pour Koboï qui avait passé l'année précédente dans un état végétatif, soumise à des tests réguliers pour mesurer ses réflexes. Le docteur Argon pensait qu'elle n'aurait même pas remarqué la présence

⊙⊙♄⟩♅•⟨⊙⊙△⟩•◊ ⟩♅♆⟅⊖•⟨•⟐ ∪♄⟠⟁•∪•⟦♅

d'un troll adulte se frappant la poitrine devant son nez.

Ce n'était pas seulement le fonds d'urgence qui faisait d'Opale un cas unique. Koboï était également la patiente la plus célèbre de la clinique Argon. A la suite de la tentative de prise du pouvoir par la triade des gobelins du B'wa Kell, le nom d'Opale Koboï était devenu le plus infâme qu'on puisse prononcer dans le monde souterrain. La fée milliardaire s'était associée à Briar Cudgeon, un officier hargneux et vindicatif des FAR, et avait financé la guerre menée par la triade contre Haven-Ville. Koboï, le cerveau de la machination, avait trahi les siens et maintenant, c'était son cerveau qui la trahissait.

Pendant les douze premiers mois de l'incarcération d'Opale Koboï, la clinique avait été assiégée par les médias qui filmaient le moindre tressaillement de la fée lutine. Des équipes des FAR se relayaient pour monter la garde devant sa porte et chaque membre du personnel était soumis à des contrôles systématiques et des regards suspicieux. Personne n'en était dispensé. Le docteur Argon en personne devait subir des prélèvements d'ADN occasionnels pour vérifier qu'il était bien lui. Les FAR ne voulaient prendre aucun risque avec Koboï. Si elle parvenait à s'échapper, non seulement ils deviendraient la risée du monde des fées mais une criminelle hautement dangereuse serait lâchée dans Haven-Ville.

A mesure que le temps passait, cependant, on voyait de moins en moins d'équipes de télévision apparaître

chaque matin devant les portes de la clinique. Le télé-spectateur moyen avait fini par se lasser de regarder baver sur son écran un être en état de coma profond. Peu à peu, le nombre de gardes chargés de la surveillance fut réduit de douze à six, puis à un seul. « Où donc Opale Koboï aurait-elle pu aller ? » déclaraient les autorités. Une douzaine de caméras étaient braquées sur elle vingt-quatre heures sur vingt-quatre. On lui avait fixé au bras un émetteur-paralyseur sous-cutané et son ADN était vérifié quatre fois par jour. D'ailleurs, même si quelqu'un avait réussi à la sortir de sa chambre, qu'aurait-on pu en faire ? La fée lutine ne pouvait pas tenir debout et le tracé de son électro-encéphalogramme était quasiment plat.

Le docteur Argon n'était pas moins fier pour autant de cette patiente d'exception et ne se privait pas de citer son nom dans les dîners en ville. Depuis qu'Opale y avait été admise, il était devenu de bon ton d'avoir un parent en traitement à la clinique. Les plus riches familles cachaient presque toutes dans leurs caves un vieil oncle un peu fou. A présent, l'oncle dément pouvait recevoir les meilleurs soins dans le plus grand luxe.

Si seulement tous les pensionnaires de l'établissement s'étaient montrés aussi dociles qu'Opale Koboï ! Elle n'avait besoin que de quelques perfusions et d'un écran de contrôle dont les frais étaient largement couverts par le versement des six premiers mois d'honoraires. Le docteur Argon espérait ardemment que la petite Opale ne se réveillerait jamais. Car dans le cas contraire, les FAR la traduiraient aussitôt en justice. Et lorsqu'elle aurait été condamnée, tous ses avoirs seraient saisis, y compris le fonds réservé à la clinique. Plus le sommeil d'Opale se prolongeait, mieux cela valait pour tout le monde, surtout pour elle. En raison de la fragilité de leur crâne et du volume important de leur cerveau, les fées lutines sont exposées à diverses maladies comme la catatonie, l'amnésie et la narcolepsie. Son coma pouvait donc se prolonger plusieurs années. Et même si Opale en sortait, il était très possible que sa mémoire reste à jamais enfouie dans un recoin de son immense cerveau.

Chaque soir, le docteur J. Argon faisait sa tournée des malades. Il n'administrait plus guère de soins directement mais il estimait qu'il était bon pour le personnel de sentir sa présence. Si les autres médecins voyaient que Jerbal Argon se souciait du pouls des patients, ils n'en étaient que plus enclins à s'en préoccuper eux-mêmes.

Argon se réservait toujours Opale pour la fin. Il se sentait tranquillisé quand il voyait la petite fée lutine endormie dans son harnais. Souvent même, à la fin d'une journée harassante, il lui enviait son existence paisible. Lorsque le fardeau était devenu trop lourd pour elle, son cerveau avait simplement cessé toute activité, ne maintenant plus en état que les fonctions vitales. Elle continuait de respirer et de temps à autre, le tracé de son électroencéphalogramme indiquait qu'elle était en train de rêver. Mais pour le reste, Opale Koboï avait pris congé.

En cette soirée fatidique, Jerbal Argon se sentait plus harassé que jamais. Son épouse avait demandé le divorce au motif qu'il ne lui avait pas adressé la parole plus de six fois en deux ans, le Grand Conseil menaçait de lui retirer sa subvention en raison des bénéfices qu'il réalisait grâce à ses nouveaux clients de la bonne société et il ressentait à la hanche une douleur qu'aucune magie ne semblait pouvoir soulager. Les sorciers affirmaient que c'était sans doute dans sa tête. Ils avaient même l'air de trouver ça drôle.

D'un pas claudicant, Argon parcourut l'aile est de la clinique, vérifiant l'écran à plasma de chacun des patients en passant devant les chambres. Chaque fois qu'il posait le pied gauche par terre, la douleur lui arrachait une grimace.

Mervall et Descant Brill, les deux fées lutins préposés à l'entretien des lieux, se trouvaient devant la porte de la chambre d'Opale, ramassant la poussière à l'aide de balais à électricité statique. Les fées lutins faisaient des employés modèles. Ils étaient méthodiques, patients, décidés et quand on leur confiait une tâche, on pouvait être sûr qu'elle serait accomplie. En plus, ils étaient adorables, avec leurs figures poupines et leurs têtes trop grandes pour leurs corps. Le simple fait de les regarder suffisait à mettre la plupart des gens de bonne humeur. Ils constituaient un remède à eux tout seuls.

– Bonsoir, jeunes gens, dit Argon. Comment va notre malade préférée ?

Merv, celui des deux jumeaux qui était né le premier, leva le nez de son balai.

⊙⊘·⅋·↺⅄⊚⅋⊙⅃·⋃⅄⅃·⅋↻·⊙⅄⅃·⅏⅌⊗

– Comme d'habitude, Jerry, comme d'habitude, répondit-il. J'ai cru qu'elle avait remué un orteil tout à l'heure mais c'était un effet de lumière.

Argon eut un rire forcé. Il n'aimait pas qu'on l'appelle Jerry. C'était quand même sa clinique, il méritait un peu de respect. Les bons employés étaient cependant aussi difficiles à dénicher qu'une mine d'or et depuis près de deux ans, les frères Brill maintenaient la clinique dans un état de propreté impeccable. Les Brill étaient quasiment des célébrités à part entière. On ne comptait que très peu de jumeaux parmi le Peuple des fées. Mervall et Descant étaient pour l'instant les seuls fées lutins à présenter cette particularité dans tout Haven-Ville. On les avait vus dans plusieurs émissions de télévision, notamment *Canto*, le talk-show le plus regardé de la chaîne locale.

Grub Kelp, caporal des FAR, était en faction. Lorsque Argon arriva devant la chambre d'Opale, le caporal était absorbé par un film qu'il regardait dans ses lunettes vidéo. Argon ne lui en voulait pas. Surveiller Opale Koboï était à peu près aussi excitant que de regarder pousser les ongles de ses orteils.

– Le film est bien ? demanda le médecin d'un ton aimable.

Grub souleva ses lunettes.

– Pas mal. C'est un western humain. Plein de cow-boys au regard perçant qui n'arrêtent pas de se tirer dessus.

– Je vous l'emprunterai peut-être quand vous aurez fini.

– Volontiers, docteur. Mais faites-y bien attention, les disques humains coûtent très cher. Je vous donnerai un chiffon spécial pour l'essuyer.

Argon acquiesça d'un signe de tête. Il se souvenait de Grub Kelp, à présent. Le caporal des FAR était très maniaque avec ses affaires. Il avait déjà écrit deux lettres pour se plaindre à l'administration de la clinique d'un rivet qui dépassait du sol et lui avait éraflé ses bottes.

Argon consulta l'écran à plasma d'Opale Koboï. Il affichait en permanence toutes les indications fournies par des capteurs fixés sur les tempes de la patiente. Il ne remarqua aucun changement, ce qui ne le surprit pas. Toutes ses fonctions vitales étaient normales et son activité cérébrale réduite au minimum. Elle avait fait un rêve un peu plus tôt dans la soirée mais à présent, elle avait retrouvé son calme habituel. Enfin, comme s'il avait besoin de se le voir confirmer, l'émetteur-paralyseur qu'elle avait au bras l'informa qu'elle se trouvait bien là où elle devait être. En général, ce genre d'émetteur était implanté dans la tête mais les crânes de fées lutines étaient trop fragiles pour supporter une telle opération de chirurgie locale.

Jerbal composa son code personnel sur le clavier de la porte blindée. Le lourd panneau s'ouvrit pour laisser voir une chambre spacieuse, éclairée par une lumière d'ambiance qui s'élevait du sol dans une faible pulsation. Les murs étaient recouverts de plastique souple et des haut-parleurs intégrés diffusaient en douceur des bruits de nature. En cet instant, on entendait le murmure d'un ruisseau qui coulait sur un lit de pierres.

Au milieu de la pièce, Opale Koboï était suspendue dans un harnais qui l'enveloppait entièrement. Les sangles étaient remplies d'un gel qui leur permettait de s'ajuster automatiquement au moindre mouvement du corps. Si par hasard Opale s'était réveillée, le harnais pouvait être actionné à distance pour se refermer sur elle comme un filet et l'empêcher ainsi de se faire mal.

Argon vérifia les capteurs, s'assurant qu'ils étaient bien en contact avec les tempes de la fée. Il souleva une de ses paupières et dirigea sur sa pupille le faisceau lumineux d'une lampe-stylo. La pupille se contracta légèrement mais Opale ne détourna pas les yeux.

– Alors, Opale, quelque chose à me raconter aujourd'hui ? demanda le médecin à voix basse. De quoi écrire le premier chapitre de mon livre ?

Argon aimait bien parler à Koboï, au cas où elle aurait pu l'entendre. Lorsqu'elle se réveillerait, se disait-il, il aurait déjà établi un contact avec elle.

– Rien ? Pas la moindre confidence ?

Opale ne réagit pas. Comme d'habitude depuis près d'un an.

– Tant pis, dit Argon.

Il prit le dernier coton-tige qui restait dans sa poche et l'introduisit dans la bouche de Koboï pour prélever un peu de salive.

– Peut-être demain, qui sait ?

Il fit rouler le coton-tige sur un tampon en éponge

fixé à son bloc-notes. Quelques secondes plus tard, le nom d'Opale apparut sur un minuscule écran.

– L'ADN ne ment jamais, murmura Argon, jetant le coton-tige dans une corbeille de recyclage.

Après un dernier regard à sa patiente, Jerbal Argon se tourna vers la porte.

– Dormez bien, Opale, dit-il, presque affectueusement.

Il avait retrouvé sa sérénité, la douleur à sa jambe presque oubliée. Koboï était toujours plongée très loin dans les profondeurs du coma. Elle n'était pas près de se réveiller. Le fonds destiné à payer ses honoraires ne risquait pas de lui échapper.

C'est fou ce qu'un gnome peut parfois se tromper.

Opale Koboï n'était pas en état de catatonie, mais pas réveillée non plus. Elle se trouvait quelque part entre les deux, flottant dans un monde liquide de méditation où chaque souvenir était comme une bulle de lumière multicolore qui éclatait doucement dans son inconscient.

Depuis son adolescence, elle avait été une disciple de Gola Schweem, le gourou du coma purificateur. Selon la théorie de Schweem, il existe un niveau de sommeil plus profond que celui auquel la plupart des fées sont accoutumées. Ce niveau ne peut généralement être atteint qu'après des dizaines d'années d'exercice et de discipline. Opale, cependant, avait connu son premier coma purificateur dès l'âge de quatorze ans.

Le coma purificateur permettait de renouveler complètement son énergie mais aussi de réfléchir pendant son sommeil ou, dans le cas présent, de comploter en dormant. Le coma d'Opale était si profond que son esprit était presque entièrement séparé de son corps. Elle parvenait à tromper les capteurs et le fait d'être nourrie par intraveineuses et changée comme un bébé ne lui inspirait aucun sentiment de gêne ou d'humiliation. Le plus long coma volontaire jamais enregistré était de quarante-sept jours. Celui d'Opale durait depuis onze mois et quelques mais elle n'avait pas l'intention de le prolonger plus longtemps.

Lorsque Opale avait fait alliance avec Briar Cudgeon et ses gobelins, elle avait tout de suite compris qu'il lui fallait un plan de secours en cas de besoin. Leur projet de renverser les FAR était ingénieux mais il existait toujours un risque que les choses tournent mal. Dans cette hypothèse, elle n'avait aucune envie de passer le reste de sa vie en prison. La seule façon d'y échapper, c'était de faire croire à tout le monde qu'elle était déjà enfermée en elle-même. Opale s'était donc préparée.

Elle avait commencé par constituer le fonds d'urgence destiné à payer la clinique Argon. De cette façon, elle était sûre d'être envoyée dans l'établissement approprié si elle devait se plonger volontairement dans un coma purificateur. La deuxième étape consistait à placer parmi le personnel de la clinique deux de ses complices les plus fidèles pour l'aider à s'évader le jour venu. Ensuite, elle avait amassé d'immenses quantités d'or par le biais de ses diverses entreprises. Opale ne voulait pas devenir une exilée sans le sou.

Enfin, elle avait donné un échantillon de son propre

ADN en autorisant la création d'un clone qui prendrait sa place dans la cellule capitonnée. Le clonage était totalement illégal et la loi des fées l'interdisait depuis les premières expérimentations menées en Atlantide plus de cinq cents ans auparavant. Il ne s'agissait en aucune façon d'une science exacte. Les chercheurs n'étaient jamais parvenus à produire le double parfait d'une fée. Les clones semblaient très réussis en apparence mais ils n'étaient que des coquilles vides dont le cerveau suffisait tout juste à assurer les fonctions élémentaires du corps. L'étincelle de la véritable vie en était absente. Un clone adulte ressemblait à son original plongé dans le coma. Ce qui convenait à merveille en l'occurrence.

Opale avait fait construire un laboratoire dans une serre, loin de son propre siège social, et avait détourné suffisamment de fonds pour financer l'entreprise pendant deux ans, le temps nécessaire à la création d'un clone adulte. Ainsi, lorsqu'elle déciderait de s'évader de la clinique, une parfaite réplique d'elle-même prendrait sa place. Les FAR ne s'apercevraient jamais qu'elle avait disparu.

Étant donné la tournure prise par les événements, elle avait eu raison de se montrer prévoyante. Briar s'était révélé un traître et un petit groupe d'humains et de fées avaient mis sa trahison à profit pour assurer la chute d'Opale. A présent, sa volonté s'en trouvait stimulée : elle resterait dans le coma aussi longtemps qu'il le faudrait car elle avait des comptes à régler. Avec Foaly, Root, Holly Short et l'humain, Artemis

Fowl. C'étaient eux, les responsables de sa défaite. Bientôt, elle s'enfuirait de cette clinique et irait rendre une petite visite à tous ceux qui l'avaient menée à cette situation désespérée pour les désespérer à leur tour. Une fois ses ennemis vaincus, elle pourrait passer à la deuxième phase de son plan : mettre les Hommes de Boue en contact avec le Peuple de telle manière qu'on ne puisse plus revenir en arrière avec de simples effacements de mémoire. L'existence des fées ne resterait plus secrète bien longtemps.

Le cerveau d'Opale produisit quelques endorphines euphorisantes. L'idée de vengeance lui procurait toujours un sentiment diffus de réconfort.

Les frères Brill regardèrent le docteur Argon s'éloigner dans le couloir de son pas claudicant.

– Crétin, marmonna Merv, traquant la poussière dans un coin du plafond à l'aide de son balai à tige télescopique.

– Tu l'as dit, approuva Scant. Ce vieux Jerry serait incapable de distinguer un curry de rat des champs d'une salade de courge. Pas étonnant que sa femme le quitte. S'il avait été un bon psychiatre, il aurait vu venir le coup.

Merv replia sa tige.

– On en est où ?

Scant consulta son lunomètre.

– Il est huit heures dix.

– Très bien. Comment va le caporal Kelp ?

– Il regarde toujours son film. Ce type est parfait. Il

faut agir ce soir. Les FAR risquent d'envoyer quelqu'un d'intelligent à l'heure de la relève. Et si on attend davantage, le clone va encore grandir de deux centimètres.

– Tu as raison. Vérifie les caméras de surveillance.

Scant souleva le couvercle de ce qui apparaissait comme un chariot de nettoyage, avec ses balais, ses chiffons et ses produits ménagers. Caché sous une rangée de suceurs d'aspirateur, un écran de contrôle montrait une série d'images.

– Alors ? dit Merv d'une voix sifflante.

Scant ne répondit pas immédiatement, prenant le temps de tout regarder avec soin. L'écran était relié à diverses microcaméras qu'Opale avait fait installer dans la clinique avant son internement. Ces caméras espions étaient composées d'éléments organiques actionnés par ingénierie génétique. Les images qu'elles fournissaient étaient donc prises sur le vif, au sens propre du terme. Les premières machines vivantes du monde. Échappant totalement aux détecteurs habituels.

– Rien que l'équipe de nuit, dit-il enfin. Personne dans notre secteur, à part le caporal Benêt, là-bas.

– Et dans le parking ?

– Rien.

Merv tendit la main.

– Très bien, frérot, on y va. Plus question de reculer. Sommes-nous vraiment décidés ? Voulons-nous voir revenir Opale Koboï ?

Scant souffla sur une mèche de ses cheveux noirs pour l'écarter de son œil rond.

⬚⟩⌇⚡⟨⬡⟨⬠⟩⬡⃛⏚⟩⏚⬡⟩⬤⚡⟩⬡⃛⟩•••⬢⬡⬠•⬡⟩⬤⬤•⊕⬳⟩⟨⬡⟩⟨

– Oui, parce que si elle revient par ses propres moyens, elle s'arrangera pour nous le faire payer, répondit-il en serrant la main de son frère. Alors, oui, nous sommes décidés.

Merv sortit une télécommande de sa poche. L'engin était réglé sur un récepteur Sonix fixé dans le mur de façade de la clinique. L'appareil était lui-même connecté à un ballon d'acide posé sur le transformateur du bloc d'alimentation électrique du parking. Un deuxième ballon se trouvait sur le transformateur de secours de la maintenance, installée au sous-sol. En tant que préposés au nettoyage, Merv et Scant n'avaient eu aucun mal à installer les ballons d'acide la veille au soir. Bien entendu, la clinique Argon était également reliée au réseau général mais en cas de panne du système local, il se passerait deux minutes avant qu'il prenne la relève. On n'avait nul besoin de dispositifs plus élaborés – après tout, c'était un établissement hospitalier, pas une prison.

Merv respira profondément, ouvrit d'une pichenette le couvercle de sécurité et pressa le bouton rouge. La télécommande émit un signal infrarouge qui actionna deux charges Sonix. Les charges diffusèrent des ondes sonores qui percèrent les ballons, répandant l'acide qu'ils contenaient sur les blocs d'alimentation électrique de la clinique. Vingt secondes plus tard, les transformateurs étaient complètement rongés et tout le bâtiment se retrouvait plongé dans l'obscurité. Merv et Scant mirent aussitôt des lunettes à vision nocturne.

Dès que le courant fut coupé, des bandes de lumière

verte se mirent à scintiller légèrement sur le sol, indiquant le chemin de la sortie. Merv et Scant s'avancèrent d'un pas rapide et résolu. Scant poussait le chariot devant lui tandis que Merv se dirigeait droit sur le caporal Kelp.

Grub releva ses lunettes vidéo sur son front.

– Hé ! s'exclama-t-il, désorienté par l'obscurité soudaine. Qu'est-ce qui se passe, ici ?

– Panne de courant, répondit Merv en le heurtant avec une maladresse calculée. Ces câbles électriques sont un vrai cauchemar. Je n'arrête pas de le répéter au docteur Argon mais personne ne veut dépenser d'argent pour l'entretien. On préfère acheter des voitures de luxe sur le compte de la clinique.

Merv ne bavardait pas pour s'amuser, il attendait simplement que le tampon soluble de sédatif qu'il avait collé au poignet de Grub en le bousculant fasse son effet.

– Ne m'en parlez pas, dit Grub qui battit soudain des paupières à un rythme plus rapide que d'habitude. J'ai insisté pour qu'on nous donne de nouveaux placards au centre de police, mais... J'ai terriblement soif, tout d'un coup. Quelqu'un d'autre a soif ?

Grub se raidit, figé par le sérum qui se répandait dans son organisme. Le caporal des FAR se réveillerait dans moins de deux minutes, l'esprit parfaitement clair. Mais il ne se souviendrait pas d'avoir perdu conscience et il fallait espérer qu'il ne remarquerait pas le laps de temps écoulé.

– Vas-y, dit simplement Scant.

⠿⠿⠿⠿ ⠿⠿⠿⠿

Merv avait déjà commencé. Avec la plus grande aisance, il composa le code du docteur Argon sur le clavier de la porte d'Opale, plus vite encore qu'Argon lui-même, grâce aux heures qu'il avait passées à s'entraîner chez lui devant un clavier volé. Le code changeait chaque semaine mais les frères Brill s'arrangeaient toujours pour nettoyer le couloir devant la chambre lorsque Argon faisait sa tournée. En général, les deux fées lutins disposaient du code complet vers le milieu de la semaine.

La lumière verte, alimentée par une batterie, se mit à clignoter et la porte s'ouvrit. Opale Koboï se balançait doucement devant lui, suspendue dans son harnais comme un insecte exotique dans son cocon.

A l'aide d'un treuil, Merv la descendit sur le chariot. Avec des gestes vifs et précis, qu'il avait longuement répétés, il releva la manche d'Opale et repéra la cicatrice de son bras, là où l'émetteur-paralyseur avait été implanté. Il pressa la protubérance entre le pouce et l'index.

– Scalpel, dit-il en tendant sa main libre.

Scant lui passa l'instrument. Respirant profondément, Merv le prit et fit une incision de deux centimètres dans la chair d'Opale. Puis il introduisit l'index dans l'ouverture et en retira la capsule électronique. Entourée d'une enveloppe de silicone, elle avait à peu près la taille d'un comprimé.

– Referme la plaie, ordonna-t-il.

Scant se pencha et appuya ses deux pouces à chaque extrémité de la coupure.

⟨glyphs⟩

Grub leva les yeux au ciel.

– Calmez-vous, docteur. Miss Koboï est toujours là où vous l'avez laissée. Allez voir vous-même.

Argon s'appuya contre le mur, vérifiant d'abord sur l'écran le tracé des fonctions vitales.

– Bien, pas de changement. Aucun changement. Deux minutes d'intervalle mais tout va bien.

– Je vous le disais, reprit Grub. Et pendant que vous êtes là, il faut que je vous parle de mes maux de tête.

Argon l'écarta d'un geste.

– J'ai besoin d'un coton-tige, Scant. Vous en avez un ?

Scant tapota ses poches.

– Désolé, Jerry, pas sur moi.

– Cessez de m'appeler Jerry ! s'écria Jerbal Argon en ouvrant brutalement le couvercle du chariot. Il doit bien y avoir des cotons-tiges là-dedans, dit-il, ses cheveux fins collés par la sueur sur son front de gnome. C'est du matériel de nettoyage que vous avez là, non ?

Ses doigts épais fouillèrent parmi les produits, raclant le couvercle du double fond.

Merv le repoussa d'un coup de coude avant qu'il ne découvre la cachette ou les écrans espions.

– Voilà, docteur, dit-il en attrapant une grosse boîte de cotons-tiges. C'est la réserve pour le mois. Prenez ce que vous voudrez.

D'un geste maladroit, Argon retira de la boîte un unique coton-tige, et jeta le reste sur le chariot.

– L'ADN ne ment jamais, marmonna-t-il en composant son code sur le clavier. L'ADN ne ment jamais.

Il se précipita à l'intérieur de la chambre et fourra l'extrémité du coton-tige dans la bouche du clone. Les frères Brill retinrent leur respiration. Ils avaient pensé pouvoir sortir de la clinique avant le retour d'Argon. Le médecin fit rouler le coton sur son tampon en éponge et un instant plus tard, le nom d'Opale Koboï apparut sur son mini-écran à plasma.

Argon posa les mains sur ses genoux et poussa un profond soupir de soulagement en regardant les deux frères avec un sourire gêné.

– Désolé, j'ai été pris de panique. Si nous perdions Koboï, la clinique ne s'en remettrait pas. Je dois être un peu paranoïaque. On peut modifier un visage mais...

– L'ADN ne ment jamais, achevèrent Merv et Scant d'une même voix.

Grub remit ses lunettes vidéo devant ses yeux.

– Je crois que le docteur Argon aurait besoin d'un peu de vacances, remarqua-t-il lorsque le médecin se fut éloigné.

– Je ne vous le fais pas dire, ricana Merv en poussant le chariot vers l'ascenseur de service. Mais il est temps d'y aller, frérot. Il faut trouver l'origine de la panne d'électricité.

Scant le suivit le long du couloir.

– Tu as une idée de ce qui a pu se passer ?

– Vaguement. Allons voir dans le parking ou peut-être au sous-sol.

– Comme tu voudras. Après tout, c'est toi l'aîné.

– Et le plus sage des deux, ajouta Merv. Ne l'oublie jamais.

Les deux fées lutins poursuivirent leur chemin, essayant de masquer sous leur bavardage enjoué leurs jambes flageolantes et l'accélération de leur rythme cardiaque. Ce fut seulement après avoir fait disparaître les restes de leurs ballons d'acide et repris le chemin de leur domicile au volant de leur fourgon qu'ils recommencèrent à respirer normalement.

Dans l'appartement qu'il partageait avec Scant, Merv ouvrit la cachette de Koboï et leurs craintes sur un éventuel affaiblissement de son QI se trouvèrent aussitôt dissipées. Le regard de leur patronne était vif et brillant.

– Alors, où en est-on ? dit-elle en s'extrayant du chariot avec des gestes tremblants.

Même si son esprit fonctionnait parfaitement, il lui faudrait passer deux jours dans un appareil d'électromassage pour que ses muscles retrouvent leur force normale.

Merv l'aida à s'asseoir sur un canapé.

– Tout est en place. L'argent, le chirurgien, tout.

Opale but avec avidité l'eau de roche d'une carafe posée sur la table basse.

– Très bien, très bien, approuva-t-elle. Et mes ennemis ?

Scant se tenait debout à côté de son frère. Ils étaient presque identiques à part le front de Merv, légèrement plus large que celui de son jumeau. Il avait toujours été le plus intelligent des deux.

– Nous les avons surveillés, comme vous nous l'aviez demandé.

꒦꒐꒼꒐꒒꒐꒒꒦⬡· ꒰꒿꒦꒿꒦꒤꒪꒢· ꒭꒰꒒꒪꒭꒪꒒꒦⬡↚

Opale s'arrêta de boire.

– Demandé ?

– Pardon, ordonné, balbutia Scant. Je voulais dire ordonné, bien sûr.

Koboï plissa les yeux.

– J'ose espérer que les frères Brill ne se sont pas mis à rêver d'indépendance depuis que je me suis endormie.

Scant se voûta légèrement, courbant presque l'échine.

– Non, non, Miss Koboï. Nous ne vivons que pour vous servir. Vous servir, rien d'autre.

– Bien, approuva Opale. Et si vous tenez à la vie, il faudra *continuer* à me servir. Venons-en à mes ennemis. J'imagine qu'ils sont heureux et en bonne santé.

– Oh, oui. Julius Root a de plus en plus de pouvoir comme commandant des FAR. Il a été proposé pour entrer au Grand Conseil.

Opale eut un sourire carnassier.

– Le Grand Conseil. Tous ses efforts ne l'auront mené qu'à sa chute. Et Holly Short ?

– Elle a repris ses fonctions. Six missions de détection menées avec succès depuis le début de votre coma. Son nom figure sur la liste des promotions au grade de major.

– Major, voyez-vous ça. Le moins que l'on puisse faire, c'est de s'assurer que cette promotion n'ait jamais lieu. J'ai l'intention de briser la carrière de Holly Short afin qu'elle meure en pleine disgrâce.

– Le centaure Foaly est toujours aussi odieux, reprit

Scant Brill. Je suggère qu'un sort particulièrement cruel...

Opale l'interrompit en levant un doigt fin.

– Non, rien ne doit arriver à Foaly pour l'instant. Il faudra le vaincre par des moyens strictement intellectuels. Deux fois dans ma vie, quelqu'un s'est montré plus intelligent que moi. Les deux fois, il s'agissait de Foaly. Le simple fait de le tuer ne demande aucune ingéniosité. Je veux qu'il soit écrasé, humilié et seul.

A cette pensée, elle frappa ses mains l'une contre l'autre avec une expression réjouie.

– Ensuite seulement, je le tuerai.

– Nous nous sommes aussi intéressés aux communications d'Artemis Fowl. Apparemment, le jeune humain a passé la plus grande partie de l'année a essayer de dénicher un tableau. Nous avons repéré la trace de cette toile à Munich.

– Un tableau ? Vraiment ?

Des rouages tournèrent dans le cerveau d'Opale.

– Arrangeons-nous pour le retrouver avant lui. Nous pourrons peut-être ajouter un petit quelque chose à son œuvre d'art.

Scant approuva d'un signe de tête.

– Certainement. Ce n'est pas difficile. J'irai ce soir.

Opale s'étira sur le canapé comme un chat au soleil.

– Très bien. Cette journée s'annonce excellente. Maintenant, faites venir le chirurgien.

Les frères Brill échangèrent un regard.

– Miss Koboï, dit Merval, mal à l'aise.

– Oui, qu'y a-t-il ?

– Au sujet du chirurgien. Ce genre d'opération est irréversible, même en ayant recours à la magie. Êtes-vous sûre que vous ne souhaitez pas réfléchir à...

Opale bondit du canapé, les joues cramoisies de rage.

– Réfléchir ! Tu voudrais que j'y réfléchisse ! Qu'est-ce que tu crois que j'ai fait pendant un an ? J'ai réfléchi ! Vingt-quatre heures sur vingt-quatre. Je me moque de la magie. La magie ne m'a pas aidée à m'évader, c'est la science qui m'en a donné les moyens. La science sera ma magie. Et maintenant, fini les conseils, Merv, ou ton frère va se retrouver très vite fils unique. Est-ce clair ?

Merv était abasourdi. Il n'avait jamais vu Opale dans un tel état de fureur. Le coma l'avait changée.

– Bien, Miss Koboï.

– Amène-moi le chirurgien.

– Tout de suite, Miss Koboï.

Opale se rallongea sur le canapé. Bientôt, tout irait beaucoup mieux dans le monde. Ses ennemis seraient morts ou discrédités. Et une fois ces détails réglés, elle pourrait vivre sa nouvelle vie. Koboï massa l'extrémité de ses oreilles pointues. A quoi allait-elle ressembler, se demanda-t-elle, lorsqu'elle serait devenue humaine ?

⬡⚔∪◻⌇⇥···⃒◊⃒⚬ ◊·⬡⚔∪◻· ·⚡ ∪⌂⚬⟡·∪

CHAPITRE II

LA FÉE VOLEUSE

MUNICH, ALLEMAGNE, AUJOURD'HUI

Les voleurs ont leur propre folklore. Des histoires de cambriolages d'une remarquable ingéniosité ou d'attaques à main armée particulièrement audacieuses. L'une de ces légendes relate les exploits de Faisil Mahmood, un Égyptien surnommé le chat cambrioleur, qui escalada un jour le dôme de la basilique Saint-Pierre pour s'emparer de la crosse d'un évêque en visite.

Une autre histoire raconte comment une certaine Red Mary Keneally s'était habillée en duchesse et avait réussi à se faire inviter à la cérémonie de couronnement du roi d'Angleterre. Le palais avait démenti les faits mais de temps en temps apparaît dans les ventes aux enchères une couronne ressemblant à s'y méprendre à celle qu'on peut voir à la Tour de Londres.

Le récit le plus palpitant, cependant, est sans doute

celui de la disparition du chef-d'œuvre d'Hervé. Tous les élèves d'école primaire connaissent Pascal Hervé, l'impressionniste français qui a peint d'extraordinaires portraits de fées. Et tous les marchands d'art savent que les tableaux d'Hervé sont les plus chers du monde après ceux de Van Gogh, chacune de ses toiles étant estimée à plus de cinquante millions d'euros.

La série des fées d'Hervé comporte quinze tableaux. Dix d'entre eux se trouvent dans des musées français et cinq appartiennent à des collections privées. Mais selon certaines rumeurs, il y en aurait un seizième. On murmure dans les milieux de la haute criminalité qu'il existe un autre Hervé : *La Fée voleuse,* montrant une fée en train de voler un enfant humain. Selon la légende, Hervé aurait offert la toile à une belle jeune fille turque rencontrée sur les Champs-Élysées.

La jeune fille n'avait pas tardé à briser le cœur de l'artiste et avait fini par vendre le tableau à un touriste britannique pour la somme de vingt francs. Quelques semaines plus tard, l'œuvre était volée au domicile de l'Anglais. A compter de ce jour, la toile voyagea un peu partout dans le monde, disparaissant mystérieusement d'une collection privée pour réapparaître dans une autre. Depuis l'époque où Hervé a peint ce chef-d'œuvre, on pense que *La Fée voleuse* a été dérobée quinze fois. Mais ce qui différencie ces vols des millions d'autres qui ont eu lieu dans le même temps, c'est que le premier voleur du tableau était décidé à le garder pour lui. Et que tous les autres avaient eu la même intention.

❦⟡⟆•⟑⟁⟡⊕⊖•⟑⟐⟑⟐•⟑ ⟑⟲⟰⟡⟐◆••⟑⟐⟐⟑ ⟁

Ainsi, *La Fée voleuse* est devenue une sorte de trophée pour l'élite des cambrioleurs du monde entier. Seuls une douzaine d'entre eux connaissent l'œuvre et ils ne sont que quelques-uns à savoir où elle se trouve. Le tableau est aux voleurs ce que le prix Turner est aux artistes. Quiconque parvient à s'emparer de la toile se voit distinguer comme le maître de sa génération en matière de cambriolage. Ce défi permanent n'est connu que d'un petit nombre d'initiés mais ceux qui sont au courant sont ceux qui comptent.

Bien entendu, l'existence de *La Fée voleuse* n'était pas un secret pour Artemis Fowl et il avait récemment appris où était conservé le tableau. Il ne pouvait résister à cette tentation de mettre ses capacités à l'épreuve. S'il parvenait à s'approprier le chef-d'œuvre, il serait le plus jeune voleur de l'histoire à avoir réussi cet exploit.

Butler, le géant eurasien qui lui servait de garde du corps, n'était guère enthousiasmé par le dernier projet en date de son jeune employeur.

– Je n'aime pas cela, Artemis, dit Butler de sa voix de basse rocailleuse. Mon instinct me dit qu'il s'agit d'un piège.

Artemis glissa des piles dans sa console de jeu.

– Bien sûr qu'il s'agit d'un piège, répondit le jeune Irlandais de quatorze ans. Il y a des années que *La Fée voleuse* tend des pièges à ceux qui veulent s'en emparer. C'est justement cela qui rend les choses intéressantes.

Ils faisaient le tour de la Marienplatz, à Munich, dans un Hummer H2 de location. Le véhicule militaire n'était pas dans le style d'Artemis mais il convenait parfaitement au genre de personnages qu'ils prétendaient être. Assis à l'arrière, Artemis se sentait ridicule ; il ne portait plus son habituel costume sombre mais des vêtements normaux d'adolescent.

– Cette tenue est grotesque, dit-il en faisant glisser la fermeture éclair de son haut de jogging. A quoi peut bien servir un capuchon qui n'est même pas imperméable ? Et toutes ces marques. J'ai l'impression d'être un homme-sandwich. Quant à ce *jean*, il est très mal coupé. Il forme des poches aux genoux.

Butler sourit en jetant un coup d'œil dans le rétroviseur.

– Je trouve que ça vous va très bien. Juliet dirait que vous êtes *craquant*.

Juliet, la jeune sœur de Butler, était partie aux États-Unis avec une équipe de catcheurs mexicains pour essayer de conquérir les foules. Sur le ring, elle se faisait appeler « la Princesse de Jade ».

– Il est vrai que je ne vais pas tarder à craquer, admit Artemis. Regardez-moi ces baskets. Comment peut-on courir convenablement avec des semelles de dix centimètres d'épaisseur ? J'ai l'impression d'avoir des échasses. Butler, soyez sûr qu'à l'instant même où nous serons rentrés à l'hôtel, je me débarrasse de cet accoutrement. Mes costumes me manquent.

Butler s'engagea dans Im Tal, où se trouvait l'International Bank.

– Artemis, si vous ne vous sentez pas à l'aise, peut-être devrions-nous remettre l'opération à plus tard ?

𓆑𓏤𓊖𓃭·𓏰𓏏 𓌀✦·𓆓𓃭𓏤𓂋·�handful𓆓𓆼𓉐·𓃀·𓂝𓆑𓏤𓆼

Le garçon rangea sa console de jeu dans un sac à dos qui contenait déjà un certain nombre d'accessoires typiques du parfait adolescent.

– Certainement pas. Il nous a fallu un mois pour tout organiser, l'occasion ne se représentera plus de sitôt.

Trois semaines auparavant, Artemis avait fait un don anonyme à l'école de garçons Saint-Bartleby, à condition que l'on envoie les élèves de troisième année en voyage à Munich pour assister à la Foire des écoles d'Europe. Le directeur avait été très heureux d'exaucer le souhait du généreux donateur. Et à présent, pendant que ses camarades de classe admiraient diverses merveilles technologiques à l'Olympiastadion de Munich, Artemis se rendait à l'International Bank. Pour sa part, Guiney, le directeur de l'école, croyait simplement que Butler ramenait à l'hôtel un élève souffrant.

– Lombec et Moynow changent sans doute le tableau de place plusieurs fois par an. C'est sûrement ce que je ferais moi-même. Qui sait où il sera dans six mois ?

Lombec et Moynow était le nom d'un cabinet d'avocats britanniques qui cachaient derrière leur raison sociale une florissante entreprise de vol et de recel. Artemis les avait longtemps soupçonnés d'être en possession de *La Fée voleuse*. La confirmation lui en était parvenue un mois plus tôt lorsqu'un détective privé chargé d'exercer sur les deux avocats une surveillance systématique avait déclaré les avoir vus arriver dans les locaux de l'International Bank avec un de ces tubes qui servent à transporter des toiles ou des dessins roulés. Peut-être *La Fée voleuse*.

– Je n'aurai sans doute plus jamais une telle occasion d'agir avant d'avoir atteint l'âge adulte, poursuivit le jeune Irlandais. Et il n'est pas question d'attendre aussi longtemps. Franz Herman a dérobé *La Fée voleuse* lorsqu'il avait dix-huit ans. Je dois battre ce record.

Butler soupira.

– Le folklore de la pègre nous apprend que Herman a volé le tableau en 1927. Il s'est contenté de s'emparer d'une mallette. La tâche est beaucoup plus difficile aujourd'hui. Nous aurons à forcer un coffre en plein jour dans l'une des banques les plus sûres du monde.

Artemis Fowl sourit.

– Oui, beaucoup diraient que c'est impossible.

– En effet, approuva Butler en garant le Hummer dans une place de parking. C'est ce que diraient beaucoup de gens sains d'esprit. Surtout pour un élève en excursion avec son école.

Ils entrèrent dans la banque par une porte à tambour, sous l'objectif des caméras de contrôle. Butler était passé devant, marchant d'un pas décidé sur le sol de marbre veiné, en direction du bureau d'accueil. Artemis traînait derrière, balançant la tête au rythme de la musique que diffusait son lecteur de CD portable. En réalité, l'appareil était vide. Artemis portait des lunettes de soleil à verres réfléchissants pour pouvoir observer discrètement le hall.

Dans certains milieux, l'International Bank était réputée pour avoir les coffres les plus sûrs du monde, Suisse comprise. On disait que si les coffres personnels des clients étaient un jour forcés et leur contenu répandu sur le sol, un dixième de la richesse mondiale se retrouverait sans doute entassé sur le marbre – bijoux, bons au porteur, argent liquide, titres de propriété, œuvres d'art –, la moitié au moins ayant été volée à ses légitimes propriétaires. Mais Artemis ne s'intéressait à aucun de ces objets. La prochaine fois, peut-être.

Butler s'arrêta devant le bureau d'accueil, projetant son ombre imposante sur l'écran extraplat installé au milieu de la table. L'homme à la silhouette mince qui était penché sur l'écran leva la tête pour se plaindre d'être ainsi dérangé mais se ravisa aussitôt. La simple corpulence de Butler avait souvent cet effet sur les gens.

– En quoi puis-je vous être utile, Herr... ?

– Lee. Colonel Xavier Lee. Je souhaite ouvrir mon coffre, répondit Butler dans un allemand impeccable.

– Oui, colonel, bien sûr. Asseyez-vous. Mon nom est Bertholt et c'est moi qui vous accompagnerai.

D'une main, Bertholt ouvrit le fichier Lee sur son ordinateur ; de l'autre, il faisait tournoyer un crayon entre ses doigts, comme un bâton de majorette.

– Nous allons procéder aux vérifications d'usage. Puis-je voir votre passeport ?

– Bien sûr, dit Butler en glissant vers lui un passeport de la République populaire de Chine. Je suis très sourcilleux en matière de sécurité.

𝕸𝕵𝕯𝖁𝖀𝕺 · 𝕭𝕺𝕵𝕵 ← · 𝕭 · 𝖀𝕷𝕭𝕽𝕰𝕺𝕵𝕺𝕽𝕷𝕭𝕺

Bertholt prit le passeport entre ses doigts minces, vérifiant d'abord la photo d'identité puis la passant dans un scanner.

– Alfonse, lança sèchement Butler à Artemis, arrête de gigoter et tiens-toi droit. Parfois, tu es tellement avachi qu'on se demande si tu as encore une colonne vertébrale.

Bertholt eut un sourire si dépourvu de sincérité qu'un enfant en bas âge n'aurait pas été dupe.

– Enchanté de faire votre connaissance, Alfonse, dit-il.

– Salut, mon pote, répondit Artemis avec la même hypocrisie.

Butler hocha la tête.

– Mon fils a des difficultés de communication avec le reste du monde. J'ai hâte qu'il soit en âge d'aller à l'armée. On verra à ce moment-là s'il y a vraiment un homme derrière toutes ces sautes d'humeur.

Bertholt approuva d'un signe de tête compatissant.

– J'ai moi-même une fille. Ce qu'elle dépense en téléphone chaque semaine me coûte plus cher que de nourrir toute la famille pendant un mois.

– Les adolescents sont tous pareils.

L'ordinateur émit un signal sonore.

– Ah, voilà, votre passeport a le feu vert. Je n'ai plus besoin que d'une signature.

Bertholt posa sur la table une tablette graphique à laquelle était attaché un crayon numérique. Butler griffonna sa signature qui était censée correspondre à celle précédemment déposée à la banque. Ce qui fut le cas, bien entendu. La signature d'origine avait été fournie par Butler lui-même, le colonel Xavier Lee étant l'une des fausses identités, une douzaine en tout, que le garde du corps s'était constituées au fil du temps. Le passeport aussi était authentique, même si les renseignements qu'il contenait ne l'étaient pas. Butler l'avait acheté des années auparavant à la secrétaire d'un diplomate chinois en poste à Rio de Janeiro.

Un nouveau signal sonore retentit dans l'ordinateur.

– Très bien, dit Bertholt. Vous êtes bien vous. Je vais vous conduire à la salle des coffres. Alfonse vient avec nous ?

Butler se leva.

– Absolument, répondit-il. Si je le laisse ici, il va sans doute se faire arrêter par la police.

Bertholt risqua une plaisanterie :

– Il faut dire, colonel, qu'il est dans l'endroit idéal pour ça.

– Très drôle, mon pote, marmonna Artemis. Tu devrais faire un show à la télé.

La remarque de Bertholt n'en était pas moins pertinente. Des gardes armés étaient présents dans tout le bâtiment et au premier geste déplacé, ils se postaient à des points stratégiques pour interdire toutes les issues.

Bertholt les mena devant un ascenseur en acier brossé.

– Ici, nous avons un système de sécurité très particulier, jeune homme. C'est passionnant à observer.

– Je sais. Je crois bien que je vais m'évanouir d'émotion, répliqua Artemis.

– Bon, ça suffit, les insolences, gronda Butler.

Bertholt essaye simplement de nous faire la conversation.

L'employé resta poli devant les railleries d'Artemis.

– Qui sait, Alfonse ? Peut-être auras-tu envie de travailler ici quand tu seras grand ?

Pour la première fois, Artemis eut un sourire sincère et pour une mystérieuse raison, Bertholt sentit un frisson lui courir le long de l'échine.

– Si tu veux le savoir, mon cher Bertholt, je pense qu'en effet, c'est dans les banques que j'exercerai le mieux mes talents.

Le silence gêné qui suivit fut interrompu par une voix qui s'éleva d'un minuscule haut-parleur, sous une caméra de surveillance.

– Oui, Bertholt, je te vois. Combien sont-ils ?

– Deux, répondit l'employé. Le possesseur de la clé et un mineur. On descend ouvrir un coffre.

La porte de l'ascenseur coulissa pour laisser apparaître un cube d'acier sans boutons ni clavier, avec simplement une caméra fixée en hauteur. Ils pénétrèrent à l'intérieur de la cabine et l'ascenseur fut actionné à distance. Artemis remarqua que Bertholt se tordait les mains tandis qu'ils commençaient la descente.

– Eh bien, Bertholt ? Où est le problème ? C'est un simple ascenseur.

L'employé se força à sourire. L'émail de ses dents apparut à peine sous sa moustache.

– Rien ne t'échappe, n'est-ce pas, Alfonse ? Il est vrai que je n'aime pas les espaces réduits. En plus, il n'y a aucun bouton, ici, pour des raisons de sécurité.

L'ascenseur est contrôlé depuis le bureau. S'il y avait une panne, il faudrait attendre que les gardes viennent nous secourir. Or, cet endroit est pratiquement étanche. Alors, si le garde de service avait une crise cardiaque ou prenait sa pause-café, que se passerait-il ? Nous pourrions tous...

Le bavardage angoissé de l'employé de banque fut interrompu par le chuintement de la porte qui coulissait. Ils étaient arrivés à l'étage des coffres.

– Nous y voici, dit Bertholt en s'épongeant avec un mouchoir en papier.

Un morceau du mouchoir resta coincé entre les plis de son front et le souffle de la grille d'aération l'agita comme une manche à air.

– Nous sommes sains et saufs, pas la peine de s'inquiéter, tout va bien.

Il eut un rire nerveux.

– On y va ?

Un vigile à la carrure massive les attendait devant l'ascenseur. Artemis vit tout de suite qu'il portait une arme à la ceinture et, à l'oreille, un écouteur dont le fil pendait le long de son cou.

– *Willkommen*, Bertholt. Cette fois encore, tu es arrivé entier.

Bertholt arracha le morceau de papier collé à son front.

– En effet, Kurt, je suis entier et ne crois pas que l'ironie qui perce dans ta voix m'ait échappé.

Kurt poussa un profond soupir, ses lèvres vibrant sous la puissance de son souffle.

– Veuillez pardonner à mon compatriote, c'est un

spécialiste des phobies, dit-il à Butler. Tout lui fait peur, depuis les araignées jusqu'aux ascenseurs. On se demande comment il parvient encore à sortir de son lit. Maintenant, je vais vous demander d'avancer jusqu'à ce carré jaune et de lever les deux bras à hauteur des épaules.

Un petit tapis jaune était fixé sur le sol d'acier. Butler se plaça dessus et leva les bras. Kurt se livra alors à une fouille corporelle qui aurait fait apparaître n'importe quel douanier comme un amateur puis l'invita à passer sous un portique de détection.

– Rien de suspect, dit-il à haute voix.

Ses paroles étaient captées par le micro fixé à son revers et transmises dans la cabine de sécurité.

– A toi, mon garçon, dit Kurt. Même chose.

Artemis s'exécuta, s'immobilisant sur le carré, la silhouette avachie. Il écarta à peine les bras de ses flancs.

Butler lui lança un regard noir.

– Alfonse ! Tu ne peux donc pas faire ce qu'on te dit ? A l'armée, je t'enverrais nettoyer les latrines pour te guérir de ce genre de comportement.

Artemis lui rendit un regard tout aussi noir.

– Oui, mon colonel, mais ici, nous ne sommes pas à l'armée.

Kurt ôta le sac à dos des épaules d'Artemis et inspecta son contenu.

– Qu'est-ce que c'est que ça ? demanda-t-il en sortant un cadre en plastique renforcé, équipé de roulettes.

Artemis le lui prit des mains et déplia l'objet en trois mouvements rapides.

))℥·⌂⚶⅋⅌·⅋)·⚶·))℥·⚘⊙⊚⚬⊙⊘➤·⅃⚬))⊙·℧⊘⚶⚶

– Il s'agit d'une patinette, mon pote. Tu en as peut-être entendu parler. C'est un moyen de transport qui ne pollue pas l'air qu'on respire.

Kurt reprit la patinette, fit tourner les roues et vérifia les articulations.

Artemis eut un sourire goguenard.

– Bien sûr, elle est aussi équipée d'un rayon laser qui permet de forcer les coffres.

– Tu es vraiment un petit malin, toi, grogna Kurt en remettant la patinette dans le sac. Et ça, c'est quoi ?

Artemis alluma sa console.

– Une boîte à jeu inventée spécialement pour éviter aux jeunes d'avoir à parler aux adultes.

Kurt jeta un regard à Butler.

– C'est vraiment une perle que vous avez là, monsieur. J'en voudrais bien un comme lui.

Il agita un trousseau de clés accroché à la ceinture d'Artemis.

– Et ça ?

Artemis se gratta la tête.

– Heu... on dirait des clés, non ?

Kurt grinça bruyamment des dents.

– Je sais bien que ce sont des clés, mon garçon. Mais qu'est-ce qu'elles ouvrent ?

Artemis haussa les épaules.

– Des choses et d'autres. Mon casier. L'antivol de ma patinette. Des journaux intimes. Des trucs, quoi.

Le vigile les examina. Elles étaient banales et n'auraient pu ouvrir une serrure compliquée. Mais la banque avait pour règle de ne laisser entrer aucune

clé, en dehors de celles que possédaient les détenteurs de coffre.

– Désolé, les clés restent ici.

Kurt détacha le trousseau et le posa sur un plateau.

– Tu les reprendras en sortant.

– Je peux y aller, maintenant ?

– Oui, répondit Kurt. Mais passe d'abord le sac à ton père.

Artemis tendit le sac à Butler à l'extérieur du portique de détection. Puis il le franchit à son tour, déclenchant la sonnerie.

Kurt le suivit d'un air agacé.

– Est-ce que tu as d'autres choses en métal sur toi ? Une boucle de ceinture ? Des pièces de monnaie ?

– De l'argent ? dit Artemis d'un air moqueur. J'aimerais bien.

– Alors, qu'est-ce qui a déclenché la sonnerie ? interrogea Kurt, perplexe.

– Je crois savoir, répondit Artemis.

D'un doigt, il souleva sa lèvre supérieure. Deux bandes de métal s'étiraient sur ses dents.

– Un appareil dentaire. Oui, bien sûr, dit Kurt. Le détecteur est très sensible.

Artemis retira son doigt.

– Ça aussi, il faut que je le laisse à l'entrée ? Que je l'arrache de mes dents ?

Kurt prit la question au premier degré.

– Non, dit-il. Je pense qu'il n'y a pas de danger. Tu peux entrer. Mais tiens-toi bien quand tu seras à l'intérieur. C'est une chambre forte, pas une cour de récréation.

Kurt s'interrompit et montra une caméra au-dessus de leurs têtes.

– N'oublie pas, je surveille.

– Surveille tant que tu voudras, répliqua Artemis avec insolence.

– J'en ai bien l'intention, mon garçon. Avise-toi seulement de cracher sur un de ces coffres et je t'expulse de force.

– Allons, voyons, Kurt, intervint Bertholt. Ne fais pas ton cinéma. Même s'il y a des caméras, on n'est pas à la télévision.

Bertholt les conduisit devant la chambre forte.

– Je vous demande d'excuser Kurt. Il a raté le concours d'entrée dans les forces spéciales et il s'est retrouvé ici. Parfois, je crois qu'il aimerait bien que quelqu'un attaque la banque, simplement pour qu'il y ait un peu d'action.

La porte était constituée d'une plaque d'acier circulaire d'au moins cinq mètres de diamètre. En dépit de sa taille, elle pivota aisément sous la poussée de Bertholt.

– Parfaitement équilibrée, expliqua-t-il. Un enfant pourrait l'ouvrir jusqu'à cinq heures de l'après-midi. Après, elle se verrouille automatiquement pour la nuit. Bien entendu, la chambre forte est équipée d'une fermeture à minuterie. Personne ne peut l'ouvrir avant huit heures et demie du matin. Pas même le président de la banque lui-même.

Derrière la porte s'alignaient des rangées de coffres individuels de toutes les tailles et de toutes les formes.

Chacun était doté d'un unique trou de serrure rectangulaire entouré d'une lumière à fibres optiques. En cet instant, toutes les lumières brillaient d'une lueur rouge.

Bertholt sortit de sa poche une clé attachée à sa ceinture par un câble d'acier tressé.

– Bien sûr, la forme de la clé n'est pas le seul élément important, dit-il en l'insérant dans une serrure centrale. Les systèmes de fermeture sont également commandés par des microprocesseurs.

Butler prit dans son portefeuille une clé semblable.

– Nous sommes prêts ?

– Quand vous voudrez, monsieur.

Butler compta plusieurs coffres jusqu'à ce qu'il arrive au numéro 700. Il introduisit alors sa clé dans la serrure.

– Prêt.

– Très bien, monsieur. A mon signal. Trois, deux, un, tournez.

Les deux hommes tournèrent leurs clés simultanément, Butler celle de son coffre, Bertholt celle de la serrure centrale. Celle-ci constituait une sécurité qui empêchait un voleur d'ouvrir un coffre avec une seule clé. Si les deux clés n'étaient pas tournées à la même seconde, le coffre restait fermé.

La lumière qui entourait chacune des deux serrures passa du rouge au vert et la porte du numéro 700 pivota sur ses gonds.

– Merci, Bertholt, dit Butler en tendant la main à l'intérieur du coffre.

– Je vous en prie, monsieur, répondit Bertholt qui s'inclina presque. Je resterai à l'entrée. Même avec la surveillance par caméra, le règlement m'oblige à revenir toutes les trois minutes pour vérifier que tout se passe bien. Je vous reverrai donc dans cent quatre-vingts secondes.

Lorsque l'employé fut sorti, Artemis lança à son garde du corps un regard interrogateur.

– Alfonse ? dit-il du coin des lèvres. Je ne me rappelle pas avoir décidé d'un tel prénom pour mon personnage.

Butler déclencha la trotteuse de son chronographe.

– J'ai improvisé. Il m'a semblé que la situation l'exigeait. Et si je puis me permettre, vous êtes très convaincant en adolescent insupportable.

– Merci, cher ami. Je fais de mon mieux.

Butler ôta un dessin d'architecte de son coffre et le déplia. Le document mesurait presque deux mètres de côté. Il le tint à bout de bras, faisant mine d'examiner le plan tracé sur le papier.

Artemis jeta un coup d'œil à la caméra fixée au plafond.

– Levez les bras de cinq centimètres et déplacez-vous d'un pas sur la gauche.

Butler s'exécuta d'un mouvement naturel, toussotant et secouant le document comme pour mieux le voir.

– Bien. Parfait. Restez comme ça.

Lorsque Butler était venu à la banque pour louer le coffre, il avait pris de nombreuses photos de la chambre forte grâce à un minuscule appareil en forme

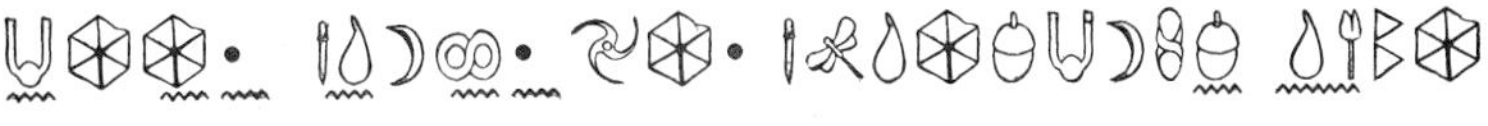

de bouton de veste spécialement conçu pour échapper au portique de détection. Grâce aux photos, Artemis avait pu reconstituer une image numérique de la salle dans son ensemble. D'après ses calculs, la position actuelle de Butler lui fournissait une surface de dix mètres carrés qui échappait au champ de la caméra. Tant qu'il restait dans cet espace, il était caché par le plan que son garde du corps tenait devant lui. En cet instant, les vigiles ne pouvaient voir que ses baskets.

Artemis s'adossa contre un mur de coffres-forts, entre deux bancs d'acier. Il prit appui des deux mains sur les bancs et souleva ses pieds hors de ses baskets beaucoup trop grandes pour lui. Avec des gestes précautionneux, il se glissa ensuite sur l'un des bancs.

– Gardez la tête baissée, conseilla Butler.

Artemis plongea la main dans son sac à dos à la recherche de la console vidéo. Elle contenait bel et bien un logiciel de jeu mais c'était avant tout un détecteur à rayons X avec vision en temps réel. Les détecteurs à rayons X étaient courants dans les hautes sphères de la pègre et Artemis n'avait pas eu beaucoup de mal à en déguiser un en jouet d'adolescent.

Artemis activa le détecteur, le passant sur la porte du coffre voisin de celui de Butler. Le garde du corps avait loué le sien deux jours après Lombec et Moynow. Il était donc probable que les deux coffres seraient proches l'un de l'autre, à moins que Lombec et Moynow n'aient demandé un numéro particulier. Dans ce cas, il fallait concevoir un nouveau plan. Artemis estimait que sa première tentative pour s'emparer de *La Fée voleuse* avait quarante pour cent de chances de succès. Ce n'était pas idéal mais il n'avait pas d'autre choix que d'essayer. Au moins pourrait-il en apprendre davantage sur le dispositif de sécurité de la banque.

Le petit écran de la console révéla que le premier coffre était rempli d'argent en espèces.

– Négatif, dit Artemis. Des liasses de billets.

Butler haussa un sourcil.

– Vous savez ce qu'on dit, on n'a jamais trop d'argent liquide.

Artemis était déjà devant le coffre voisin.

– Pas aujourd'hui, vieux frère. Mais nous prolongerons quand même la location du coffre, au cas où nous aurions besoin de revenir.

Le nouveau coffre contenait des documents légaux attachés par des rubans. Dans celui d'à côté, une énorme quantité de diamants en vrac étaient entassés sur un plateau. Enfin, Artemis découvrit sa mine d'or – façon de parler – dans le coffre suivant : à l'intérieur, il y avait un tube dans lequel une toile était roulée.

– Je crois que nous y sommes, Butler. J'ai l'impression que c'est ça.

– Vous aurez le temps de vous exciter quand le tableau sera accroché dans le manoir des Fowl. Pour l'instant, dépêchez-vous, je commence à avoir des crampes.

Artemis se calma. Butler avait raison, bien entendu. Il était encore loin d'être en possession de *La Fée voleuse*, si toutefois ce tableau était bien le chef-

ꝰꞵꞵꝛ · ꞝꝮꞔꞟꞧꝗꞵꝛ · ꞛꞝꝮꝑ · ꞵꞧꝗꞟꞵꝑ · ꞟꝗꝛ · ꝑ

d'œuvre d'Hervé. Ce pouvait tout aussi bien être un dessin d'hélicoptère en couleurs, conservé là par un grand-père ravi des talents de son petit-fils.

Artemis déplaça le détecteur à rayons X vers le bas du coffre. Il n'y avait pas de marque de fabrique sur la porte mais souvent, les artisans étaient très fiers de leurs produits et ne pouvaient résister à l'envie d'y apposer leur signature quelque part, même si personne ne s'en apercevait. Artemis chercha pendant une vingtaine de secondes avant de trouver. A l'intérieur de la porte elle-même, sur le panneau arrière était gravé le nom « Blokken ».

– Blokken, dit-il d'un air triomphant. Nous avions vu juste.

Il n'y avait que six sociétés au monde capables de construire des coffres-forts de cette qualité. Artemis avait piraté leur système informatique et découvert que l'International Bank était sur la liste des clients de Blokken. Il s'agissait d'une petite entreprise familiale, située à Vienne, qui fabriquait également des coffres pour diverses banques de Genève et des îles Cayman. Butler avait fait une petite visite dans leur atelier et y avait volé deux passe-partout. Bien entendu, ils étaient en métal et n'auraient pas échappé au détecteur, sauf si pour une raison particulière, on les avait laissés passer.

Artemis s'enfonça deux doigts dans la bouche et enleva l'appareil fixé à ses dents du haut. Derrière était dissimulée une petite broche en plastique à laquelle étaient fixées les deux clés. Les passe-partout.

60

Artemis remua la mâchoire pendant quelques secondes.

– Ça va mieux, dit-il, j'ai cru que j'allais étouffer.

Le problème à résoudre maintenant était celui de la distance. Il y avait plus de deux mètres entre le coffre et la serrure centrale, près de la porte. Non seulement il était impossible d'ouvrir le coffre tout seul mais quiconque s'approcherait de la serrure centrale serait visible par les vigiles.

Artemis ôta sa patinette de son sac à dos et arracha une goupille, détachant le guidon du repose-pied. Ce n'était pas une patinette ordinaire. Un ami ingénieur de Butler l'avait construite d'après un plan très précis. Le repose-pied était parfaitement normal mais le guidon était constitué d'une tige télescopique qui se dépliait en appuyant sur un bouton. Artemis dévissa l'une des poignées et la revissa à l'autre extrémité de la tige. Dans chaque poignée une fente permettait de fixer une clé. Il fallait maintenant réussir à insérer les deux passe-partout dans leur serrure respective puis les tourner simultanément.

Artemis enfonça une des clés dans la serrure du coffre de Lombec et Moynow.

– Prêt ? demanda-t-il à Butler.

– Oui, répondit le garde du corps. Essayez de bouger le moins possible.

– Trois, deux, un. Top.

Artemis appuya sur le bouton qui permettait de déplier la tige télescopique. Toujours perché sur son banc, il changea de position en tirant la tige derrière lui.

Butler pivota légèrement pour accompagner ses mouvements de telle sorte qu'Artemis reste caché par le plan d'architecte. Il déplaça la grande feuille de papier juste assez pour masquer la serrure centrale sans exposer les pieds nus d'Artemis. Le coffre et la tige télescopique devinrent cependant visibles pendant le temps qu'il fallut à Artemis pour insérer la deuxième clé.

La serrure centrale se trouvait à près de un mètre de l'extrémité du banc d'acier. Artemis se pencha aussi loin qu'il le pouvait sans perdre l'équilibre et enfonça la clé dans la fente. Elle s'y adapta en douceur. Artemis recula rapidement. A présent, Butler pouvait à nouveau dissimuler le coffre de Lombec et Moynow. Le plan reposait sur l'hypothèse que les vigiles se concentreraient sur Butler et ne remarqueraient pas une mince tige de métal s'étirant en direction de la serrure centrale. Pour plus de sûreté, la tige avait exactement la même couleur que les coffres eux-mêmes.

Artemis revint devant le coffre qui l'intéressait et tourna la poignée. A l'intérieur de la tige, un système de rouages faisait pivoter simultanément l'autre poignée. Une lumière verte brilla autour des deux serrures et le coffre de Lombec et Moynow s'ouvrit. Artemis ressentit alors un moment d'intense satisfaction. Son mécanisme avait fonctionné. Il n'y avait d'ailleurs aucune raison qu'il en soit autrement, toutes les lois de la physique ayant été respectées. Étonnant de voir comment le dispositif de sécurité électronique le plus perfectionné pouvait être vaincu par une tige en métal, quelques rouages et un appareil dentaire.

– Artemis, grogna Butler, je commence à me lasser de tenir les bras en l'air. Donc, si cela ne vous dérange pas...

Artemis coupa court aux félicitations qu'il s'adressait intérieurement. Ils n'étaient pas encore sortis de la chambre forte. Il remit les poignées dans leur position d'origine puis tira sur la tige. Les deux clés se dégagèrent de leur serrure. Il appuya ensuite sur un bouton et la tige se replia, retrouvant sa longueur habituelle. Artemis ne remonta pas tout de suite sa trottinette. Le faux guidon pouvait encore lui être utile pour fouiller d'autres coffres en cas de besoin.

Avant d'ouvrir la porte plus largement, Artemis examina le contenu du coffre à l'aide de son détecteur à rayons X. Il cherchait les traces de fils ou de circuits susceptibles de déclencher une alarme secondaire. Il en découvrit un : c'était un coupe-circuit relié à un Klaxon portable. Il serait très embarrassant pour un voleur que les autorités soient soudain alertées par le mugissement rauque d'une corne de brume. Artemis sourit. Apparemment, Lombec et Moynow possédaient un certain sens de l'humour. Peut-être les engagerait-il un jour comme avocats.

Artemis décrocha de son cou le casque de son lecteur de CD et fit sauter les écouteurs. Il arracha les fils auxquels ils étaient attachés et les entortilla autour des deux éléments du coupe-circuit. A présent, il ne lui restait plus qu'à tirer sur chaque extrémité de l'appareil pour le démonter sans établir le contact. Artemis tira. Le Klaxon demeura silencieux.

Enfin, le coffre était ouvert devant lui. A l'intérieur, un unique tube était appuyé contre la paroi du fond. Il était en Plexiglas et contenait une toile roulée. Artemis le prit et le tint contre la lumière. Pendant quelques secondes, il regarda la peinture à travers le plastique transparent. Il ne pouvait prendre le risque d'ouvrir le tube avant leur retour à l'hôtel. Une trop grande hâte pouvait causer à l'œuvre des dégâts accidentels. Il avait attendu des années pour mettre la main sur *La Fée voleuse*, il pouvait attendre encore quelques heures.

– Le style ne trompe pas, dit-il en refermant le coffre. Des coups de pinceau puissants, d'épaisses taches de lumière. Ou bien c'est un Hervé ou bien une remarquable copie. Je suis convaincu que nous avons réussi, Butler, mais je n'en serai certain qu'après un examen aux rayons X et une analyse chimique de la peinture.

– Très bien, répondit le garde du corps en jetant un coup d'œil à sa montre. Nous pourrons faire ça à l'hôtel. Remballez le matériel et sortons d'ici.

Artemis fourra le cylindre de Plexiglas dans son sac à dos avec la patinette qu'il avait remontée. Il fixa à nouveau les deux passe-partout à sa broche et remit l'appareil en place sur ses dents.

La porte de la chambre forte se rouvrit juste au moment où le jeune Irlandais se glissait dans ses baskets. La tête de Bertholt apparut.

– Tout se passe bien ? demanda l'employé.

Butler replia le plan et le rangea dans sa poche.

– Tout à fait bien, Bertholt. Et même le mieux du monde. Vous pouvez nous ramener là-haut.

L'employé s'inclina légèrement.

– Bien sûr, suivez-moi.

Artemis reprit son rôle d'adolescent contestataire.

– Merci beaucoup, Berty. On a bien rigolé. J'adore passer mes vacances dans les banques à chercher des papiers.

Il fallait reconnaître une qualité à Bertholt : à aucun moment son sourire ne le quittait.

Kurt les attendait près du portique, les bras croisés sur sa poitrine de rhinocéros. Il attendit que Butler soit passé puis il tapota l'épaule d'Artemis.

– Tu te crois vraiment malin, hein, mon bonhomme ? dit-il avec un sourire.

Artemis sourit à son tour.

– Comparé à toi, sûrement.

Kurt se pencha, les mains sur les genoux jusqu'à ce que ses yeux soient au niveau de ceux d'Artemis.

– Je t'ai observé depuis la cabine de surveillance. Tu n'as pas fait un geste. Les jeunes dans ton genre ne font jamais rien.

– Qu'est-ce que tu en sais ? demanda Artemis. J'aurais pu tout aussi bien forcer un coffre.

– Je sais parfaitement ce que je dis. Figure-toi que j'ai regardé tes pieds pendant tout le temps où tu étais à l'intérieur et j'ai bien vu que tu n'as quasiment pas bougé.

Artemis reprit son trousseau de clés sur le plateau et courut après Butler pour attraper l'ascenseur.

– C'est toi qui gagnes cette fois-ci, mais je reviendrai.

Kurt mit sa main en porte-voix autour de sa bouche.

– Quand tu voudras, cria-t-il. Je t'attends.

LA MORT DE PRÈS

CENTRE DE POLICE, HAVEN-VILLE, MONDE SOUTERRAIN

Le capitaine Holly Short figurait sur la liste des promotions. C'était le tournant du siècle dans sa carrière. Moins d'une année avait passé depuis qu'elle avait fait l'objet de deux enquêtes du tribunal des Affaires internes ; mais à présent, après six nouvelles missions couronnées de succès, Holly était devenue la reine des fées au sein de sa brigade des FAR. Le Grand Conseil se réunirait bientôt pour décider si elle devait devenir le premier major de sexe féminin dans l'histoire des FARfadet, les Forces Armées de Régulation et leurs Fées Aériennes de Détection. A la vérité, cette perspective ne la séduisait pas le moins du monde. Un major n'avait pas souvent l'occasion de s'attacher des ailes sur le dos pour aller voler entre la Terre et les étoiles. Il passait plutôt son temps à envoyer de jeunes officiers en mission là-haut. Holly s'était décidée à refuser la promotion si elle lui était proposée. Elle pouvait très bien se contenter d'un salaire moindre si cela lui permettait de remonter régulièrement à la surface.

Holly estima qu'il valait mieux informer le commandant Julius Root de ses intentions. Root l'avait soutenue tout au long des enquêtes menées à son sujet et c'était lui également qui l'avait recommandée pour une promotion. Le commandant n'accueillerait pas favorablement la nouvelle. D'ailleurs, il n'accueillait jamais bien les nouvelles ; même lorsqu'elles étaient bonnes, il se contentait de répondre par un « Merci » qui ressemblait à un grognement puis claquait la porte.

Ce matin-là, Holly s'était arrêtée devant la porte du bureau de Root et rassemblait tout son courage avant de frapper. Bien qu'avec son mètre de hauteur, elle fût à peine moins grande que la moyenne des fées, elle était contente que ses cheveux auburn dressés en pointes sur sa tête lui donnent un centimètre de plus. Avant qu'elle ait eu le temps de faire un geste, la porte s'ouvrit brusquement et le visage aux joues rose vif de Root apparut dans l'embrasure.

– Capitaine Short ! rugit-il, ses cheveux gris coupés en brosse frémissant sur son crâne. Venez immédiatement !

Il remarqua alors que Holly se tenait déjà à côté de la porte.

– Ah, vous êtes là. Entrez, j'ai une énigme à résoudre. Elle concerne un de nos amis gobelins.

Holly suivit Root dans le bureau. Foaly, le conseiller technique des FAR, était déjà présent, si près de l'écran à plasma fixé au mur que les poils de son nez n'allaient pas tarder à roussir.

– Une vidéo du mont des Soupirs, expliqua Root. Le général Scalène s'est évadé.

– Évadé ? répéta Holly. On sait comment ?

Foaly claqua des doigts.

– Nom de nom ! C'est à ça que nous devrions penser plutôt que de rester là à jouer un nouvel épisode des *Espions*.

– Nous n'avons pas de temps à consacrer à vos petits sarcasmes, Foaly, lança Root d'un ton sec, le teint de son visage virant au cramoisi. C'est un désastre pour notre image. Scalène est l'ennemi public numéro deux, juste après Opale Koboï elle-même. Si les journalistes l'apprennent, nous allons être la risée de tout Haven-Ville. Sans compter que Scalène pourrait bien rassembler quelques-uns de ses copains gobelins et réactiver la triade.

Holly s'avança vers l'écran, écartant d'un coup de coude l'arrière-train de Foaly. Sa petite conversation avec le commandant Root pouvait attendre. Il y avait une mission à accomplir.

– Qu'est-ce qu'on voit, là ?

Foaly éclaira une partie de l'écran avec un pointeur laser.

– Le mont des Soupirs, division des gobelins, caméra 86.

– Et qui nous montre quoi ?

– L'entrée du parloir. Scalène y a pénétré mais il n'en est jamais ressorti.

⊕⊙⅋⅋⊙⊙→• ⅋⊙⊙⊘• ⅋⅋⅋⅋⅋• ⊙⅋⊕⌇• ⅋⅋⌇

Holly passa en revue la liste des emplacements de caméras.

– Pas de caméra dans la salle elle-même ?

Root toussa, à moins que ce fût un grognement.

– Non. Conformément à la troisième Convention de l'Atlantide sur les droits des fées, les détenus bénéficient d'une totale intimité dans l'enceinte du parloir.

– Donc, nous ne savons pas ce qui s'est passé à l'intérieur ?

– Non, pas vraiment.

– Qui est le génie qui a installé ce système ?

En dépit de la gravité de la situation, Root pouffa de rire. Il ne pouvait s'empêcher d'asticoter le centaure qui affichait toujours des airs supérieurs.

– C'est notre cher ami chevalin ici présent qui a conçu tout seul le dispositif de sécurité automatisé du mont des Soupirs.

Foaly fit la moue et lorsqu'un centaure fait la moue, sa lèvre inférieure atteint presque son menton.

– Ce n'est pas le dispositif qui est en cause. Il est totalement inviolable. Chaque prisonnier est doté d'un émetteur-paralyseur sous-cutané implanté dans la tête. Même si un gobelin parvenait par miracle à s'enfuir, nous pourrions l'assommer à distance et aller le récupérer.

Holly leva les mains.

– Alors, quel est le problème ?

– Le problème, c'est que l'émetteur-paralyseur n'émet rien du tout. Ou alors, nous ne parvenons pas à capter son signal.

– *Ça*, c'est un problème.

Root alluma un répugnant cigare au champignon. La fumée en fut aussitôt absorbée par le recycleur d'air posé sur son bureau.

– Le major Kelp est parti avec une unité mobile pour essayer de repérer un éventuel signal.

Baroud Kelp avait récemment été promu commandant en second auprès de Root. Il n'était pas le genre d'officier à se contenter d'un travail administratif, à la différence de son petit frère, le caporal Grub Kelp, qui n'aurait pas demandé mieux que de passer le reste de sa carrière bien au chaud dans un bureau confortable. Si on forçait Holly à être élevée, comme lui, au grade de major, elle aurait aimé avoir ne serait-ce que la moitié de la valeur de Baroud.

Holly reporta son attention sur l'écran à plasma.

– Alors, qui était venu rendre visite au général Scalène ?

– L'un de ses milliers de neveux. Un gobelin du nom de Boohn. Apparemment, le mot signifie « qui a le front noble » dans le jargon des gobelins.

– Je me souviens de lui, dit Holly. Boohn. Le service des douanes pense que c'est lui qui dirige les opérations de contrebande du B'wa Kell. Il n'a strictement rien de noble.

Foaly ouvrit un fichier sur l'écran à plasma à l'aide de son pointeur laser.

– Voici la liste des visiteurs. Boohn est arrivé à huit heures moins dix, heure locale du monde souterrain. Ça, au moins, on le voit sur la vidéo.

71

Une image granuleuse montra un gobelin massif dans le couloir d'accès de la prison, léchant ses globes oculaires d'un air fébrile tandis que le portique de sécurité à rayons laser le balayait des pieds à la tête. Lorsqu'il fut certain que Boohn n'essayait pas de passer quelque chose en fraude, la porte des visiteurs s'ouvrit.

Foaly fit défiler la liste.

– Et regardez là. Il s'en va à huit heures quinze.

Boohn partait très vite, visiblement mal à l'aise dans l'enceinte de la prison. La caméra du parking le montrait courant à quatre pattes en direction de sa voiture.

Holly examina soigneusement la liste des visiteurs.

– Donc, vous affirmez que Boohn est parti à huit heures quinze ?

– C'est exactement ce que je viens de dire, il me semble, répliqua Foaly avec mauvaise humeur. Je vais vous le répéter lentement. Huit heures quinze.

Holly prit le pointeur laser.

– Dans ce cas, comment a-t-il réussi à partir également à huit heures vingt ?

C'était vrai. Huit lignes plus bas sur la liste, le nom de Boohn apparaissait à nouveau.

– J'ai déjà vu. Une erreur technique, marmonna Foaly. Rien d'autre. Il n'a pas pu partir deux fois. C'est impossible. Ça arrive de temps en temps, un simple bogue, rien de plus.

– A moins que la deuxième fois, ce n'ait pas été lui.

Le centaure croisa les bras dans un geste de défense.

– Vous croyez que je n'y ai pas pensé ? Quiconque entre au mont des Soupirs, ou en sort, est passé une

⊙⊕⏉⏉⏉❍·⏉F⏉⏉⏉✦·⊕⏉⏉⏉⊙△·⏉F·U⏉⊖F·⏉

douzaine de fois au scanner. Nous prenons au moins quatre-vingts points faciaux de référence à chaque contrôle. Si l'ordinateur dit qu'il s'agissait de Boohn, c'est que c'était bien lui. Aucun gobelin ne peut déjouer mon système. Ils ont un cerveau tout juste assez développé pour pouvoir parler et marcher en même temps.

A l'aide du pointeur, Holly repassa la vidéo qui montrait l'entrée de Boohn. Elle cadra sa tête en gros plan et utilisa un logiciel de manipulation photographique pour rendre l'image plus précise.

– Qu'est-ce que vous cherchez ? demanda Root.

– Je ne sais pas, commandant. Quelque chose. Un indice quelconque.

Il lui fallut quelques minutes mais Holly finit par obtenir le résultat espéré. Elle sut aussitôt qu'elle avait vu juste. Elle sentait un bourdonnement dans sa nuque, comme un essaim d'abeilles. Le signe que son intuition tournait à plein régime.

– Regardez, là, dit-elle en grossissant le front de Boohn. Une cloque sur l'écaille. Ce gobelin est en train de muer.

– Et alors ? répliqua Foaly d'un ton grincheux.

Holly repassa les images de la sortie de Boohn.

– Voyez, maintenant. Plus de cloque.

– Il a percé la cloque, c'est tout. Quelle importance ?

– Il y a plus que ça. Quand il est arrivé, la peau de Boohn était presque grise. Maintenant, elle est d'un vert brillant. On voit même sur son dos les motifs de son camouflage naturel.

❋◊◊·¶♌◊◊·❋·◡◊◗⬡⬠·◗᠌·❋◊♌◗·⬰·⬠⬡⬠

Foaly eut une exclamation dédaigneuse.

– Ce ne sont pas les camouflages qui manquent dans cette ville.

– Où voulez-vous en venir, capitaine ? demanda Root en écrasant son cigare.

– Boohn a mué pendant qu'il était ici et il a laissé sa peau au parloir. Où est cette peau ?

Il y eut un long silence tandis que les deux autres prenaient conscience de ce que cette question sous-entendait.

– Ça pourrait marcher ? interrogea Root d'un ton pressant.

Foaly était quasiment pétrifié.

– Par tous les dieux, je crois que oui.

Le centaure tira un clavier vers lui, ses doigts épais courant sur les lettres gnomiques. Une nouvelle fenêtre vidéo s'ouvrit sur l'écran. On y voyait un autre gobelin qui quittait la salle. Il ressemblait beaucoup à Boohn. Beaucoup, mais pas exactement. Quelque chose paraissait anormal. Foaly zooma sur la tête de la créature. En très gros plan, il était manifeste que sa peau n'était pas bien ajustée. Il en manquait des morceaux et le gobelin semblait retenir les plis qu'elle formait à sa ceinture.

– Il a réussi. J'ai du mal à le croire.

– C'était bien organisé, dit Holly. Aucune improvisation. Boohn a attendu d'être en période de mue. Puis il est allé voir son oncle. Ils ont détaché sa peau morte, le général Scalène s'en est recouvert et il est tout simplement sorti en trompant les systèmes de contrôle. Résultat, lorsque le nom de Boohn réapparaît, tout le monde croit qu'il s'agit d'un bogue. Simple mais très ingénieux.

Foaly s'effondra dans le fauteuil spécialement conçu pour lui.

– Incroyable. Des gobelins arrivent donc à faire une chose pareille ?

– Vous plaisantez ? s'exclama Root. Une bonne couturière gobeline arrive à détacher une peau entière sans la moindre déchirure. C'est avec ça qu'ils fabriquent leurs vêtements. Quand toutefois ils se soucient d'en porter.

– Je sais bien. Je voulais dire, des gobelins sont-ils capables de penser à ça tout seuls ? Je ne le crois pas. Il faut absolument retrouver Scalène et découvrir qui est à l'origine de ce stratagème.

Foaly établit une connexion avec la caméra braquée sur Opale Koboï, dans la clinique du docteur Argon.

– Je vais vérifier si elle est toujours dans le coma. Ce genre de ruse est tout à fait dans son style.

Une minute plus tard, il pivota dans son fauteuil, face à Root.

– Elle est toujours au pays des rêves. Je ne sais pas s'il faut s'en réjouir ou pas. Je serais navré de voir Opale redevenir active mais au moins nous saurions à qui nous avons affaire.

Une pensée vint soudain à l'esprit de Holly et elle sentit le sang se retirer de son visage.

– Vous ne croyez pas que ce pourrait être lui ? Ce ne peut pas être Artemis Fowl ?

– Certainement pas, assura Foaly. Ce n'est pas le Bonhomme de Boue. Impossible.

Root n'était pas convaincu.

– A votre place, je n'emploierais pas ce mot trop hâtivement. Holly, dès que nous aurons capturé Scalène, je veux que vous preniez un matériel complet d'observation et que vous passiez deux jours sur la trace du Bonhomme de Boue. Pour voir ce qu'il mijote. Au cas où.

– Bien, commandant.

– Et vous, Foaly, je vous donne le feu vert pour un renforcement de la surveillance. Faites tout ce qui sera nécessaire. Je veux pouvoir entendre tous les appels téléphoniques d'Artemis et lire tous les messages et lettres qu'il écrit.

– Mais, Julius, j'ai supervisé moi-même son efface-ment de mémoire. C'était un très beau travail. Je lui ai extirpé de la tête tous les souvenirs qu'il avait du monde des fées aussi nettement qu'un gobelin suce un escargot dans sa coquille. Si nous allions danser le french cancan devant la porte d'Artemis, il ne saurait pas qui nous sommes. Il faudrait lui implanter un stimulus interne pour provoquer ne serait-ce qu'un souvenir partiel.

Root n'aimait pas qu'on discute ses instructions.

– Premièrement, ne m'appelez pas Julius. Deuxièmement, faites ce que je vous dis, mon petit cheval, sinon je m'arrange pour qu'on vous coupe les crédits. Et troisièmement, pourriez-vous m'expliquer ce qu'est le french cancan ?

Foaly leva les yeux au plafond.

– Laissez tomber. Je m'occupe du renforcement de la surveillance.

– Sage décision, dit Root en tirant de sa ceinture un téléphone qui sonnait.

Il écouta quelques secondes, avec des grognements d'approbation.

– Oubliez Fowl pour le moment, dit-il en coupant la communication. Baroud a localisé le général Scalène. Il est dans le conduit E37. Holly, vous venez avec moi. Foaly, vous suivez dans la navette technique. Apparemment, le général veut nous parler.

Haven-Ville se réveillait au rythme de ses activités matinales. Bien que le mot « matinal » fût un peu trompeur dans un endroit situé si loin sous terre que seule une lumière artificielle pouvait l'éclairer. Selon les critères humains, Haven n'était qu'une petite ville puisqu'elle comptait moins de dix mille habitants. Mais pour les fées, c'était la plus grande métropole qui ait jamais existé depuis l'Atlantide des origines, laquelle était enterrée sous un port de navettes à trois niveaux, situé dans l'Atlantide nouvelle.

La voiture de patrouille du commandant Root se fraya un chemin dans les embouteillages de l'heure de pointe, son champ magnétique déviant automatiquement vers la file de droite tous les véhicules qui se trouvaient sur son chemin. Root et Holly étaient assis à l'arrière, impatients d'arriver. La situation devenait de plus en plus étrange à chaque minute. Tout d'abord,

Scalène s'évadait, puis son émetteur resté silencieux se manifestait à nouveau et voilà que maintenant, il voulait parler au commandant Root.

– Qu'est-ce que vous pensez de tout ça? demanda enfin Root.

Le respect qu'il avait pour l'opinion de ses officiers était certainement l'une des raisons pour lesquelles il était un si bon chef.

– Je ne sais pas. Ce pourrait être un piège. Quoi qu'il arrive, vous ne pouvez aller là-bas tout seul.

Root approuva d'un signe de tête.

– Vous avez raison. Même moi, je ne suis pas entêté à ce point. D'ailleurs, Baroud aura sans doute déjà pris toutes les mesures de sécurité quand je serai sur place. Il n'aime pas attendre l'arrivée de ses supérieurs. Comme une autre personne de ma connaissance, n'est-ce pas, Holly?

Holly eut un sourire qui ressemblait à une grimace. Elle avait été réprimandée plus d'une fois pour avoir ignoré l'ordre d'attendre des renforts.

Root fit monter la cloison d'insonorisation entre eux et le chauffeur.

– Il faut que nous ayons une petite conversation, Holly. A propos de votre promotion au grade de major.

Holly regarda son commandant dans les yeux. Elle y décela une nuance de tristesse.

– Je ne l'ai pas obtenue, balbutia-t-elle, incapable de dissimuler son soulagement.

– Si, si, vous *l'avez* obtenue. Vous *allez* l'avoir.

78

L'annonce officielle aura lieu demain. Le premier major de sexe féminin dans l'histoire des FARfadet. Une belle réussite.

– Mais, commandant, je ne crois pas que...

Root l'interrompit d'un geste du doigt.

– Je dois vous expliquer quelque chose, Holly. En ce qui concerne ma carrière. Il s'agit en réalité d'une métaphore pour *votre* propre carrière, alors écoutez-moi bien et vous me direz ce que vous en pensez. Il y a de nombreuses années, lorsque vous étiez encore dans vos langes, j'étais un vrai crack des missions de détection, un casse-cou, j'adorais respirer au grand air. Chaque instant passé au clair de lune était pour moi un instant béni.

Holly n'avait aucun mal à s'imaginer dans la peau du commandant. Elle ressentait exactement la même chose chaque fois qu'elle allait en surface.

– Je faisais donc mon travail aussi bien que possible. Et même un peu trop bien puisqu'un jour, je me suis retrouvé promu au grade supérieur.

Root fixa un globe purificateur d'air à l'extrémité de son cigare pour éviter d'empester la voiture. Un geste rare, chez lui.

– Major Julius Root. Ce n'était pas du tout ce que je voulais. Je suis donc allé voir mon commandant et je le lui ai dit. « Je suis une fée de terrain, lui ai-je déclaré. Je ne veux pas me retrouver derrière un bureau à remplir des formulaires électroniques. » Vous me croirez ou pas mais j'étais passablement énervé.

Holly s'efforça de paraître étonnée mais elle n'y par-

vint pas. Root passait le plus clair de son temps dans un tel état d'énervement qu'il en avait le teint écarlate, d'où son surnom de « Commandant Rouge ».

– Mais mon chef m'a dit quelque chose qui m'a fait changer d'avis. Vous voulez savoir quoi ?

Root poursuivit son histoire sans attendre la réponse de Holly :

– Il m'a dit : « Julius, cette promotion ne vous est pas donnée dans votre propre intérêt mais dans celui du Peuple. »

Root haussa un sourcil.

– Vous voyez où je veux en venir ?

Holly voyait très bien. C'était le défaut de sa propre argumentation.

Root lui posa une main sur l'épaule.

– Le Peuple a besoin de bons officiers, Holly. Il a besoin de fées comme vous pour le protéger des Hommes de Boue. Est-ce que je préférerais filer sous les étoiles le nez au vent ? Oui. Est-ce que ce serait aussi utile aux autres ? Non.

Root s'interrompit pour tirer une longue bouffée de son cigare dont l'extrémité rougeoyante illumina le globe purificateur d'air.

– Vous êtes un très bon officier de Détection, Holly, l'un des meilleurs que j'aie jamais vus. Quelque peu impulsive, parfois, sans grand respect pour l'autorité, mais douée d'une grande intuition. Je ne chercherais certainement pas à vous décharger des missions en première ligne si je ne pensais pas que vous seriez plus utile aux FAR en restant sous terre. Vous comprenez ?

〔symboles runiques〕

– Oui, commandant, répondit Holly d'un air maussade.

Il avait raison, même si la part d'égoïsme qu'il y avait en elle n'était pas prête à l'accepter. Au moins, elle avait encore cette surveillance d'Artemis Fowl à assurer avant que ses nouvelles fonctions ne l'obligent à demeurer dans le monde souterrain.

– La fonction de major comporte un avantage, reprit Root. Parfois, pour échapper à l'ennui, on peut se confier à soi-même une mission en surface. A Hawaii, par exemple, ou en Nouvelle-Zélande. Regardez Baroud Kelp. Il appartient à une nouvelle génération de majors, plus proches du terrain. C'est peut-être ce dont les FAR ont besoin.

Holly savait que le commandant s'efforçait d'atténuer le choc. Dès que ses glands de major seraient cousus à son revers, elle ne pourrait plus monter à l'air libre aussi souvent que maintenant. Si toutefois elle avait une chance d'y remonter.

– En recommandant votre promotion à ce grade, je me mets la tête sur le billot, Holly. Jusqu'à présent, votre carrière a été mouvementée, c'est le moins qu'on puisse dire. Si vous avez l'intention de refuser, prévenez-moi tout de suite, j'enlèverai votre nom de la liste.

« Ma dernière chance, pensa Holly. Maintenant ou jamais. »

– Non, dit-elle. Je ne refuserai pas. Comment le pourrais-je ? Qui sait quand un nouvel Artemis Fowl se manifestera ?

A ses propres oreilles, la voix de Holly paraissait distante, comme si c'était quelqu'un d'autre qui parlait.

Elle sentait résonner derrière chacune de ses paroles le glas de l'ennui. Un travail de bureau. Elle aurait désormais un travail de bureau.

Root lui tapota l'épaule, son énorme main vidant l'air de ses poumons.

– Allons, un sourire, capitaine. Vous savez, il y a *aussi* de la vie sous terre.

– Je sais, répondit Holly avec un manque total de conviction.

La voiture de patrouille s'arrêta près du conduit E37. Root ouvrit la portière et fit un geste pour sortir puis il s'interrompit.

– Si ça peut être une consolation, dit-il à voix basse, presque maladroitement, sachez que je suis fier de vous, Holly.

Il quitta alors la voiture et fendit la foule des agents des FAR qui braquaient leurs armes sur l'entrée du conduit.

« C'est une consolation, songea Holly en regardant Root prendre le commandement des opérations. Une grande consolation. »

Les conduits étaient des puits naturels de magma qui s'étendaient du centre de la terre jusqu'à sa surface. La plupart débouchaient sous l'eau, produisant les courants chauds nécessaires à la faune des grandes profondeurs mais d'autres filtraient leurs gaz à travers un réseau de crevasses et de fissures qui sillonnaient la surface de la terre ferme. Les FAR utilisaient la puissance des flux de magma pour propulser leurs officiers

•)Ɛ• ႮჃ)ᴵ•)Ɛ• ᖮႮჃ)ᖭᴎ•)Ɛ• ⊕Ⴣ)Ი• ⫽

à l'air libre dans des capsules de titane. On pouvait aussi voyager plus confortablement dans une navette qui empruntait un conduit dormant. L'E37 aboutissait sous le centre de Paris et jusqu'à une date récente, seuls des gobelins s'en étaient servis pour leurs activités de contrebande. Fermé au public pendant de nombreuses années, le terminal du conduit avait été laissé à l'abandon. Pour le moment, ses seuls occupants étaient les membres d'une équipe de cinéma qui tournaient un téléfilm sur la révolte du B'wa Kell. Le rôle de Holly avait été confié à Skylar Peat, qui avait déjà reçu trois prix d'interprétation au cours de sa carrière, et le personnage d'Artemis Fowl était entièrement réalisé en images de synthèse.

Lorsque Holly et Root arrivèrent, le major Baroud Kelp avait disposé trois escouades des FAR autour de l'entrée du terminal.

– Faites-moi le point de la situation, major, ordonna Root.

Kelp montra l'entrée.

– Il n'y a qu'une seule voie d'accès et aucune issue. Toutes les entrées secondaires sont obstruées depuis longtemps, donc si Scalène se trouve là-dedans, il faudra qu'il passe devant nous pour rentrer chez lui.

– On est sûrs qu'il est là ?

– Non, admit le major Kelp. Nous avons capté son signal, mais ceux qui l'ont aidé à s'évader pourraient tout aussi bien lui avoir fendu le crâne pour enlever l'émetteur. La seule chose certaine, c'est que quelqu'un joue à un drôle de petit jeu avec nous. J'ai envoyé deux de mes meilleurs lutins volants en reconnaissance et voilà ce qu'ils ont rapporté.

Baroud leur tendit une galette de silicium. Ces microprocesseurs sonores n'étaient pas plus grands que l'ongle du pouce et servaient généralement à enregistrer des souhaits de bon anniversaire. Celle-ci avait la forme d'un gâteau. Root referma ses doigts sur l'objet. La chaleur de sa main activerait ses microcircuits.

Du minuscule haut-parleur s'éleva alors une voix sifflante que la mauvaise qualité du gadget rendait encore plus reptilienne :

– Root, disait la voix, je voudrais vous parler. Je voudrais vous révéler un grand secret. Amenez la fille avec vous, Holly Short. Venez tous les deux, c'est tout. Si vous amenez quelqu'un d'autre, il y aura beaucoup de morts. Mes camarades y veilleront...

Le message se terminait avec l'air traditionnel de bon anniversaire, son caractère joyeux contrastant avec le ton de la menace.

Root fronça les sourcils.

– Les gobelins. Il faut toujours qu'ils fassent leur cinéma, ceux-là.

– C'est un piège, commandant, dit Holly sans hésitation. C'est nous qui étions dans les laboratoires Koboï, l'année dernière. Les gobelins nous tiennent pour responsables de l'échec de leur révolte. Si nous entrons là-dedans, qui sait ce qui nous attend ?

Root approuva d'un signe de tête.

– Maintenant, vous raisonnez comme un major.

Nous ne sommes pas des produits jetables. Alors, quelles sont les options, Baroud ?

– Si vous n'y allez pas, il y aura de nombreuses victimes. Si vous y allez, c'est *vous* qui risquez d'être les victimes.

– Le choix n'est pas très réjouissant. Vous n'avez rien de mieux à me proposer ?

Baroud abaissa la visière de son casque et consulta un mini-écran sur la surface de Plexiglas.

– Nous avons réussi à réactiver les scanners de sécurité du terminal et à détecter les masses de matière et les sources thermiques. Nous n'avons découvert qu'une seule source de chaleur dans le tunnel d'accès, ce qui signifie que Scalène est seul s'il s'agit bien de lui. Quoi qu'il mijote là-dedans, il ne dispose d'aucune forme connue d'armes ou d'explosifs. Simplement quelques manches de pioche et de la bonne vieille H_2O.

– Quand prévoit-on la prochaine poussée de magma ? demanda Holly.

Baroud passa l'index sur un pavé tactile aménagé dans son gant de la main gauche, faisant défiler les données inscrites sur l'écran de sa visière.

– Il n'y aura rien pendant les deux prochains mois. Ce conduit est intermittent. Donc, Scalène n'a pas l'intention de vous faire griller.

Les joues de Root rougeoyèrent comme deux charbons ardents.

– Nom de nom ! jura-t-il. Je croyais que nos ennuis avec les gobelins étaient terminés. Il y a une chance pour que Scalène bluffe. J'ai bien envie d'envoyer une force tactique à l'intérieur.

– C'est ce que je conseillerais, assura Baroud. Il n'a aucune arme qui puisse faire de dégâts là-dedans. Donnez-moi cinq fées et nous aurons embarqué Scalène dans un fourgon cellulaire avant qu'il ait compris ce qui lui arrive.

– J'imagine que la fonction paralysante de l'émetteur est neutralisée ? dit Holly.

Baroud haussa les épaules.

– Nous le supposons, en effet. L'émetteur-paralyseur n'avait envoyé aucun signal jusqu'à présent et quand nous sommes arrivés ici, nous avons simplement trouvé la galette de silicium. Scalène savait que nous venions. Il nous a même laissé un message.

Root tapa du poing dans sa paume.

– Il faut que j'y aille. Il n'y a pas de danger immédiat à l'intérieur et nous ne pouvons être sûrs que Scalène n'a pas trouvé un moyen de mettre ses menaces à exécution. Je n'ai pas le choix, pas vraiment. Je ne vous donnerai pas l'ordre de m'accompagner, capitaine Short.

Holly sentit son estomac se contracter mais elle ravala sa peur. Le commandant avait raison. Il n'y avait pas d'autre possibilité. C'était le devoir même d'un officier des FAR. Protéger le Peuple.

– Vous n'en aurez pas besoin, commandant. Je me porte volontaire.

– Très bien. A présent, Baroud, laissez passer Foaly et sa navette. Nous sommes obligés d'y aller, mais pas sans armes.

Il y avait davantage d'armements entassés à l'arrière de la navette de Foaly que dans tout l'arsenal de n'importe quelle force de police humaine. Sur chaque centimètre carré de cloison était branché un câble d'alimentation ou fixé un crochet auquel pendait un fusil. Assis au centre du véhicule, le centaure était occupé à régler un pistolet Neutrino. Il le lança à Holly lorsqu'elle entra dans le véhicule.

– Hé, faites attention avec ça, dit-elle en l'attrapant adroitement.

Foaly eut un petit rire.

– Ne vous inquiétez pas. La détente n'a pas encore été codée. Personne ne peut se servir de cette arme tant qu'un nom d'utilisateur n'aura pas été enregistré dans l'ordinateur. Même si elle tombait entre les mains d'un gobelin, il ne pourrait pas tirer avec. C'est l'une de mes dernières trouvailles. Après la révolte du B'wa Kell, j'ai pensé qu'il était temps d'améliorer la sécurité.

Holly empoigna le pistolet. Le rayon rouge d'un scanner parcourut toute la longueur de la crosse puis une lumière verte s'alluma.

– Ça y est. Vous en êtes devenue l'unique utilisatrice. A partir de maintenant, ce Neutrino 3000 n'appartient plus qu'à vous.

Holly souleva le pistolet transparent.

– Il est trop léger, dit-elle. Je préférais le 2000.

Foaly afficha les caractéristiques de l'arme sur un écran mural.

– Il est léger mais vous vous y habituerez. L'avantage, c'est qu'il ne contient aucun élément métallique. Il est alimenté par énergie cinétique, grâce aux mouvements de votre corps, et comporte une minicellule nucléaire de réserve. Bien entendu, il est relié au système de visée de votre casque. La structure extérieure est quasiment impossible à percer et je n'hésiterai pas à dire qu'il s'agit là d'une superbe pièce d'artillerie.

Foaly tendit à Root une version plus grande du pistolet.

– Chaque coup de feu est enregistré par l'ordinateur des FAR, ce qui permet de dire qui a tiré, quand et dans quelle direction. Le tribunal des Affaires internes passera ainsi beaucoup moins de temps en enquêtes informatiques.

Il adressa un clin d'œil à Holly.

– J'ai pensé que vous seriez contente de l'apprendre.

Holly regarda le centaure d'un air entendu. Elle était bien connue des Affaires internes. Elles avaient déjà mené deux enquêtes à son sujet et seraient certainement ravies d'en ouvrir une troisième. La seule chose amusante dans cette histoire de promotion serait de voir la tête des membres du tribunal lorsque le commandant épinglerait sur son revers les glands de major.

Root rangea son arme dans son holster.

– Bien, maintenant, nous pouvons tirer. Mais qu'est-ce qui se passe si c'est sur nous qu'on tire ?

– On ne vous tirera pas dessus, assura Foaly. J'ai

piraté les scanners du terminal et j'ai également installé deux de mes capteurs. Il n'y a rien là-dedans qui puisse vous faire du mal. Tout ce que vous risquez, c'est de trébucher et de vous fouler la cheville.

Le teint de Root devint de plus en plus rouge.

– Foaly, dois-je vous rappeler que vos capteurs ont déjà été pris en défaut ? Et que ça s'est passé dans ce même terminal, si mes souvenirs sont exacts.

– D'accord, d'accord, du calme, commandant, répondit Foaly dans un souffle. Je n'ai pas oublié ce qui s'est passé cette année-là. Comment le pourrais-je alors que Holly me le rappelle toutes les cinq minutes ?

Foaly posa deux valises scellées sur un établi. Il composa une suite de chiffres sur leurs serrures de sécurité et souleva leur couvercle.

– Voici la nouvelle génération des combinaisons destinées aux missions de Détection. J'avais l'intention de les montrer pour la première fois à la réunion des FAR le mois prochain mais avec un vrai commandant qui s'apprête à passer à l'action, il vaut mieux vous les donner dès aujourd'hui.

Holly en sortit une de sa valise. Après avoir jeté un bref éclat, la combinaison prit la couleur des cloisons du véhicule.

– En fait, c'est un matériau dérivé des feuilles de camouflage, vous serez donc en permanence pratiquement invisibles. Ce qui vous dispensera d'avoir recours à votre bouclier magique, expliqua Foaly. Bien entendu, cette fonction peut être déconnectée. Les ailes font partie intégrante de l'ensemble. Elles sont entièrement rétractables et leur niveau sonore se réduit à un murmure. Nous avons là un tout nouveau concept en matière de construction d'ailes. L'alimentation est fournie par une batterie accrochée à la ceinture et bien sûr, chaque aile est équipée de minicapteurs solaires pour les vols en surface. Les combinaisons comportent également des égalisateurs de pression qui vous permettent de passer d'un environnement à un autre sans risquer un accident de décompression.

Root tenait devant lui la deuxième combinaison.

– Elles doivent coûter une fortune.

Foaly acquiesça d'un signe de tête.

– Vous n'avez pas idée. La moitié de mon budget de recherche de l'année dernière y est passé. Mais elles ne remplaceront pas les anciennes avant au moins cinq ans. Ces deux-là sont les seuls modèles opérationnels dont nous disposions, je vous serais donc reconnaissant de me les rendre. Elles sont antichoc, résistent au feu, échappent aux radars et transmettent directement au centre de police un flot continu d'informations et de diagnostics. Les casques actuels fournissent des données vitales de base mais avec ces nouvelles combinaisons, nous obtiendrons une deuxième vague d'informations qui nous indiqueront si vos artères sont bouchées, si vous souffrez de fractures ou même si vous avez la peau sèche. Ce sont de véritables cliniques volantes. Elles sont même dotées d'un plastron pare-balles au cas où des humains vous tireraient dessus.

Holly leva la combinaison devant l'écran à plasma.

Le système de camouflage lui donna aussitôt une teinte verte.

– Elle me plaît bien, dit-elle. Le vert est ma couleur préférée.

Baroud Kelp avait réquisitionné des projecteurs laissés sur place par l'équipe de tournage et les avait braqués sur le niveau inférieur du terminal. Les rayons de lumière crue éclairaient le moindre grain de poussière qui flottait dans l'atmosphère, donnant une étrange impression visuelle, comme si l'aire des départs était plongée sous l'eau. Le commandant Root et le capitaine Short s'avancèrent avec précaution à l'intérieur de la salle, arme au poing, visière baissée.

– Qu'est-ce que vous pensez de cette combinaison? demanda Holly en surveillant machinalement les diverses indications affichées à l'intérieur de sa visière.

Les jeunes recrues des FAR avaient souvent du mal à acquérir l'agilité visuelle nécessaire pour voir à la fois la situation sur le terrain et les données transmises par les écrans de leur visière. Il n'était pas rare que les novices, perturbés par ce mouvement incessant des yeux, finissent par « remplir le vase », l'expression en usage au sein des FAR pour dire qu'on avait vomi dans son casque.

– Elle n'est pas mal, répondit Root. Légère comme une plume. On ne sent même pas qu'on a des ailes dans le dos. Mais ne le répétez pas à Foaly, il a déjà la tête suffisamment enflée comme ça.

– Ce sera inutile, commandant, dit la voix de Foaly dans son écouteur.

Les haut-parleurs, d'un type nouveau, fonctionnaient par vibration d'un gel et donnaient l'impression que le centaure était présent dans le casque.

– Je vous accompagnerai à chaque pas, reprit-il, tout en restant à l'abri dans la navette, bien sûr.

– Bien sûr, répliqua le commandant d'un ton rude.

Root et Holly poursuivirent avec prudence leur progression dans le terminal, passant devant les comptoirs d'enregistrement. Foaly les avait assurés qu'il ne pouvait y avoir aucun danger dans cette zone mais il était déjà arrivé que le centaure se trompe. Et une erreur sur le terrain pouvait coûter la vie.

Les producteurs du téléfilm, trouvant que la saleté accumulée dans le terminal ne paraissait pas suffisamment authentique, avaient rajouté en divers endroits des tas de mousse grisâtre. Une tête de poupée était posée sur l'un des tas. Un détail émouvant, selon le réalisateur. Les murs et les escaliers mécaniques avaient été noircis pour représenter des impacts de tir au pistolet laser.

– Un vrai champ de bataille, ici, remarqua Root avec un sourire.

– Légèrement exagéré. Dans la réalité, je doute qu'il y ait eu plus d'une douzaine de coups de feu échangés.

Ils traversèrent l'aire d'embarquement puis arrivèrent dans la zone d'amarrage. La navette utilisée par les gobelins pour leurs trafics avait été ressuscitée et trônait sur la plate-forme. Elle était peinte d'une couleur noire brillante pour paraître plus menaçante et des motifs typiquement gobelinesques avaient été ajoutés à l'avant en guise de décoration.

– On est à quelle distance ? demanda Root dans son micro.

– Je transfère la signature thermique dans vos casques, répondit Foaly.

Quelques secondes plus tard, un diagramme apparut dans leurs visières. L'image était un peu déroutante car, en fait, ils se regardaient eux-mêmes. Il y avait trois sources de chaleur dans le bâtiment. Deux étaient proches l'une de l'autre et avançaient lentement en direction du conduit. Holly et le commandant. La troisième était immobile dans le tunnel d'accès. Quelques mètres derrière cette troisième silhouette, le capteur thermique renvoyait une tache blanche produite par la chaleur ambiante qui montait du puits E37.

Ils arrivèrent devant les portes étanches, des panneaux en acier massif de deux mètres d'épaisseur, qui séparaient le tunnel d'accès du reste du terminal. Les navettes et les capsules en titane glissaient sur le rail magnétique pour être propulsées dans le conduit proprement dit. Les portes étaient hermétiquement closes.

– Pouvez-vous les ouvrir à distance, Foaly ?

– Mais bien sûr, commandant. Je me suis arrangé, par un procédé très ingénieux, pour combiner mon système d'exploitation avec les anciens ordinateurs du terminal. Ce n'était pas aussi facile qu'il y paraît...

– Je vous crois sur parole, l'interrompit le commandant. Contentez-vous de pousser le bouton si vous ne voulez pas que je vienne le pousser moi-même avec votre propre tête.

– Il y a des choses qui ne changeront jamais, marmonna Foaly en appuyant sur le bouton.

Le tunnel d'accès dégageait une odeur de haut-fourneau. De vieux résidus de minerai fondu, semblables à des stalactites, pendaient du plafond et le sol fissuré était instable. A chaque pas, on s'enfonçait dans une croûte de suie en laissant derrière soi des traces profondes. D'autres traces s'étendaient devant eux : elles menaient à une silhouette sombre tapie sur le sol, tout près de l'entrée du conduit.

– Là, dit Root.

– J'ai vu, répondit Holly qui braqua aussitôt son viseur à laser sur le torse de la silhouette.

– Couvrez-moi, ordonna le commandant. Je descends.

Root s'avança le long du tunnel en restant largement à l'écart de la ligne de tir de Holly. Si Scalène bougeait, elle aurait besoin d'un espace dégagé pour pouvoir faire feu. Mais le général, si c'était bien lui, demeurait immobile, accroupi, le dos arrondi contre la paroi du tunnel. Il était couvert des pieds à la tête d'une cape à capuchon.

Le commandant brancha le haut-parleur extérieur de son casque pour faire entendre sa voix par-dessus le hurlement du vent qui montait des profondeurs :

– Vous, là-bas, debout, face au mur, les mains sur la tête.

La silhouette ne fit pas un geste. Holly ne s'était pas attendue à la voir bouger. Root s'en approcha,

94

toujours prudent, les genoux fléchis, prêt à plonger de côté. Il enfonça le canon de son Neutrino 3000 dans l'épaule de la créature accroupie.

– Debout, Scalène.

La poussée fut suffisante pour faire basculer la silhouette sur le côté. Le gobelin tomba sur le dos. De la suie vola autour de lui comme des chauves-souris réveillées en sursaut. Le capuchon glissa en arrière, révélant un visage, et surtout un regard.

– C'est bien lui, dit Root. Il a été mesmerisé.

Les yeux en amande du général étaient vitreux et injectés de sang. C'était une très mauvaise nouvelle car elle confirmait que l'évasion avait été organisée par quelqu'un d'autre. Holly et Root s'étaient jetés dans un piège.

– Je suggère que nous quittions les lieux, lança Holly. Immédiatement.

– Non, répliqua Root en se penchant sur le gobelin. Maintenant que nous sommes ici, autant ramener Scalène avec nous.

Il prit le général par le col pour le remettre debout. Par la suite, Holly écrirait dans son rapport que c'était l'instant précis où tout avait très mal tourné. Ce qui n'avait été qu'une mission de routine – quoiqu'un peu insolite – s'était soudain transformé en une affaire beaucoup plus dramatique.

– Ne me touche pas, elfe, dit une voix.

Une voix sifflante de gobelin. La voix de Scalène. Mais comment était-ce possible ? Les lèvres du général n'avaient pas remué.

𝌆𝌆𝌆 ·· 𝌆𝌆𝌆 𝌆· 𝌆𝌆𝌆 𝌆· 𝌆𝌆𝌆 ·· 𝌆𝌆

Root fit un brusque pas en arrière puis reprit son équilibre.

– Qu'est-ce qui se passe, ici ?

Holly sentit comme un bourdonnement dans sa nuque : son instinct de soldat la mettait en alerte.

– Je ne sais pas, mais c'est sûrement très mauvais pour nous. Nous devrions nous replier, commandant, à l'instant même.

Root paraissait pensif.

– Cette voix venait de sa poitrine.

– Il a peut-être subi une opération, dit Holly. Partons d'ici.

Le commandant se pencha à nouveau, écartant la cape de Scalène. Il vit alors une boîte en métal accrochée à la taille du général. Elle mesurait trente centimètres de côté et comportait en son centre un petit écran qui montrait un visage plongé dans l'ombre.

– Ah, Julius, dit la voix de Scalène qui s'élevait de l'écran. Je savais que vous alliez venir. Le fameux ego du commandant Root ne pouvait laisser échapper une si belle occasion de passer à l'action. Un piège manifeste, mais vous êtes tombé dedans.

La voix était bel et bien celle du général mais quelque chose différait dans son phrasé, sa cadence. Elle avait un ton un peu trop précieux pour un gobelin. Précieux et étrangement familier.

– Ça y est, vous avez compris, capitaine Short ? demanda la voix.

Elle changeait à présent. Glissait dans un registre plus aigu. Ses modulations n'étaient plus masculines et n'avaient même plus rien à voir avec celles d'un gobelin. « C'est une voix féminine, songea Holly. La voix de quelqu'un que je connais. »

Sur l'écran, le visage s'éclaira soudain. Un visage beau et cruel à la fois, avec des yeux brillants de haine. Le visage d'Opale Koboï. Sa tête était enveloppée de bandages mais les traits n'étaient que trop reconnaissables.

Holly parla précipitamment dans le micro de son casque :

– Foaly, nous sommes en danger. Opale Koboï s'est évadée. Je répète : Koboï s'est évadée. C'était un piège. Bouclez le secteur sur un périmètre de cinq cents mètres et faites venir les médicosorciers. Il va y avoir des blessés.

Sur l'écran, Opale Koboï éclata de rire, ses minuscules dents de fée lutine étincelant comme des perles.

– Parlez autant que vous voudrez, capitaine Short. Foaly ne peut vous entendre. Mon dispositif a bloqué vos transmissions aussi facilement que j'ai bloqué les signaux de l'émetteur-paralyseur et les analyseurs de matière que vous avez sûrement dû utiliser. Votre ami le centaure continue à vous voir, cependant. Je lui ai laissé ses précieux objectifs.

Holly zooma immédiatement sur le visage d'Opale. Si Foaly voyait la fée lutine, il comprendrait immédiatement la situation.

Koboï éclata de rire à nouveau. Elle s'amusait véritablement.

– Très bien, capitaine. Vous avez toujours eu l'esprit vif. C'est tout relatif, bien sûr. Si vous montrez ma tête à Foaly, il déclenchera aussitôt l'alerte. Navrée de vous décevoir, Holly, mais cet appareil est constitué d'un métal furtif qu'un œil artificiel ne peut pratiquement pas détecter. Tout ce que Foaly verra, c'est un léger miroitement qu'il prendra pour une interférence.

Les métaux furtifs avaient été conçus pour les véhicules spatiaux. Ils absorbaient toutes les formes d'ondes ou de signaux connus dans le monde des fées ou celui des hommes et ne pouvaient donc être distingués qu'à l'œil nu. Leur fabrication était par ailleurs extraordinairement onéreuse. Même la petite quantité nécessaire pour recouvrir l'appareil de Koboï avait dû coûter l'équivalent d'un hangar rempli d'or.

Root se redressa précipitamment.

– Nous sommes en situation défavorable, capitaine. Replions-nous.

Holly n'éprouva aucun soulagement. Opale Koboï n'allait pas les laisser partir si facilement. Ils ne pourraient pas sortir d'ici comme si de rien n'était. Si Foaly avait réussi à pirater les ordinateurs du terminal, Koboï en était également capable.

Le rire d'Opale se transforma en un hurlement presque hystérique.

– Vous replier ? Intéressante tactique, commandant. Mais vous devriez élargir un peu votre vocabulaire. Qu'est-ce que vous allez faire ensuite ? Vous mettre à couvert ?

Holly détacha une bande Velcro sur sa manche, révélant un clavier en caractères gnomiques. Elle se connecta rapidement aux archives criminelles des

〄⊙〜⊙◉∪◉∙ ⚷⚇⧈⚙⊙⬡⊕ ∙ ⚷∙ ⧉⚷∙ ⧈⬡⚙⊙∪

FAR et ouvrit le fichier d'Opale Koboï sur l'écran de sa visière.

– Opale Koboï, dit la voix du caporal Frond.

Les FAR utilisaient toujours Lili Frond pour les voix enregistrées et les vidéos destinées à attirer de nouvelles recrues. Elle avait du charme, de l'élégance, d'abondantes tresses blondes et des ongles manucurés de trois centimètres de long qui ne pouvaient lui être d'aucune aide sur le terrain.

– Ennemi public numéro un des FAR. Actuellement détenue à la clinique J. Argon. Opale Koboï est un génie certifié qui dépasse les trois cents de QI. On la soupçonne également de mégalomanie, avec troubles obsessionnels. L'étude de son cas indique qu'elle est sans doute une menteuse pathologique et pourrait souffrir d'une légère schizophrénie. Pour des renseignements plus détaillés, veuillez vous adresser à la bibliothèque centrale des FAR au deuxième étage du centre de police.

Holly referma le fichier. Un génie obsessionnel et une menteuse pathologique. Ils avaient bien besoin de cela. L'information ne l'aidait pas beaucoup. Elle était déjà plus ou moins au courant. Opale était libre, elle voulait les tuer et disposait d'une intelligence suffisante pour trouver le moyen d'y parvenir.

Opale Koboï continuait de savourer son triomphe.

– Vous ne pouvez pas savoir combien j'ai attendu ce moment, dit-elle.

Elle s'interrompit un instant puis ajouta :

– En fait vous le *savez*. Car c'est vous qui avez fait

⠿⠹·⡦⠰⡱⠿·⠒⡧⠹⡸⠌⠌⡮⠕⡳✦·⡮⠒⡧⠹⠒·⡅·⡦⡧⠹

échouer mes plans. Et maintenant, je vous tiens tous les deux.

Holly était perplexe. Opale souffrait peut-être de graves troubles mentaux mais il ne fallait pas prendre cela pour de la bêtise. Pourquoi jacassait-elle ainsi ? Essayait-elle de distraire leur attention ?

Root eut la même pensée.

– Holly ! Les portes !

Holly pivota sur ses talons et vit les portes étanches coulisser, le bruit de leurs moteurs couvert par le mugissement du vent des profondeurs. Si les panneaux se refermaient, ils seraient complètement coupés des FAR et à la merci d'Opale Koboï.

Holly visa les roulements magnétiques, au sommet des portes, envoyant plusieurs décharges de Neutrino dans leur mécanisme. Les panneaux tressautèrent sur leurs rails sans interrompre leur course. Deux des roulements se brisèrent mais les lourdes plaques d'acier continuèrent de glisser sur leur lancée et se joignirent dans un « bong » sinistre.

– Enfin seuls, dit Opale avec le ton d'une jeune fée le jour de son premier rendez-vous galant.

Root braqua son arme sur l'appareil accroché à la taille de Scalène comme s'il avait pu ainsi atteindre Koboï.

– Qu'est-ce que vous voulez ? demanda-t-il d'une voix impérieuse.

– Vous le savez très bien, répliqua la fée lutine. La question est plutôt : comment vais-je l'obtenir ? Quelle forme de vengeance serait la plus satisfaisante ? Bien entendu, vous allez mourir tous les deux, mais ce n'est pas suffisant. Je veux vous voir souffrir comme moi j'ai souffert, je veux vous voir discrédités, méprisés. L'un de vous deux au moins, l'autre sera sacrifié. Je me fiche de savoir lequel.

Root recula vers les portes étanches en faisant signe à Holly de le suivre.

– Quelles sont les options ? murmura-t-il, le dos tourné à l'écran.

Holly souleva sa visière pour essuyer une goutte de sueur sur son front. Les casques étaient équipés d'un système d'air conditionné mais parfois, la transpiration n'a rien à voir avec la chaleur.

– Il faut sortir d'ici, répondit-elle. Le conduit est la seule issue.

Root approuva d'un signe de tête.

– D'accord. Nous volons suffisamment loin pour nous mettre hors de portée du signal de blocage de Koboï puis nous alertons le major Kelp.

– Et Scalène ? Il est mesmerisé jusqu'à la moelle, il ne peut pas se défendre. Si nous parvenons à nous échapper, Opale ne laissera pas une preuve derrière elle en l'abandonnant ici.

C'était d'une logique élémentaire. Les criminels du genre « je serai le maître du monde » ne se gênaient pas pour supprimer des complices si cela leur permettait de s'en sortir plus facilement.

Root grogna.

– Ça me défrise vraiment de prendre des risques pour protéger un gobelin, mais c'est notre métier.

Donc, on emmène Scalène avec nous. Vous allez tirer quelques décharges sur la boîte accrochée à sa taille et quand elle sera neutralisée, je le prends sur mon épaule et nous filons dans l'E37.

– Compris, dit Holly en réglant son arme sur la puissance minimum.

Une partie des rayons laser atteindrait Scalène mais sans autre effet que de lui assécher les globes oculaires pendant deux ou trois minutes.

– Ne vous occupez pas de Koboï. Quoi qu'elle dise concentrez-vous sur votre tâche.

– Bien, commandant.

Root respira profondément à plusieurs reprises. D'une certaine manière, voir le commandant aussi nerveux qu'elle eut pour effet de calmer Holly.

– OK. On y va.

Les deux elfes firent volte-face et s'avancèrent à grands pas vers le gobelin inconscient.

– On a imaginé un petit plan d'action ? dit Koboï d'un air moqueur, son visage toujours visible sur l'écran. J'espère qu'il est ingénieux. Quelque chose à quoi je n'aurais pas pensé, peut-être ?

La mine sombre, Holly essayait de ne pas entendre ses paroles mais elles s'insinuaient malgré tout dans son esprit. Un plan ingénieux ? Pas vraiment. C'était simplement la seule possibilité qu'ils avaient. Quelque chose à quoi Koboï n'aurait pas pensé ? Peu probable. Opale avait eu près d'un an pour mettre son projet au point. S'apprêtaient-ils à faire exactement ce qu'elle voulait ?

– Commandant, commença Holly, mais Root était déjà en position à côté de Scalène.

Holly tira six fois sur le petit écran. Les six décharges atteignirent l'image en pixels de Koboï, qui disparut dans une tempête de parasites. Des étincelles jaillirent des jointures métalliques et une fumée âcre s'éleva du haut-parleur.

Root resta un instant immobile pour laisser les énergies résiduelles se dissiper puis il saisit fermement Scalène par les épaules.

Rien ne se produisit.

« J'avais tort, songea Holly, en relâchant son souffle qu'elle retenait sans s'en rendre compte. J'avais tort, que les dieux en soient remerciés. Opale n'a pas de plan précis. »

Mais ce n'était pas vrai et Holly n'y croyait pas réellement.

L'appareil était fixé à la taille de Scalène par des octoliens, un ensemble de huit câbles télescopiques que les FAR utilisaient souvent pour neutraliser les criminels dangereux. On pouvait les attacher ou les détacher à distance et, une fois verrouillés, il était impossible de les enlever sans l'aide d'une télécommande ou d'une scie électrique. Dès que Root se fut penché, les octo-liens libérèrent Scalène et s'enroulèrent comme des fouets autour du commandant, plaquant la boîte de métal contre sa poitrine.

Le visage de Koboï réapparut sur l'autre face de l'appareil. Le premier écran n'avait été qu'un écran de fumée qui masquait un piège.

⏚⏛⏚⏛⏚⏛⏚ · ⏛ · ⏛⏚⏛⏚⏛⏚ · ⏛⏚⏛⏚⏛ · ⏚

– Commandant Root, lança-t-elle avec une telle férocité dans la voix qu'elle en avait du mal à respirer, on dirait que c'est vous qui allez être sacrifié.

– Nom de nom ! jura Root en tapant sur la boîte de métal avec la crosse de son pistolet.

Les octo-liens se resserrèrent jusqu'à ce que le souffle du commandant ne soit plus qu'un halètement douloureux. Holly entendit des côtes craquer. Root lutta pour ne pas tomber. Des étincelles magiques dansaient sur son torse, guérissant automatiquement les os fracturés.

Holly se précipita pour lui porter secours mais avant qu'elle ait pu l'atteindre, un « bip » insistant s'éleva du haut-parleur de l'appareil. Plus elle avançait, plus le volume du son augmentait.

– N'approchez pas, grogna Root. Restez où vous êtes. C'est un déclencheur.

Holly s'immobilisa, les pieds dans la suie, donnant un coup de poing rageur dans le vide. Mais le commandant avait sans doute raison. Elle avait déjà entendu parler des déclencheurs d'approche. Les nains s'en servaient dans les mines. Ils plaçaient un explosif dans un tunnel, activaient le déclencheur et l'actionnaient à distance en jetant une pierre.

Le visage d'Opale continuait de s'afficher sur l'écran.

– Écoutez donc votre cher Julius, capitaine Short, conseilla la fée lutine. C'est le moment ou jamais d'être prudente. Votre commandant a parfaitement raison – le signal sonore que vous entendez est bel et bien celui d'un déclencheur d'approche. Si vous avancez trop près, Root sera réduit en fumée par le gel explosif contenu dans la boîte métallique.

– Cessez de discourir et dites-nous ce que vous voulez, gronda Root.

– Allons, allons, commandant, patience. Vous serez débarrassé de vos soucis bien assez tôt. En fait, ils ont déjà pris fin, alors attendez donc tranquillement pendant les dernières secondes qui vous restent à vivre.

Holly contourna le commandant à distance constante, maintenant le « bip » au même niveau sonore, jusqu'à ce qu'elle se retrouve dos au conduit.

– Il existe un moyen de sortir de là, commandant, dit-elle. J'ai simplement besoin d'une minute de réflexion pour voir ce qu'on peut faire.

– Laissez-moi vous aider à *voir ce qu'on peut faire*, dit Koboï d'un ton railleur, ses traits enfantins enlaidis par la cruauté. Vos camarades des FAR essayent en ce moment de s'ouvrir un chemin à coups de rayons laser mais bien entendu, ils n'arriveront jamais à temps. Et vous pouvez parier que Foaly, mon vieux camarade d'école, est collé à son écran vidéo. Or, que voit-il ? Il voit sa chère amie Holly Short braquer un pistolet sur son commandant, c'est en tout cas ce qui apparaît quand on n'entend pas le son. Pourquoi donc ferait-elle une chose pareille ? se demande-t-il.

– Foaly comprendra, répondit Root. Il s'est déjà montré plus fort que vous dans le passé.

Opale resserra les octo-liens à distance, forçant le commandant à tomber à genoux.

– Peut-être finirait-il par comprendre. S'il en avait le

𝕯𝖎𝖘⋅𝖘𝖆𝖑⋅𝖔⋅ 𝖘⋅𝖆𝖉⋅𝖕𝖆𝖻⋅𝖔𝖔𝖍𝖍⋅𝖘𝖆𝖉𝖔𝖉

temps. Malheureusement pour vous, le temps est presque écoulé.

Sur la poitrine de Root, un voyant digital s'alluma, affichant deux chiffres : un six et un zéro. Soixante secondes.

– Encore une minute à vivre, commandant. Quel effet ça vous fait ?

Les chiffres entamèrent le compte à rebours, cliquetant à chaque seconde.

Les cliquetis, les « bip » et les ricanements méprisants d'Opale vrillaient le cerveau de Holly.

– Taisez-vous, Koboï. Taisez-vous ou je vous jure que je vais...

Opale riait sans retenue et son rire résonnait dans le tunnel comme le cri de guerre d'une harpie.

– Que vous allez quoi ? Racontez-moi ça en détail. Mourir à côté de votre commandant ?

Nouveaux craquements. D'autres côtes brisées. Les étincelles bleues formaient un cercle autour de Root comme un tourbillon d'étoiles.

– Partez maintenant, grogna-t-il. Holly, je vous donne l'ordre de partir immédiatement.

– Avec tout le respect que je vous dois, commandant, je réponds non. Ce n'est pas encore terminé.

– Quarante-huit, annonça Opale d'une voix chantante. Quarante-sept.

– Holly ! Partez !

– Si j'étais vous, j'obéirais, conseilla Koboï. Il y a d'autres vies en jeu. Root est déjà mort – pourquoi ne pas sauver quelqu'un qui peut encore l'être ?

Holly poussa un gémissement. Opale venait d'introduire un nouvel élément dans une équation déjà surchargée.

– Qui puis-je sauver ? Qui est en danger ?

– Oh, personne d'important. Juste deux Êtres de Boue.

« Bien sûr, songea Holly, Artemis et Butler. » Deux autres personnes qui avaient mis un terme aux projets de Koboï.

– Qu'avez-vous fait, Opale ? interrogea Holly, criant pour couvrir le bruit du déclencheur d'approche et du vent des profondeurs.

Koboï eut une moue enfantine, comme une fillette prise en faute.

– J'ai bien peur d'avoir mis en danger vos deux amis humains. En ce moment même, ils sont en train de voler un paquet à l'International Bank de Munich. Un petit paquet que j'ai préparé spécialement pour eux. Si le jeune Fowl est aussi intelligent qu'on le dit, il attendra d'être revenu à l'hôtel Kronski pour ouvrir le paquet après avoir vérifié qu'il ne contient pas de piège. Alors, une biobombe sera activée et *bye bye*, horribles humains. Vous pouvez rester ici et expliquer tout ça en détail aux autorités. Je suis convaincue qu'il ne faudra pas plus de quelques heures au tribunal des Affaires internes pour y voir clair. Ou alors, vous pouvez essayer de porter secours à vos amis.

Holly sentit la tête lui tourner. Le commandant, Artemis, Butler. Tous sur le point de mourir.

ᛒ• ᚦ ᚬᚬ ᚻᛉᚱᛒᚻ• ᚠᛉᚦᛒᚦᛁ• ᚲᚬᚢᚱᛒᚢ• ᛉᛁᚬ

Comment pouvait-elle les sauver ? Il n'y avait aucun moyen d'y parvenir.

– Je vous traquerai, Koboï. Il n'y aura plus sur toute la planète un centimètre carré où vous serez en sécurité.

– Quel venin ! Et si je vous donnais une possibilité de sortir d'ici ? Une chance de gagner ?

Root était à genoux, un filet de sang s'écoulant au coin de ses lèvres. Les étincelles bleues avaient disparu, ses réserves magiques épuisées.

– C'est un piège, dit-il d'une voix haletante, chaque syllabe prononcée lui arrachant une grimace. Ne vous laissez plus avoir.

– Trente secondes, avertit Koboï. Vingt-neuf.

Holly sentit son front palpiter contre la garniture de son casque.

– OK, OK, Koboï. Dites-moi très vite comment je peux sauver le commandant.

Opale prit une profonde inspiration, telle une actrice de théâtre avant un monologue.

– Sur l'appareil. Il y a un point sensible. Deux centimètres de diamètre. Le cercle rouge, sous l'écran. Si vous parvenez à atteindre cet endroit en restant hors du rayon d'action du déclencheur, vous neutraliserez le circuit. Si vous manquez votre cible, même d'un cheveu, le gel explosif sera mis à feu. Je vous offre donc une chance – vous n'en avez jamais fait autant avec moi, Holly Short.

Holly serra les dents.

– Vous mentez. Pourquoi m'offririez-vous une chance ?

– Ne la saisissez pas, dit Root d'une voix étrangement calme. Prenez le large. Allez sauver Artemis. C'est le dernier ordre que je vous donnerai jamais, capitaine. Et ne vous avisez pas de l'ignorer.

Holly avait l'impression que ses sens étaient engourdis, comme filtrés à travers un mètre d'eau. Tout était brouillé, ralenti.

– Je n'ai pas le choix, Julius.

Root fronça les sourcils.

– Ne m'appelez pas Julius ! C'est toujours ce que vous faites quand vous avez décidé de me désobéir. Sauvez Artemis, Holly. Sauvez-le.

Holly ferma un œil et pointa son pistolet. Les viseurs à laser n'étaient pas adaptés à ce genre de cibles. Il lui faudrait procéder manuellement.

– J'irai sauver Artemis après, dit-elle.

Elle inspira profondément, retint son souffle et pressa la détente.

Holly toucha le point rouge. Elle en était certaine. La décharge pénétra l'appareil, se répandant sur la surface de métal comme un minuscule feu de broussailles.

– J'ai réussi ! s'écria-t-elle en s'adressant à l'image d'Opale. J'ai atteint la cible.

Koboï haussa les épaules.

– Je ne sais pas. J'ai l'impression que vous étiez un cheveu trop bas. Pas de chance. Je le dis sincèrement.

– Non ! s'écria Holly.

Le compte à rebours, sur la poitrine de Root, s'accéléra, dans un tremblement de chiffres. Il ne restait plus que quelques instants, à présent.

8ᘓ•⬜〕ᘿᐰⵔᗷᘓ•ᗸ•ᘓᐰᗽⵔ❖•١ᐰᘓ•ᑌ〕⟨ᘿᗸᘓ✦

Le commandant se releva à grand-peine, soulevant la visière de son casque. Il avait le regard assuré, dépourvu de peur. Il sourit à Holly avec douceur. Un sourire dénué de tout reproche. Pour une fois, la couleur de ses joues ne trahissait aucune mauvaise humeur.

– Portez-vous bien, dit-il.

Une flamme orange jaillit alors au centre de sa poitrine.

L'explosion aspira l'air du tunnel, dévorant l'oxygène qu'il contenait. Un feu multicolore tourbillonna comme le plumage de deux oiseaux en plein combat. Holly fut projetée en arrière par le mur de l'onde de choc, la force de la déflagration balayant tout ce qui se trouvait devant le commandant. Des microfilaments grillèrent dans sa combinaison, surchargés de chaleur et d'énergie. La caméra cylindrique de son casque, arrachée de son alvéole, tomba en tournoyant dans le puits E37.

Holly elle-même fut propulsée dans le conduit, virevoltant comme une brindille dans un cyclone. Les éponges soniques de ses écouteurs se scellèrent automatiquement lorsque le vacarme de l'explosion retentit. Le commandant avait disparu dans une boule de feu. Il était mort, sans aucun doute possible. Aucune magie ne pouvait plus rien pour lui. Il y a des choses impossibles à réparer.

Tout ce que contenait le tunnel, y compris Root et Scalène, se désintégra dans un nuage de débris et de poussière, des fragments de matière ricochant contre les murs. Le nuage s'engouffra sur le chemin de la moindre résistance, c'est-à-dire droit dans le sillage de Holly. Elle eut tout juste le temps d'activer ses ailes et de monter de quelques mètres avant que le jet de débris ne s'écrase contre la paroi du conduit, creusant un trou sous la puissance de l'impact.

Holly resta en suspension dans le vaste tunnel, le son de sa propre respiration emplissant son casque. Le commandant était mort. C'était incroyable. Comme ça, simplement par le caprice d'une fée lutine assoiffée de vengeance. Y avait-il vraiment un point sensible sur la boîte de métal ? Ou avait-elle bel et bien manqué sa cible ? Elle ne le saurait sans doute jamais. Mais pour les observateurs des FAR, la scène donnerait l'impression qu'elle avait tiré sur son propre commandant.

Holly jeta un coup d'œil au-dessous d'elle. Des débris tombaient en spirale vers les profondeurs. A l'approche de la sphère de magma, la chaleur enflammait chacun d'eux et réduisait à l'état de cendres ce qui restait de Julius Root. L'espace d'un instant, des particules de matière étincelaient d'un éclat aux couleurs d'or et de bronze, comme si des milliers d'étoiles s'étaient précipitées dans les entrailles de la Terre.

Holly demeura là quelques minutes, essayant d'assimiler ce qui venait de se produire. Elle en fut incapable. C'était trop horrible. Elle s'efforça de figer en elle la douleur et le sentiment de culpabilité qu'elle éprouvait, les réservant pour plus tard. Pour l'instant, elle avait un ordre à exécuter. Et elle l'exécuterait, même si cela

𝕯𝖎𝖔 𝖗𝖊𝖔𝖗𝖊𝖔·𝖟·𝖔𝖆𝖔𝖔·𝖛𝖎 𝖀✦·𝖔·𝖔𝖗𝖔𝖔

devait être l'ultime acte qu'elle accomplirait dans sa vie, car cet ordre était le dernier que Julius Root lui avait donné, le dernier qu'il donnerait jamais.

Holly augmenta la puissance de ses ailes, s'élevant à travers l'immense conduit aux parois calcinées. Il y avait des Hommes de Boue à sauver.

Chapitre IV

SAUVÉS DE JUSTESSE

MUNICH

Munich aux heures de pointe ressemblait à toutes les autres grandes villes du monde : totalement congestionnée. En dépit de l'U-Bahn, un système de transport ferroviaire efficace et agréable, les habitants préféraient l'intimité et le confort de leurs propres voitures, si bien qu'Artemis et Butler étaient coincés sur la route de l'aéroport, dans les embouteillages qui s'étendaient de l'International Bank à l'hôtel Kronski.

Le jeune Artemis n'aimait pas être retardé. Mais aujourd'hui, il était trop absorbé par sa dernière acquisition, *La Fée voleuse*, toujours scellée dans son tube de Plexiglas. Il avait hâte de l'ouvrir mais ses précédents propriétaires, Lombec et Moynow, avaient peut-être piégé l'emballage. Bien qu'il n'y eût rien de suspect en apparence, il pouvait très bien exister un dispositif invisible pour protéger le tableau. Un procédé très simple consisterait à faire le

vide dans le tube puis à y injecter un gaz corrosif qui réagirait à l'oxygène et brûlerait la toile.

Il fallut près de deux heures pour atteindre l'hôtel, alors que le trajet aurait dû prendre vingt minutes. Artemis se changea pour mettre un costume de coton sombre puis il appela le manoir des Fowl sur son portable. Mais avant que la communication s'établisse, il connecta son téléphone par FireWire à son Powerbook pour enregistrer la conversation. Angeline Fowl décrocha à la troisième sonnerie.

– Arty, dit sa mère qui paraissait légèrement essouf-flée, comme s'il l'avait interrompue en pleine activité.

Angeline avait pour règle de ne pas se laisser aller et devait être en train de faire des exercices de gymnas-tique genre tai-bo.

– Comment allez-vous, mère ?

A l'autre bout du fil, Angeline soupira.

– Je vais très bien, Arty, mais avec toi, j'ai toujours l'impression de me retrouver dans un entretien d'em-bauche. Tu es tellement formaliste. Tu ne pourrais pas cesser de me dire « vous » et m'appeler « Maman », tout simplement, ou même « Angeline ? »

– Je ne sais pas, mère. « Maman » me semble si infantile. N'oublie pas que j'ai quatorze ans, mainte-nant.

Angeline éclata de rire.

– Comment pourrais-je l'oublier ? Je ne connais pas beaucoup d'adolescents qui demandent comme cadeau d'anniversaire un billet d'entrée à un symposium de génétique.

Artemis gardait un œil sur le tube de Plexiglas.

– Et comment va père ?

– En pleine forme, répondit Angeline avec enthousiasme. Je suis même surprise de voir à quel point il va bien. Sa jambe artificielle fait merveille et son moral est excellent. Il ne se plaint jamais. Franchement, il a une bien meilleure vision de la vie aujourd'hui qu'avant son amputation. Il est sous la surveillance d'un remarquable thérapeute. Il dit que le mental est beaucoup plus important que le physique. Nous allons partir ce soir pour un centre de cure du comté de Westmeath. Ils ont des traitements à base d'herbes marines qui donnent des résultats étonnants et devraient faire un bien fou aux muscles de ton père.

Artemis Fowl senior avait perdu une jambe avant d'être kidnappé par la Mafiya russe. Par chance, Artemis avait réussi à le sauver avec l'aide de Butler. L'année s'était révélée riche en événements. Depuis son retour, Artemis senior avait tenu sa promesse de tourner la page et de reprendre le droit chemin. Artemis junior était censé suivre son exemple mais il avait du mal à abandonner ses activités illégales. Parfois, pourtant, lorsqu'il regardait son père et sa mère à nouveau réunis, l'idée de devenir un fils normal entouré de l'amour de ses parents ne semblait pas si inaccessible.

– Est-ce qu'il fait bien ses exercices de rééducation deux fois par jour ?

Angeline éclata de rire à nouveau et Artemis eut soudain envie d'être chez lui.

– Oui, *papy*. Je vérifie. Il affirme que l'année prochaine, il courra le marathon.

– Très bien, j'en suis ravi. Parfois, je me dis que si je ne vous surveillais pas, tous les deux, vous passeriez votre temps à vous promener dans le parc, main dans la main.

Sa mère soupira, produisant dans le téléphone un bruit de parasites.

– Je m'inquiète pour toi, Arty. Un garçon de ton âge ne devrait pas se montrer si... responsable. Ne te soucie pas de nous, occupe-toi plutôt de l'école et de tes amis. Pense à ce que tu veux vraiment faire. Sers-toi de ton gros cerveau pour assurer ton bonheur et celui des autres. Oublie les affaires de famille, la seule affaire qui compte, c'est de vivre.

Artemis ne sut quoi répondre. La moitié de lui-même aurait voulu souligner que les affaires de la famille iraient très mal s'il ne s'en occupait pas en secret. L'autre moitié n'avait qu'une envie : rentrer par le premier avion et se promener dans le parc avec ses parents.

Sa mère poussa un nouveau soupir. Artemis n'aimait pas que le simple fait de parler avec lui la rende soucieuse.

– Quand reviendras-tu à la maison, Arty ?

– Le voyage se termine dans trois jours.

– Je veux dire quand reviendras-tu pour de bon ? Je sais que les études à Saint-Bartleby sont une tradition dans notre famille, mais nous voulons que tu sois avec nous, au manoir. Mr Guiney comprendrait. Si tu allais à l'école dans les environs, tu pourrais être externe. Il y a d'excellents établissements près d'ici.

– Je vois ce que tu as en tête, dit Artemis.

Pourrait-il y parvenir? se demanda-t-il. Faire partie d'une famille normale? Abandonner ses entreprises délictueuses? Était-il capable de mener une existence honnête?

– Les vacances commencent dans une quinzaine de jours. Nous en parlerons à ce moment-là, dit-il.

Une façon de gagner du temps.

– En fait, j'ai du mal à me concentrer en ce moment. Je ne me sens pas très bien. J'ai cru que j'avais une intoxication alimentaire, mais il s'agit plutôt d'un de ces microbes qui durent vingt-quatre heures. D'après le médecin local, je serai complètement remis demain.

– Pauvre Arty, dit Angeline d'une voix chantante. Il faut peut-être que je te fasse rentrer par le prochain avion.

– Non, mère. Je me sens déjà mieux. Je te promets.

– Comme tu voudras. Je sais que les microbes n'ont rien d'agréable mais quand on attrape une intoxication alimentaire, c'est bien pire. Ça peut te clouer au lit pendant des semaines. Bois beaucoup d'eau et essaye de dormir.

– C'est ce que je vais faire.

– Tu seras bientôt revenu.

– Oui. Dis à père que j'ai appelé.

– Compte sur moi, si je le trouve. Je crois qu'il est dans la salle de gym, sur le tapis de jogging.

– Alors, au revoir.

— Au revoir, Arty, nous reparlerons de tout ça à ton retour, dit Angeline, la voix basse et légèrement triste.

Elle semblait très lointaine.

Artemis coupa la communication et en repassa immédiatement l'enregistrement sur son ordinateur. Chaque fois qu'il parlait à sa mère, il se sentait coupable. Angeline avait le don de réveiller sa conscience, ce qui était relativement nouveau. Un an plus tôt, il aurait peut-être ressenti un léger frisson de culpabilité en mentant à sa mère mais à présent, même le modeste subterfuge qu'il s'apprêtait à mettre au point hanterait ses pensées pendant des semaines.

Artemis regarda le vumètre, sur l'écran de son ordinateur. Il sentait des changements en lui, c'était indéniable. Cette sorte de doute intime qu'il éprouvait s'était accentué au cours des derniers mois... depuis qu'il avait découvert un matin de mystérieuses lentilles de contact réfléchissantes sur ses propres yeux. Butler et Juliet portaient les mêmes. Ils avaient essayé de déterminer d'où elles pouvaient provenir mais le spécialiste que Butler connaissait dans ce domaine s'était contenté de répondre qu'Artemis les avait achetées lui-même. De plus en plus curieux.

Les lentilles de contact demeuraient un mystère. Les sentiments d'Artemis aussi. Devant lui était posée sur la table *La Fée voleuse* d'Hervé, une acquisition qui l'établissait désormais comme le plus habile voleur de son temps, un statut auquel il aspirait depuis l'âge de six ans. Mais maintenant que son ambition était littéralement à portée de sa main, il ne pensait plus qu'à sa famille.

« L'heure de la retraite a-t-elle sonné ? pensa-t-il. Le meilleur voleur du monde à l'âge de quatorze ans et six mois. Après tout, que pourrais-je faire de plus, à présent ? » Il réécouta un passage de la conversation téléphonique : « Ne te soucie pas de nous, occupe-toi plutôt de l'école et de tes amis. Pense à ce que tu veux vraiment faire. Sers-toi de ton gros cerveau pour assurer ton bonheur et celui des autres. »

Peut-être sa mère avait-elle raison. Il devrait se servir de ses talents pour rendre les autres heureux. Mais il y avait une zone d'ombre en lui, un noyau dur dans son cœur qui ne se contenterait pas d'une petite vie tranquille. Peut-être existait-il des moyens de rendre les gens heureux que lui seul pouvait mettre en œuvre. Aux frontières extrêmes de la légalité. De l'autre côté de la mince ligne jaune.

Artemis se frotta les yeux. Il n'arrivait pas à tirer de conclusion. La décision viendrait peut-être d'elle-même s'il habitait le manoir toute l'année. Mais pour l'instant, mieux valait finir le travail entrepris. Gagner du temps et authentifier le tableau. Même s'il éprouvait une certaine culpabilité pour avoir volé le chef-d'œuvre, ce n'était pas suffisant pour l'amener à le rendre. Surtout pas à MM. Lombec et Moynow.

Sa première tâche consistait à éviter toute question que les responsables de l'école pourraient poser sur ses activités. Il lui faudrait deux jours pour expertiser la toile, certaines analyses devant être confiées à l'extérieur.

Artemis ouvrit sur son Powerbook un programme

de manipulation audio et procéda à un montage sonore à partir des paroles que sa mère avait prononcées au téléphone. Lorsqu'il eut sélectionné les mots qui l'intéressaient en les disposant dans le bon ordre, il égalisa les niveaux pour donner à l'ensemble un ton naturel.

Quand Mr Guiney, le directeur de l'école, rallumerait son portable après la visite de l'Olympiastadion de Munich, un nouveau message l'attendrait. Un message d'Angeline Fowl qui ne serait pas très aimable.

Artemis achemina l'appel en passant par le manoir des Fowl puis envoya le fichier par infrarouge sur son propre téléphone portable.

– Monsieur Guiney, dit la voix, qui était incontestablement celle d'Angeline Fowl, ce que l'indentificateur d'appel confirmerait, je m'inquiète pour Arty. Il a une intoxication alimentaire. Son moral est excellent, il ne se plaint jamais mais nous voulons qu'il soit avec nous. Vous comprendrez. Il faut que je fasse rentrer Arty par le prochain avion. Je suis surprise de voir qu'il attrape une intoxication alimentaire quand il est sous la surveillance de l'école. Nous reparlerons de tout ça à votre retour.

Voilà qui réglait le problème de l'école pour quelques jours. La moitié sombre d'Artemis ressentit un frisson électrique devant l'habileté du subterfuge, mais sa conscience grandissante éprouva une pointe de culpabilité à l'idée d'utiliser la voix de sa mère pour tisser des mensonges.

Il balaya la culpabilité. Le mensonge était inoffensif.

⚬⚬⚬⚬ · ⚬⚬⚬⚬ · ⚬⚬⚬⚬ · ⚬⚬⚬⚬

Butler le ramènerait à la maison et son éducation ne souffrirait pas d'une aussi brève absence. Quant à *La Fée voleuse*, le fait de l'avoir dérobée à des voleurs ne pouvait pas être considéré comme un réel délit. C'était même un acte quasiment légitime.

« Oui, dit dans sa tête une voix qu'il n'avait pas sollicitée. A condition de rendre le tableau au public. »

« Non, répliqua sa moitié au cœur de granite. Cette toile m'appartient jusqu'à ce que quelqu'un d'autre la vole. C'est le jeu. »

Artemis chassa ses incertitudes et éteignit son téléphone portable. Il devait se concentrer entièrement sur le tableau et une sonnerie de téléphone intempestive pouvait dévier sa main. Son inclination naturelle le poussait à faire sauter le couvercle du tube. Mais au-delà d'une simple idiotie, un tel acte aurait pu se révéler fatal. Lombec et Moynow lui avaient peut-être préparé toutes sortes de pièges.

Il prit un chromatographe dans la mallette où était rangé son matériel de laboratoire. L'appareil aspirerait un échantillon du gaz contenu dans le tube et l'analyserait. Artemis choisit une seringue et la fixa à l'embout de caoutchouc qui sortait de l'extrémité du chromatographe. Avec précaution, il saisit la seringue dans sa main gauche. Artemis était ambidextre, mais sa main gauche était légèrement plus ferme. Prudemment, il enfonça l'aiguille dans le couvercle de silicone du tube. Il était essentiel qu'elle bouge le moins possible afin d'éviter toute interférence avec l'air ambiant. Le chromatographe siphonna un minuscule échantillon de gaz et le propulsa dans une chambre d'injection chauffée. Toutes les impuretés organiques étaient éliminées par la chaleur puis un gaz vecteur transportait l'échantillon dans une colonne de séparation jusqu'à un détecteur à ionisation de flamme. Là, les composants du gaz étaient identifiés. Quelques secondes plus tard, un graphique apparut sur l'affichage digital de l'appareil. Les pourcentages d'oxygène, d'hydrogène, de méthane et de dioxide de carbone étaient comparés à un échantillon d'air prélevé au centre-ville de Munich. Cinq pour cent des composants du gaz restaient impossibles à identifier, ce qui était normal. Le phénomène était sans doute dû aux gaz complexes qui entraient dans la composition de l'air pollué ou à la sensibilité du dispositif. En dehors des gaz inconnus, Artemis sut qu'il ne risquait rien à ouvrir le tube. Ce qu'il fit en enfonçant délicatement un cutter dans le couvercle.

Il enfila ensuite une paire de gants de chirurgien et fit lentement sortir la toile du cylindre. Elle glissa sur la table, en un rouleau serré, puis se déroula presque aussitôt ; elle n'était pas restée dans le tube suffisamment longtemps pour conserver sa forme.

Artemis l'étala en maintenant les coins avec des sacs de gel. Il vit immédiatement qu'il ne s'agissait pas d'un faux. Son regard d'amateur d'art remarqua tout de suite les couleurs primaires et les coups de pinceau en dégradé. Les personnages d'Hervé semblaient constitués de lumière. Ils étaient si magnifiquement peints qu'ils donnaient l'impression d'étinceler. C'était un travail d'un extraordinaire raffinement. Le tableau représentait un bébé emmailloté qui dormait dans un berceau baigné de soleil, derrière une fenêtre ouverte. Une fée à la peau d'émeraude et aux ailes transparentes comme un tulle se tenait sur le rebord de la fenêtre et s'apprêtait à voler le bébé. Les deux pieds de la créature reposaient sur le rebord extérieur.

– Elle ne peut entrer à l'intérieur de la maison, marmonna machinalement Artemis, ce qui le surprit.

Comment le savait-il ? Il n'exprimait généralement pas d'opinions sans une preuve pour les étayer.

« Du calme », se dit-il. C'était une simple hypothèse. Peut-être fondée sur une vague information glanée pendant qu'il surfait sur l'Internet.

Artemis reporta son attention sur le tableau. Il avait réussi. *La Fée voleuse* était en sa possession, pour le moment en tout cas. Il prit un scalpel dans sa trousse et gratta un minuscule fragment de peinture au bord de la toile. Il le déposa dans un flacon et y colla une étiquette. L'échantillon serait envoyé à l'université technique de Munich où se trouvait un de ces spectromètres géants qui permettent d'établir une datation au carbone. Artemis connaissait quelqu'un là-bas. Le test au radiocarbone confirmerait que le tableau, ou au moins la peinture elle-même, avait bien l'âge qu'elle était censée avoir.

Il appela Butler qui se trouvait dans l'autre pièce de la suite.

– Butler, pourriez-vous porter tout de suite cet échantillon à l'université ? Vous devrez le donner en mains propres à Christina et lui rappeler qu'il est essentiel d'aller très vite.

Pendant un instant, il n'y eut aucune réponse puis Butler se précipita dans la pièce, les yeux écarquillés. Il n'avait pas du tout l'air d'un homme qui vient chercher un échantillon de peinture.

– Y aurait-il un problème ? demanda Artemis.

Deux minutes plus tôt, Butler avait tendu la main devant la fenêtre, absorbé par ses pensées, dans un de ces rares moments où il songeait à lui-même. Il regardait fixement sa main, comme si cette contemplation combinée à la lumière du soleil avait pu rendre sa peau transparente. Il se rendait compte que quelque chose avait changé en lui. Quelque chose caché sous sa peau. Il s'était senti un peu bizarre au cours de l'année écoulée. Plus âgé. Peut-être que des décennies d'efforts physiques avaient fini par l'affaiblir. Bien qu'il eût à peine quarante ans, ses os lui faisaient mal la nuit et sa poitrine lui donnait l'impression qu'il portait en permanence un gilet de Kevlar. Ses réflexes n'étaient certainement plus aussi rapides que lorsqu'il avait trente-cinq ans et même son esprit paraissait moins concentré. Plus enclin à vagabonder... « comme en cet instant », songea le garde du corps avec sévérité.

Butler plia les doigts, rajusta sa cravate et se remit au travail. Il n'était pas du tout satisfait de la sécurité dans cet hôtel. Les hôtels sont toujours un cauchemar pour les gardes du corps. Avec les ascenseurs de service, les étages supérieurs isolés et les issues de secours totalement inadéquates, il devient presque impossible de garantir la sécurité du principal. Le Kronski était un établissement luxueux, sans aucun doute, et son personnel efficace, mais ce n'était pas ce que Butler recherchait dans un hôtel. Il voulait une chambre au rez-de-chaussée, sans fenêtre, avec une porte d'acier blindée de quinze centimètres d'épaisseur. Inutile de le préciser, de telles chambres sont introuvables et même si on pouvait en obtenir une, le jeune Artemis la refuserait avec dédain. Butler devait donc se débrouiller avec cette suite située au troisième étage.

Artemis n'était pas le seul à avoir une mallette remplie d'instruments. Butler ouvrit un attaché-case chromé posé sur la table basse. Il possédait une douzaine de valises semblables qu'il conservait au fond d'un coffre-fort dans plusieurs capitales du monde. Chacune d'elles était pleine à craquer d'équipements de surveillance, d'antisurveillance et d'armes diverses. En avoir une dans tous les pays lui évitait d'enfreindre les règlements douaniers chaque fois qu'il quittait l'Irlande.

Il sortit un détecteur de micros espions et le passa rapidement dans toute la pièce, cherchant des systèmes d'écoute. Il se concentra sur les appareils électriques : téléphone, télévision, fax. Les galettes électroniques que contenaient ces objets noyaient parfois le signal émis par un micro, mais pas avec ce détecteur particulier. L'Œil Espion – c'était ainsi qu'on l'appelait – était l'engin le plus perfectionné disponible sur le marché et pouvait repérer dans un rayon de huit cents mètres un micro pas plus gros qu'une tête d'épingle.

Quelques minutes plus tard, il fut satisfait. Il s'apprêtait à remettre l'appareil dans sa mallette lorsqu'il enregistra un minuscule champ magnétique. Pas grand-chose au début, un unique trait bleu qui tremblota sur le voyant. Puis ce premier trait se solidifia et sa lumière bleue se mit à briller avec force. Un deuxième trait apparut. Un objet électronique s'approchait d'eux. La plupart des gardes du corps auraient négligé ce signal ; après tout, il devait y avoir des milliers d'engins électroniques sur une surface de deux kilomètres carrés autour de l'hôtel Kronski. Mais les champs électroniques normaux n'étaient pas enregistrés par l'Œil Espion et Butler n'était pas n'importe quel garde du corps. Il déploya aussitôt l'antenne du détecteur et promena l'appareil tout autour de la pièce. Le signal s'intensifia lorsqu'il pointa l'antenne en direction de la fenêtre. Butler sentit l'angoisse lui étreindre les entrailles comme une griffe. Quelque chose volait vers eux à grande vitesse.

Il se rua vers la fenêtre, arracha de leurs crochets les rideaux en filet et ouvrit les deux battants à la volée. L'atmosphère hivernale, d'un bleu pâle, était presque dépourvue de nuages. Les traînées de condensation des avions de ligne dessinaient comme un quadrillage géant dans le ciel. Et là-bas, à un angle de vingt degrés en hauteur, une fusée de métal bleu en forme de goutte d'eau tournait lentement sur elle-même. Une lumière rouge clignotait à l'avant et des flammes blanches jaillissaient derrière elle. De toute évidence, la fusée se dirigeait vers le Kronski.

« C'est une bombe intelligente, pensa aussitôt Butler, sans l'ombre d'un doute. Et le jeune Artemis en est la cible. »

Le cerveau de Butler dressa la liste des actions possibles. Une très courte liste. En fait, il n'existait qu'une seule alternative : s'enfuir d'ici ou mourir. Le problème était de savoir *comment* s'enfuir. Ils se trouvaient au troisième étage et la sortie était du mauvais côté. Butler consacra un instant à regarder le missile qui continuait d'approcher. Il n'en avait jamais vu de semblable. Même son sillage était différent de celui des armes traditionnelles, pratiquement dépourvu de traînée de condensation. Quel qu'il fût, l'engin était entièrement nouveau. Quelqu'un devait tenir à tout prix à la mort d'Artemis.

Butler se détourna de la fenêtre et fonça dans la chambre de son protégé. Son jeune maître était occupé à expertiser *La Fée voleuse*.

– Y aurait-il un problème ? demanda-t-il.

Butler ne répondit pas, il n'en avait pas le temps. Il saisit l'adolescent par la peau du cou et le hissa sur son dos.

– Le tableau ! parvint à s'écrier Artemis, la voix étouffée par le veston de son garde du corps.

Butler attrapa la toile, fourrant sans plus de cérémonie l'inestimable chef-d'œuvre dans sa poche. Si Artemis avait pu voir la peinture à l'huile vieille d'un siècle se craqueler, il en aurait sangloté. Mais Butler était payé pour protéger une seule personne et ce n'était pas *La Fée voleuse*.

– Cramponnez-vous de toutes vos forces, conseilla le massif garde du corps en arrachant le matelas du grand lit.

Artemis se cramponna, comme Butler le lui avait dit, essayant de ne penser à rien. Malheureusement, il ne put empêcher son brillant cerveau d'analyser automatiquement les données disponibles : Butler s'était précipité dans la chambre sans frapper, il y avait donc un danger. Son refus de répondre à sa question signifiait que le danger était imminent. Et le fait qu'il se retrouve sur le dos de Butler, agrippé de toutes ses forces, indiquait qu'ils n'échapperaient pas au danger susmentionné par des issues conventionnelles. Le matelas laissait supposer qu'il faudrait amortir un choc...

– Butler, dit Artemis, le souffle court. Vous savez qu'on est au troisième étage ?

Butler avait peut-être répondu mais son employeur ne l'entendit pas car au même instant, le garde du corps géant s'était jeté dans le vide en passant par-dessus la rambarde du balcon.

Pendant une fraction de seconde, avant la chute inévitable, les remous d'air firent exécuter un demi-tour au matelas et Artemis put jeter un coup d'œil dans sa propre chambre. Il eut alors la très brève vision d'un étrange missile qui traversa la fenêtre en tournant sur lui-même comme un tire-bouchon puis s'immobilisa juste au-dessus du tube de Plexiglas vide.

« Il devait y avoir une balise dans le tube, songea la minuscule portion de son cerveau qui n'était pas submergée par la panique. Quelqu'un veut ma mort. »

Puis vint le grand plongeon. Dix mètres. Droit vers le sol.

Butler étendit machinalement les bras, son corps formant un X comme dans une figure de vol libre, pesant sur les quatre coins du matelas pour l'empêcher de se replier. Sous cette surface, la résistance de l'air ralentit légèrement leur chute, mais pas beaucoup. Tous deux tombèrent en ligne droite, très vite, la force gravitationnelle augmentant à chaque centimètre. Le ciel et le sol semblaient s'étirer, couler comme des traînées de peinture sur une toile, plus rien ne paraissait solide. Cette sensation s'interrompit brutalement lorsqu'ils s'écrasèrent sur le toit de tuiles dures d'un appentis, à l'arrière de l'hôtel. On aurait dit que les tuiles explosaient sous l'impact, mais la charpente résista. Tout juste. Butler eut l'impression que ses os s'étaient liquéfiés mais il savait qu'il aurait récupéré après quelques instants d'inconscience. Il avait déjà connu des collisions plus violentes.

La dernière chose qu'il perçut avant de perdre connaissance fut le battement du cœur d'Artemis contre l'étoffe de sa veste. Ils avaient survécu tous les deux. Mais pour combien de temps ? Si leur assassin avait vu sa tentative échouer, peut-être recommence-rait-il.

Pour Artemis, le choc avait été atténué par le corps de Butler et par le matelas. Sinon, il aurait sûrement été tué sur le coup. La masse de muscles du garde du corps était cependant assez dense pour lui avoir cassé deux côtes. Artemis rebondit de un mètre dans les airs

⟐⟨⟐⟩• ⊚⟐⊕⟐• 8⟨⟩⟐⊖⟐• ⟩⟨• ⟨⟐⊖⟐⟐⟐

avant de retomber, la tête vers le ciel, sur le dos de Butler évanoui.

Il avait la respiration haletante, douloureuse et ses os brisés formaient sur sa poitrine deux protubérances semblables aux jointures d'une main. La sixième et la septième côte, estima-t-il.

Au-dessus de lui, une clarté bleue irisée étincela comme un éclair à la fenêtre de sa chambre. Le ciel en fut illuminé pendant une fraction de seconde, des flammes bleues plus brillantes encore se tortillant sous le rectangle de lumière comme des vers sur des hameçons. Personne n'avait dû y prêter grande attention : vu de loin, l'éclair bleu aurait pu passer pour celui d'un très gros flash. Artemis, cependant, ne se fiait pas aux apparences.

« Une biobombe, pensa-t-il. Mais comment puis-je le savoir ? »

Butler devait être inconscient, sinon il aurait réagi. Il revenait donc à Artemis lui-même de faire échouer la prochaine tentative de meurtre de leur agresseur. Il essaya de se redresser mais la douleur dans sa poitrine était atroce et il perdit connaissance pendant un instant. Lorsqu'il revint à lui, tout son corps était humide de sueur. Artemis vit qu'il était trop tard pour s'enfuir. Son assassin était déjà là, tapi, tel un chat, sur le mur de l'appentis.

Le tueur avait une étrange apparence, pas plus grand qu'un enfant, mais avec des proportions d'adulte. En fait, il s'agissait d'une femme, avec un joli visage, des traits bien dessinés, des cheveux auburn

⚶⟩◊·⏛⫦·⚶⊖⫦⚹⟩⟆✦·β·⚡ ⌐⚹⌐⚹⚹β⊗·⟩β

coupés court et d'immenses yeux noisette, mais cela ne signifiait pas qu'il fallait attendre la moindre pitié de sa part. Butler lui avait dit un jour que huit des dix tueurs à gages les mieux payés du monde étaient des femmes. Celle-ci portait une curieuse combinaison qui changeait de couleur pour se fondre dans le décor et ses grands yeux étaient rougis comme si elle avait pleuré.

« Elle a des oreilles pointues, songea Artemis. Ou bien je suis en état de choc, ou bien elle n'est pas humaine. »

Il commit alors l'erreur de bouger à nouveau et l'une de ses côtes cassées lui transperça la peau. Une tache rouge s'étala sur sa chemise et Artemis renonça à la lutte qu'il menait pour ne pas sombrer dans l'inconscience.

Il avait fallu à Holly un peu moins d'une heure et demie pour atteindre l'Allemagne. Lors d'une mission normale, elle aurait mis deux fois plus longtemps mais elle avait décidé de violer quelques articles du règlement des FAR. Pourquoi pas, après tout ? s'était-elle dit. Au point où elle en était, sa situation ne pouvait être pire. Les FAR pensaient déjà qu'elle avait tué le commandant et ses communications étaient bloquées, l'empêchant d'expliquer ce qui s'était réellement passé. On devait sans aucun doute la considérer comme une hors-la-loi et un commando de Récupération s'était certainement lancé sur ses traces. Sans compter qu'Opale Koboï, selon toutes probabilités, suivait ses mouvements par des moyens électroniques. Il n'y avait donc pas de temps à perdre.

Depuis qu'on avait démantelé les gangs de gobelins qui passaient en fraude des marchandises humaines grâce à des conduits désaffectés, des sentinelles étaient postées dans tous les terminaux de surface. Celui de Paris était gardé par un gnome endormi qui n'était plus qu'à cinq ans de la retraite. Il fut réveillé au milieu de sa sieste par un communiqué urgent en provenance du centre de police. Un crack du service de Détection, passé dans l'illégalité, s'enfuyait à l'air libre. Retenir pour interrogatoire. Procéder avec précaution.

Personne ne s'attendait à ce que le gnome parvienne à l'intercepter. Holly Short était au mieux de sa condition physique et avait un jour survécu à une bagarre avec un troll. Le gnome, lui, ne se souvenait plus quand il s'était senti en forme pour la dernière fois et devait s'allonger lorsqu'il s'arrachait un petit bout de peau en se rongeant les ongles. Néammoins, il monta résolument la garde devant l'aire de stationnement des navettes jusqu'à ce que Holly lui passe devant comme une flèche en filant vers la surface.

Une fois dans les airs, elle détacha une bande Velcro sur son bras et lança une recherche sur son ordinateur qui trouva bientôt l'hôtel Kronski et afficha trois itinéraires possibles pour y parvenir. Holly choisit le plus court, bien qu'il l'obligeât à passer au-dessus de plusieurs centres urbains rassemblant une abondante population humaine. Encore quelques articles du règlement des FAR réduits à l'état de confettis. Mais Holly ne s'en souciait pas. Elle ne pouvait plus désormais sauver sa propre carrière et d'ailleurs, elle s'en fichait. Elle n'avait jamais été un elfe carriériste. La seule raison pour laquelle elle n'avait pas encore été mise à la porte des FAR, c'était que le commandant l'avait soutenue. Il avait su voir ses qualités mais maintenant, il était mort.

La Terre étincelait au-dessous d'elle. Les odeurs de l'Europe lui parvenaient à travers les filtres de son casque. Des odeurs de mer, de terre chaude, de vignes auxquelles se mêlaient par instants des senteurs de neige pure. En général, c'était la raison de vivre de Holly, mais pas aujourd'hui. Aujourd'hui, l'habituelle euphorie des vols en surface était absente. Elle se sentait simplement seule. Le commandant représentait la seule forme de famille qui lui restait. Et à présent, lui aussi avait disparu. Peut-être parce qu'elle avait manqué le point sensible. Avait-elle véritablement tué Julius de sa main ? L'idée était à la fois trop horrible pour y penser et trop horrible pour l'oublier.

Holly souleva sa visière pour essuyer ses larmes. Il fallait sauver Artemis Fowl. Autant pour le commandant que pour lui-même. Elle rabattit sa visière, donna un coup de pied dans les airs et ouvrit les gaz au maximum. Le moment était venu de voir ce que valaient les nouvelles ailes de Foaly.

En un peu plus d'une heure, Holly se retrouva dans l'espace aérien de Munich. Elle redescendit à trente mètres d'altitude, activant le radar de son casque. Ce serait trop bête d'être arrivée jusqu'ici simplement pour se faire écraser par un avion de passage. L'hôtel Kronski apparut sous la forme d'un point rouge dans sa visière. Foaly aurait pu lui envoyer des images en direct par satellite ou au moins une vidéo récente, mais elle n'avait aucun moyen de contacter le centaure – d'ailleurs, si elle l'avait pu, le Grand Conseil lui aurait donné l'ordre de rentrer immédiatement au centre de police.

Holly mit le cap sur le point rouge. C'était sur cette cible que la biobombe se dirigeait, il fallait donc qu'elle y aille aussi. Elle descendit un peu plus bas, jusqu'à ce que le Kronski soit juste sous ses pieds puis elle se posa sur le toit. Elle ne pouvait plus compter que sur elle-même, désormais. Son navigateur de bord n'avait pas la capacité de la guider plus loin. Elle devrait se débrouiller seule pour repérer la chambre d'Artemis.

Holly se mordit la lèvre, puis activa une fonction sur le clavier de sa combinaison. Elle aurait pu se servir de la commande vocale mais le logiciel était capricieux et elle n'avait pas de temps à consacrer à des erreurs informatiques. En quelques secondes son ordinateur avait piraté celui de l'hôtel et lui montrait la liste des clients ainsi qu'un plan de l'établissement. Artemis se trouvait dans la chambre 304. Au troisième étage de l'aile sud.

Holly traversa le toit en courant, actionnant ses ailes en même temps pour aller plus vite. Dans quelques secondes, elle sauverait Artemis. Être arraché de sa chambre d'hôtel par une créature mythologique pouvait avoir quelque chose de traumatisant, mais pas autant que de partir en fumée dans l'explosion d'une biobombe.

Soudain, elle s'arrêta net. Un missile guidé volait à l'horizon, en direction de l'hôtel. Il était de fabrication féerique, sans aucun doute, mais d'un type nouveau. Plus aérodynamique et plus rapide avec les plus gros moteurs-fusées qu'elle ait jamais vus sur un missile. De toute évidence, Opale Koboï avait perfectionné son matériel.

Holly pivota sur ses talons et se rua de l'autre côté de l'hôtel. Au fond d'elle-même, elle savait qu'il était trop tard. Elle se rendit compte qu'Opale l'avait bernée une fois de plus. Il n'y avait jamais eu d'espoir de sauver Artemis, de même qu'elle n'aurait eu aucune chance de sauver le commandant.

Avant même que ses ailes aient eu le temps de l'emporter, elle vit briller un éclair bleu sous l'avant-toit et sentit un léger tremblement sous ses pieds lorsque la bombe explosa. C'était l'arme parfaite. Le bâtiment ne subirait aucun dommage et l'enveloppe de la bombe se volatiliserait par autocombustion, ne laissant aucune trace de son existence.

De rage, Holly tomba à genoux et arracha son casque pour reprendre son souffle, inspirant profondément à plusieurs reprises. L'air de Munich était imprégné de toxines mais il était quand même plus agréable à respirer que l'atmosphère artificielle des profondeurs de la Terre. Elle resta cependant insensible à la douceur ambiante. Julius était mort. Artemis était mort. Butler était mort. Comment pourrait-elle avoir le cœur de continuer ? A quoi cela servirait-il ? Des larmes coulèrent de ses cils, s'écrasant dans les minuscules fissures du béton.

Mais il y avait en elle quelque chose de plus puissant que tout, un noyau dur, indestructible, qui faisait de Holly Short un officier d'exception. Ce fut cette partie d'elle-même qui reprit le dessus. « Debout ! lui dit une voix dans sa tête. Tu appartiens aux FAR et il y a beaucoup plus en jeu que tes chagrins personnels. Tu auras bien le temps de pleurer plus tard. »

« Encore une minute. Je me relèverai dans une minute. J'ai simplement besoin de soixantes secondes de répit. » Holly avait l'impression que la tristesse avait tout anéanti en elle. Elle se sentait vide, engourdie. Incapable de bouger.

– Comme c'est émouvant, dit alors une voix.

Une voix de robot qui lui était familière.

Holly ne leva même pas la tête.

– Koboï. Vous venez vous réjouir de vos crimes ? Ça vous rend heureuse de tuer ?

– Mmm ? répondit Opale comme si elle réfléchissait sérieusement à la question. En fait oui, tuer me rend heureuse.

Holly renifla, chassant ses dernières larmes. Elle résolut de ne plus pleurer jusqu'à ce que Koboï soit derrière les barreaux.

– Qu'est-ce que vous voulez ? interrogea-t-elle en se relevant sur le toit en béton de l'hôtel.

Elle vit alors une petite biobombe suspendue à sa

hauteur en vol stationnaire. C'était un modèle sphérique, de la taille d'un melon, et doté d'un écran à plasma. Le visage réjoui d'Opale lui apparut.

– Je vous ai simplement suivie depuis le début de votre voyage car je voulais voir à quoi ressemble le véritable désespoir. Ce n'est pas très agréable à regarder, qu'en pensez-vous ?

Pendant quelques instants, l'écran montra le visage accablé de Holly, puis Opale réapparut.

– Faites exploser cette bombe et allez au diable, grogna Holly.

La biobombe s'éleva légèrement et se mit à tourner lentement autour de sa tête.

– Pas encore. Je crois qu'il reste en vous une étincelle d'espoir et je voudrais d'abord l'éteindre définitivement. Je vais attendre quelques instants avant de mettre la biobombe à feu. Elle est belle, n'est-ce pas ? Que pensez-vous du design ? Huit moteurs séparés, figurez-vous. Mais c'est ce qui se passera après l'explosion qui est important.

En dépit des circonstances, Holly sentit s'éveiller sa curiosité de représentante de l'ordre.

– Que se passera-t-il, Koboï ? Ah oui, je sais, vous voulez sans doute devenir maîtresse du monde.

Koboï éclata d'un rire qui satura les mini-haut-parleurs de la bombe.

– Maîtresse du monde ? Vous dites ça comme si c'était inaccessible. Mais la première étape est la simplicité même. Il me suffit de mettre les humains en contact avec le Peuple.

⊕☽⟩⟲·ᚻ⟲·ᚻ☽⟩◊⟲·ᛁᛒ☈⟑⟆ᛒ⊕·⟩ᛖ·⟲ᛁ⟑⟆⟀ᛒᛖ➤

137

Tout à coup, les propres malheurs de Holly passèrent au second plan.

– Mettre les humains en contact avec le Peuple ? Mais pourquoi ?

Le visage d'Opale perdit son expression réjouie.

– Parce que les FAR m'ont jetée en prison. Ils m'ont observée comme un animal en cage mais maintenant, nous allons voir la tête qu'ils vont faire. Il y aura une guerre et je fournirai aux hommes les armes nécessaires pour la gagner. Après la victoire, le pays d'adoption que je choisirai deviendra le plus puissant de la terre. Et inévitablement, je deviendrai moi-même la personne la plus puissante de cette nation.

Holly cria presque :

– Tout ça pour satisfaire l'esprit de vengeance d'une petite fée lutine infantile !

Voir Holly désemparée amusa beaucoup Opale.

– Oh mais non, je ne suis plus une fée lutine.

Koboï ôta lentement les bandages qui lui entouraient la tête pour laisser apparaître deux oreilles humanoïdes arrondies par une opération de chirurgie esthétique.

– Je fais partie des Êtres de Boue, désormais. J'ai l'intention d'être dans le camp des vainqueurs. Et mon nouveau père possède une entreprise d'ingénierie. Une entreprise qui s'apprête à envoyer une sonde vers le centre de la Terre.

– Quelle sonde ? s'exclama Holly. Quelle entreprise ?

Opale agita l'index en signe de dénégation.

⟨symboles runiques⟩

138

– Non, non, ça suffit les explications. Je veux vous voir mourir dans la désolation et l'ignorance.

Pendant un moment, la fausse gaieté disparut de son visage et Holly put voir la haine qu'exprimaient ses yeux immenses.

– Vous m'avez coûté une année de vie, Short. Une année d'une vie brillante. Mon temps est trop précieux pour le perdre à répondre aux questions de minables petites organisations telles que les FAR. Bientôt, je n'aurai plus jamais à répondre à quiconque.

Opale leva devant l'objectif de la caméra une main dans laquelle elle serrait une petite télécommande. Elle appuya alors sur un bouton rouge. Comme chacun sait, un bouton rouge ne peut signifier qu'une seule chose. Holly n'avait que quelques millisecondes pour réagir. L'écran s'effaça et un voyant vert changea de couleur, clignotant soudain en rouge sur le panneau d'affichage du missile. Le signal avait été reçu. L'explosion était imminente.

Holly sauta en l'air et attrapa la bombe sphérique dans son casque. Puis elle pesa dessus de toutes ses forces. C'était comme essayer d'enfoncer sous l'eau un ballon de football. Les casques des FAR étaient constitués d'un polymère rigide conçu pour résister aux déflagrations de solinium. Bien entendu, la combinaison de Holly n'était pas rigide et ne pouvait la protéger de la biobombe mais peut-être le casque suffirait-il.

Le missile explosa, soumettant le casque à une puissante poussée verticale. Une intense clarté d'un bleu limpide s'en échappa sur les bords et se répandit à la surface du béton. Des fourmis et des araignées firent un bond puis s'immobilisèrent, leurs cœurs minuscules s'arrêtant définitivement de battre. Holly sentit le rythme de son propre cœur s'accélérer, dans ses efforts pour contenir le solinium mortel. Elle tint bon aussi longtemps qu'elle le put puis l'onde de choc la rejeta en arrière. Le casque fut alors catapulté dans les airs et la lumière fatale se trouva libérée.

Holly actionna la commande de ses ailes et s'envola vers le ciel. La lumière bleue la poursuivait comme une déferlante mortelle. C'était une course contre la mort, à présent. Disposait-elle de suffisamment d'espace et de temps pour échapper à la biobombe ?

Ses lèvres s'étiraient contre ses dents. La force d'accélération plissait la peau de ses joues. Elle comptait sur le fait que l'agent actif de la biobombe était un élément léger ; ce qui signifiait qu'on pouvait concentrer son rayon d'action. Koboï ne voulait sûrement pas attirer l'attention sur son engin en balayant tout un pâté de maisons. Son unique cible, c'était Holly Short.

Holly sentit la lumière atteindre ses orteils. Une terrible sensation d'anéantissement monta le long de sa jambe, aussitôt repoussée par sa force magique. Elle releva la tête et croisa les bras contre sa poitrine pour améliorer son coefficient de pénétration dans l'air, espérant que l'accélération obtenue permettrait à ses ailes mécaniques de la mettre à l'abri.

Soudain, la lumière se dissipa, puis s'évanouit complètement, ne laissant que quelques petites flammes danser dans son sillage. Holly avait réussi à fuir l'onde

ᚢᚪᚱᚾ · ᚭᛁᚱᚩᚱᚾ · ᛝᛁᚩ · ᚱᚪᚩᛁᚱᚻ · ᛁᚪᚾ · ᚷ

mortelle sans blessures graves. Ses jambes lui semblaient affaiblies mais cette sensation disparaîtrait bientôt. Elle aurait le temps de s'en soucier plus tard. Pour l'instant, il fallait qu'elle revienne au plus vite dans le monde souterrain pour prévenir ses camarades de ce qu'Opale préparait.

Holly jeta un coup d'œil vers le toit de l'hôtel. Il n'y avait aucune trace de son passage, à part les débris de son casque qui tournait sur lui-même comme une toupie cabossée. En général, les objets inanimés n'étaient pas affectés par les biobombes mais la protection réfléchissante à l'intérieur du casque avait renvoyé la lumière en tous sens avec une telle force qu'elle avait fini par surchauffer. Une fois le casque hors d'usage, toute information sur les fonctions vitales de Holly disparaissait. Pour les FAR ou Opale Koboï, le casque du capitaine Short ne transmettait plus ses pulsations cardiaques ni sa fréquence respiratoire. Officiellement, elle était morte. Et sa mort supposée lui offrait de nouvelles possibilités.

Quelque chose attira alors le regard de Holly. Loin au-dessous d'elle, au milieu des bâtiments de maintenance de l'hôtel, des humains convergeaient en direction d'un appentis. Avec sa vision d'oiseau en vol, Holly s'aperçut que le toit de l'appentis avait été pulvérisé. Deux silhouettes étaient étendues sur la charpente. L'une était immense, un véritable géant, l'autre plus proche de sa propre taille. Un jeune homme. Artemis et Butler. Avaient-ils survécu ?

Holly tendit les jambes derrière elle, plongeant en

⊍⚿⚏⬡⚴⊍⬡· ⚴◉⊍· ⚏⚴⊃✦· ⫯⚴⊖⫯· ⫯⊖

piqué vers le lieu de l'accident. Elle n'activa pas son bouclier, conservant au maximum ses réserves de magie. Il était probable que chaque étincelle de ses pouvoirs de guérison serait utile. Elle devait donc se fier à la vitesse et à sa combinaison révolutionnaire pour rester invisible.

A plusieurs mètres de distance, les autres humains se frayaient un chemin parmi les décombres, l'air intrigué plutôt que furieux. Il était essentiel que Holly parvienne à éloigner Artemis d'ici, en admettant qu'il soit toujours vivant. Opale pouvait avoir des espions partout et mettre aussitôt en œuvre un plan de rechange tout aussi meurtrier. Ils ne pouvaient tromper la mort une seconde fois.

Elle atterrit sur un mur de l'appentis et regarda à l'intérieur. C'étaient bien Artemis et Butler. Tous deux respiraient. Artemis était même conscient, mais de toute évidence, il souffrait beaucoup. Soudain, une tache rouge en forme de rose s'étala sur sa chemise blanche, ses yeux se révulsèrent et son corps fut secoué d'un spasme. Le Bonhomme de Boue était en état de choc et apparemment, une côte lui avait transpercé la peau. Une autre avait peut-être perforé un poumon. Il lui fallait des soins. Tout de suite.

Holly se laissa tomber à côté de lui et posa une main sur les protubérances que formaient ses os brisés, au-dessous du cœur.

– Guérison, dit-elle.

Les dernières étincelles de magie qui restaient dans son corps d'elfe s'engouffrèrent le long de ses bras, se dirigeant automatiquement vers les blessures d'Artemis. Les côtes brisées furent parcourues d'un frémissement, elles se courbèrent en souplesse puis se joignirent dans le sifflement des os qui se ressoudaient les uns aux autres. De la vapeur s'éleva de la chair tremblante d'Artemis tandis que la force magique chassait les impuretés de son organisme.

Sant attendre que les convulsions du jeune homme aient cessé, Holly l'entoura de son corps autant qu'elle le pouvait. Il fallait très vite le transporter ailleurs. Elle aurait également voulu emmener Butler mais il était trop massif pour que la silhouette mince de Holly puisse le dissimuler. Le garde du corps se débrouillerait seul. Artemis, lui, devait être protégé. D'abord parce qu'il était sans nul doute la cible principale, ensuite parce qu'elle avait besoin de son cerveau tortueux pour l'aider à vaincre Opale Koboï. Si Opale voulait rejoindre le monde des hommes, Artemis serait l'allié idéal pour faire échec au génie de la fée lutine.

Holly serra les doigts derrière le dos d'Artemis et redressa son corps inerte. Sa tête retomba sur son épaule et elle sentit son souffle sur sa joue. Sa respiration était régulière. Très bien.

Elle fléchit les jambes jusqu'à en faire craquer ses genoux. Elle aurait besoin de toute la puissance disponible pour masquer leur fuite. Dehors, des voix se rapprochaient et elle sentit les murs s'ébranler lorsque quelqu'un inséra une clé dans la porte de l'appentis.

– Au revoir, mon vieux Butler, murmura-t-elle. Je reviendrai te chercher.

Le garde du corps émit un grognement comme s'il l'avait entendue. Holly était navrée de le laisser là mais elle n'avait pas le choix. C'était soit Artemis tout seul, soit aucun des deux et Butler lui-même l'aurait remerciée de ce qu'elle faisait.

Holly serra les dents, tendit chacun de ses muscles et poussa à fond la manette de ses ailes. Elle jaillit de l'appentis comme la fléchette d'une sarbacane, soulevant au passage un nouveau nuage de poussière. Même si quelqu'un l'avait regardée fixement, il n'aurait vu que de la poussière et un vague frémissement couleur de ciel. Peut-être aussi un mocassin qui dépassait. Il aurait cru alors que son imagination lui jouait des tours, car tout le monde sait que les chaussures ne volent pas.

Chapitre V

PRÉSENTATION AUX VOISINS

E37, MONDE SOUTERRAIN

Foaly n'arrivait pas à croire ce qui se passait. Ses yeux envoyaient des informations à son cerveau mais celui-ci refusait de les accepter. Car, dans le cas contraire, il aurait été obligé de reconnaître que son amie Holly Short venait de tuer son propre commandant en lui tirant dessus et qu'elle tentait à présent de s'enfuir vers la surface. C'était complètement impossible, bien que tout le monde n'eût pas les mêmes réticences à l'admettre.

La navette technique du centaure avait été réquisitionnée par les Affaires internes. L'opération relevait à présent de leur compétence car un officier des FAR était soupçonné de meurtre. Tout le personnel attaché aux FAR avait été expulsé de la navette mais Foaly avait eu le droit de rester simplement parce qu'il était le seul capable de faire fonctionner le matériel de surveillance.

Le commandant Ark Sool était un gnome chargé d'enquêter sur les fées de la police soupçonnées de délits. Sool était exceptionnellement grand et mince pour un gnome, telle une girafe dans une peau de babouin. Ses cheveux bruns et lisses étaient coiffés en arrière avec un manque total de fantaisie, et il ne portait aux doigts et aux oreilles aucun des ornements dorés si appréciés d'habitude par ses congénères. Ark Sool était l'officier gnome le plus élevé en grade du service des Affaires internes ; à ses yeux, les FAR étaient fondamentalement une bande de têtes brûlées, présidées par un olibrius. Maintenant, l'olibrius était mort, apparemment tué par la plus grosse tête brûlée de la bande. En deux occasions déjà, Holly Short avait échappé de peu à des accusations graves. Cette fois, elle ne s'en tirerait pas.

– Repassez-moi la vidéo, centaure, ordonna Sool en tapotant la console avec sa canne.

Très agaçant.

– Nous l'avons déjà visionnée une douzaine de fois, protesta Foaly. Je ne vois pas à quoi ça peut bien servir.

Sool le fit taire d'un regard mauvais, ses yeux bordés de rouge.

– Vous ne voyez pas ? Le centaure ne voit pas à quoi ça peut servir ? Eh bien moi, je ne vois pas en quoi l'opinion du centaure peut avoir la moindre utilité dans l'équation qui nous occupe. Mister Foaly, vous êtes ici pour appuyer sur des boutons, pas pour donner votre avis. Le commandant Root accordait beaucoup trop d'importance à votre opinion et voyez où ça l'a mené.

Foaly ravala la douzaine de réponses cinglantes qui

lui brûlaient la langue. S'il était exclu des opérations dès maintenant, il ne pourrait plus être d'aucune aide à Holly.

– Repasser la vidéo. Oui, commandant.

Foaly fit défiler les images prises dans le conduit E37. Elles étaient accablantes. Julius et Holly, apparemment dans un état de grande agitation, tournaient autour du général Scalène pendant un moment puis, pour on ne savait quelle raison et aussi incroyable que cela paraisse, Holly tirait un coup de pistolet sur le commandant. A cet instant, les caméras des deux casques cessaient de fonctionner.

– Remontez le film de vingt secondes, ordonna Sool en se penchant tout près de l'écran à plasma.

Il appuya l'extrémité de sa canne sur un détail de l'image.

– Qu'est-ce que c'est que ça ?

– Attention avec cette canne, dit Foaly. Ces écrans coûtent très cher. Je les fais venir d'Atlantide.

– Répondez à la question, centaure. Qu'est-ce que c'est que ça ?

Il donna deux petits coups sur l'écran, simplement pour montrer le peu d'importance qu'il accordait aux gadgets de Foaly.

Le commandant des Affaires internes désignait un léger tremblement sur la poitrine de Root.

– Je l'ignore, admit Foaly. Ce pourrait être une distorsion thermique ou peut-être un dysfonctionnement du matériel. Ou simplement un bogue. Il faudra que je procède à d'autres tests.

Sool aquiesça d'un signe de tête.

– Eh bien, procédez, mais je ne pense pas que vous trouverez quoi que ce soit. Short est finie, c'est tout. D'ailleurs, il y a longtemps qu'elle est finie. Je n'avais pas réussi à la coincer jusqu'à présent mais cette fois, c'est du tout cuit.

Foaly savait qu'il aurait dû se mordre la langue au lieu de parler mais il ne put s'empêcher de défendre son amie :

– Vous ne trouvez pas que c'est un peu trop facile, tout ça ? D'abord, nous ne recevons plus le son, nous ne savons donc pas ce qui s'est dit. Ensuite, il y a ce tremblement sur l'image qui pourrait être n'importe quoi et maintenant, on devrait croire qu'un officier décoré a tiré sur son commandant, un elfe qui était comme un père pour elle.

– Je vois où vous voulez en venir, Foaly, dit Sool d'une voix suave. Très bien. Je suis content de voir que vous réfléchissez, à un certain niveau. Mais concentrons-nous sur nos tâches respectives, d'accord ? Vous construisez la machinerie et c'est moi qui m'en sers. Par exemple, ces nouveaux Neutrino dont sont armés nos agents sur le terrain ?

– Oui, et alors ? demanda Foaly d'un ton soupçonneux.

– Ils sont personnalisés pour chaque officier, n'est-ce pas ? Personne d'autre ne peut les utiliser. Et chaque tir est enregistré ?

– Exact, reconnut Foaly, sachant trop bien où tout cela allait mener.

Sool brandit sa canne comme un chef d'orchestre sa baguette.

– Dans ce cas, il suffit de vérifier si le capitaine Short a bien tiré un coup de feu à l'heure précise indiquée sur la vidéo. Si oui, le film est authentique et Holly Short aura vraiment tué son commandant, sans qu'on ait besoin de bande-son pour le confirmer.

Foaly serra ses dents de cheval. Bien sûr, c'était parfaitement logique. Il y avait lui-même pensé une demi-heure plus tôt et il savait déjà ce que révélerait le recoupement des données. Il ouvrit le fichier correspondant à l'arme de Holly et lut le passage qui l'intéressait :

– Arme mise en service à neuf heures quarante, heure locale de Haven-Ville. Six décharges enregistrées à neuf heures cinquante-six puis une décharge de niveau deux tirée à neuf heures cinquante-huit.

En signe de triomphe, Sool fit claquer sa canne contre la paume de sa main.

– Une décharge de niveau deux tirée à neuf heures cinquante-huit. C'est exactement ça. Quels que soient les événements qui aient pu se produire dans le conduit E37, Short a tiré sur son commandant, c'est un fait indéniable.

Foaly bondit de son fauteuil construit à ses mesures.

– Mais une décharge de niveau deux n'aurait pas pu provoquer une si grosse explosion. Elle a entraîné un éboulement dans la quasi-totalité du tunnel d'accès.

– C'est la raison pour laquelle Short n'est pas en garde à vue en ce moment, dit Sool. Il faudra des semaines pour déblayer ce tunnel. J'ai envoyé une équipe de Récupération à Tara, par l'E1. Ils devront aller jusqu'à Paris en surface et retrouver sa trace à partir de là.

– Et l'explosion elle-même ?

Sool grimaça, comme s'il venait d'avaler une bouchée amère en savourant un repas par ailleurs succulent.

– Oh, je suis sûr qu'il existe une explication, centaure. Un gaz combustible, un défaut de fonctionnement ou simplement un manque de chance. Nous finirons par le découvrir. Pour l'instant, ma priorité, *et la vôtre*, c'est de ramener le capitaine Short ici pour la traduire en justice. Je veux que vous vous mettiez en liaison avec l'équipe de Récupération et que vous leur fournissiez tous les renseignements sur la position de Short à mesure qu'ils vous parviennent.

Foaly hocha la tête sans enthousiasme. Holly portait toujours son casque. Et le casque des FAR pouvait vérifier son identité et transmettre aux ordinateurs du centaure un flot constant de données. Ils n'avaient ni son ni vidéo mais de nombreuses informations permettaient de suivre le capitaine Short à la trace où qu'elle soit, sur ou sous terre. Pour l'instant, elle se trouvait en Allemagne et à part son rythme cardiaque élevé, elle était en bonne santé.

« Pourquoi cette fuite, Holly ? demanda silencieusement Foaly à son amie absente. Pourquoi fuir si tu es innocente ? »

– Indiquez-moi où est le capitaine Short en ce moment, demanda Sool d'un ton impérieux.

⊕⊖♌⑂⑂⊗⊗➛• ⊀⊗⊗⊙• ⫻⊀♌Ɓ⫰• ⊗♌⊗⊗⟑• ⑂⊀⟑

150

Le centaure afficha en plein écran les données fournies par le casque de Holly.

– Elle est toujours en Allemagne – à Munich précisément. Elle ne se déplace plus, à présent. Elle va peut-être décider de revenir.

Sool fronça les sourcils.

– J'ai de sérieux doutes à ce sujet, centaure. C'est une franche canaille.

Foaly grinça des dents. Selon le code des bonnes manières, seul un ami pouvait mentionner l'espèce à laquelle appartenait une autre fée et Sool n'était pas son ami. Ni d'ailleurs l'ami de personne.

– On ne peut pas dire une chose pareille, répliqua Foaly entre ses dents serrées.

Sool se pencha encore plus près de l'écran à plasma, un lent sourire étirant ses lèvres minces.

– En fait, vous vous trompez, centaure. Je crois qu'on peut affirmer sans risque d'erreur que le capitaine Short ne reviendra pas. Rappelez immédiatement l'équipe de Récupération.

Foaly regarda l'écran. Les graphiques indiquant l'état des fonctions vitales de Holly étaient tous plats. Quelques instants plus tôt, elle était en état de stress mais vivante, à présent, il n'y avait plus rien. Pas de pulsations cardiaques, aucune activité cérébrale, aucun relevé de température. Elle ne pouvait simplement avoir ôté son casque car chaque officier des FAR était connecté à son casque par infrarouge. Non, Holly était morte et les causes de cette mort n'étaient pas naturelles.

Foaly sentit des larmes lui monter aux yeux. Pas Holly. Pas elle aussi.

– Rappeler l'équipe de Récupération ? Vous êtes fou, Sool ? Il faut retrouver Holly. Savoir ce qui s'est passé.

Sool ne se laissa pas impressionner par l'emportement de Foaly. Il sembla même s'en réjouir.

– Short a trahi. De toute évidence, elle était associée aux gobelins. Mais pour une raison quelconque, son ignoble machination s'est retournée contre elle et elle a été tuée. Je veux que vous activiez immédiatement l'incinérateur à distance de son casque. Nous pourrons ainsi refermer à jamais le dossier de cet officier félon.

Foaly était effaré.

– Activer l'incinérateur ? Je ne peux pas faire ça.

Sool leva les yeux au plafond.

– Encore vos opinions personnelles. Vous n'avez aucune autorité en la matière, contentez-vous d'obéir.

– Mais je vais obtenir une image satellite dans une demi-heure, protesta le centaure. On peut quand même attendre trente minutes, non ?

Sool s'avança vers le clavier de commande en écartant Foaly d'un coup de coude.

– Négatif. Vous connaissez le règlement. Aucun cadavre de fée ne doit rester visible dans un environnement humain. C'est une règle très dure, j'en conviens, mais elle est nécessaire.

– Il y a peut-être un défaut dans le casque ! s'exclama Foaly, essayant de se raccrocher au plus mince espoir.

– Est-il vraisemblable que tous les tracés de fonctions

ͰΩ♌ᱫ᎗▯✦·ᐸᶜᶜᗝᑕ⊘∞♌ᗕᶜ·⁘ᑕᱫ·Ͱᑕᶜᱹᗷᗷ·ᗷ

152

vitales deviennent plats au même moment à cause d'un défaut du matériel ?

– Non, admit Foaly.

– Quelles sont les chances pour que cela se produise ?

– Environ une sur dix millions, répondit le conseiller technique d'un ton piteux.

Sool se glissa devant le clavier.

– Si vous n'avez pas le courage de le faire, centaure, je m'en occuperai moi-même.

Il tapa son mot de passe puis actionna l'incinérateur du casque de Holly. Sur un toit de Munich, le casque fut aussitôt dissous dans une mare d'acide. En théorie, le corps de Holly aurait dû subir le même traitement.

– Et voilà, dit Sool, satisfait. Elle nous a quittés définitivement. Maintenant, nous allons tous dormir un peu plus tranquilles.

« Pas moi, pensa Foaly en contemplant l'écran avec une infinie tristesse. Il se passera beaucoup de temps avant que je puisse à nouveau dormir tranquillement. »

QUARTIER DE TEMPLE BAR, DUBLIN, IRLANDE

Artemis Fowl s'éveilla d'un sommeil peuplé de cauchemars. Dans ses rêves, d'étranges créatures aux yeux rouges lui avaient déchiré la poitrine à coups de dents grandes comme des cimeterres pour lui dévorer le cœur. Il se redressa dans un lit de camp trop court pour lui et se tint la poitrine à deux mains. Sa chemise était raidie par du sang séché mais il n'avait aucune blessure. Artemis respira profondément à plusieurs reprises, le corps parcouru d'un frisson à chaque inspiration, l'oxygène affluant dans son cerveau. « Évaluez la situation » lui répétait toujours Butler. Si vous vous trouvez en territoire inconnu, arrangez-vous pour le connaître avant d'ouvrir la bouche. Dix secondes d'observation peuvent suffire à vous sauver la vie. »

Artemis regarda autour de lui, ses paupières battant comme l'obturateur d'un appareil photo. Absorbant le moindre détail. Il se trouvait dans une toute petite pièce d'environ trois mètres carrés. L'un des murs était transparent et semblait donner sur les quais de Dublin. A en juger par la position du Millennium Bridge, l'endroit devait être situé dans le quartier de Temple Bar. La pièce elle-même était constituée d'étranges matériaux : une sorte de tissu gris argenté – rigide mais malléable – avec plusieurs écrans à plasma disposés sur les cloisons opaques. C'était un décor de haute technologie mais qui semblait vieux de plusieurs années, presque à l'abandon.

Dans un coin, une fillette était assise sur une chaise pliante, le dos voûté. La tête entre les mains, elle pleurait, les épaules secouées de sanglots.

Artemis s'éclaircit la gorge.

– Pourquoi pleures-tu, petite fille ?

La fillette se redressa brusquement et il vit aussitôt qu'il ne s'agissait pas d'une enfant comme les autres. En fait, elle semblait appartenir à une espèce totalement différente.

⊗◊◊·⌘♠♥♥·⊗·∪◊⊃ꝛ⊘·⊃ß·⊗◊♠⊃·⚡·ꝛ⊘⊘

– Des oreilles pointues, remarqua Artemis, avec un calme surprenant. Elles sont réelles ou ce sont des prothèses ?

A travers ses larmes, Holly parvint presque à sourire.

– Typique d'Artemis Fowl, dit-elle. Toujours enclin aux hypothèses. Mes oreilles sont très réelles, comme vous le savez... ou plutôt comme vous le saviez.

Artemis resta silencieux un moment, assimilant les multiples informations contenues dans ces quelques phrases.

– De vraies oreilles pointues ? Alors, vous appartenez à une autre espèce, une espèce non humaine. Vous êtes une fée, peut-être ?

Holly acquiesça d'un signe de tête.

– Je suis une fée, c'est vrai. Une elfe pour être précise. Je suis aussi ce que vous appelez un farfadet, mais uniquement par profession.

– Et les fées parlent anglais ?

– Nous parlons toutes les langues. Le don des langues fait partie de nos pouvoirs magiques.

Artemis savait que ces révélations auraient dû bouleverser sa vision du monde mais il s'aperçut que rien de tout cela ne l'étonnait. C'était comme s'il s'était toujours douté de l'existence des fées et qu'il venait d'en avoir la confirmation. Pourtant, étrangement, il ne se souvenait pas avoir jamais pensé aux fées avant ce jour-là.

– Et vous prétendez me connaître ? Personnellement ou à travers un système de surveillance ? Vous semblez en avoir les moyens technologiques.

Uᑈⴲ◈ᎧᎩ ◈Ꭷↄ• ⴽ• ᕚↄⴲᎂᙏ• ⵉᎻᗡᗷ• ᎩↄⴲᑈU�◻• ⴽ

– Il y a déjà quelques années que nous vous connaissons, Artemis. C'est vous qui avez établi le premier contact et depuis nous gardons un œil sur vous.

Artemis se montra légèrement surpris.

– C'est *moi* qui ai établi le premier contact ?

– Oui, il y a deux ans, au mois de décembre. Vous m'aviez kidnappée.

– Et ceci était votre vengeance ? Cette explosion ? Mes côtes cassées ?

Une terrible pensée traversa l'esprit du jeune Irlandais.

– Qu'est-il arrivé à Butler ? Est-il mort ?

Holly s'efforça du mieux qu'elle put de répondre à toutes ces questions.

– C'était une vengeance, mais pas la mienne. Et Butler est vivant. Il fallait simplement que je vous sorte de là avant que vous soyez victime d'une nouvelle tentative de meurtre.

– Nous sommes donc amis, à présent ?

Holly haussa les épaules.

– Peut-être. Nous verrons bien.

Tout cela était un peu déroutant. Même pour un génie. Artemis croisa les jambes dans la position du lotus, appuyant la pointe de ses doigts contre ses tempes.

– Vous feriez bien de tout me révéler, dit-il en fermant les yeux. Depuis le début. Sans rien omettre.

Holly s'exécuta. Elle raconta à Artemis comment il l'avait kidnappée puis l'avait libérée au dernier moment. Elle lui raconta leur expédition dans l'Arctique pour secourir son père et leur combat pour écraser la rébellion des gobelins financée par Opale Koboï. Elle décrivit dans tous ses détails leur voyage à Chicago pour reprendre le Cube C, un super ordinateur construit par Artemis à partir de matériel technologique dérobé aux fées. Pour finir, d'une petite voix sans timbre, elle parla de la mort du commandant Root et du mystérieux complot par lequel Opale Koboï comptait réunir le monde des fées et celui des humains.

Artemis était resté parfaitement immobile, absorbant des centaines de détails ahurissants. Il avait le front légèrement plissé comme si toutes ces informations lui paraissaient difficiles à digérer. Lorsque son cerveau eut enfin mis un peu d'ordre dans ces données, il rouvrit les yeux.

– Très bien, dit-il. Je ne me rappelle rien de tout cela mais je vous crois. Je veux bien admettre que nous, les humains, nous ayons pour voisins des fées qui habitent sous la surface de la Terre.

– Simplement comme ça, sur ma bonne mine ?

Artemis pinça les lèvres.

– Pas vraiment. J'ai écouté votre récit et je l'ai recoupé avec certains faits dont j'ai eu connaissance. Le seul autre scénario qui pourrait expliquer tout ce qui s'est passé, y compris votre singulière apparence, reposerait sur une théorie du complot très embrouillée impliquant la Mafiya russe et des virtuoses de la chirurgie esthétique. Très peu vraisemblable. Mais votre histoire de fée concorde avec quelque chose que vous ne pouvez pas savoir, capitaine Short.

– C'est-à-dire ?

– Après mon prétendu effacement de mémoire, j'ai découvert sur mes propres yeux et sur ceux de Butler des lentilles de contact réfléchissantes. Une enquête m'a appris que c'était moi qui avais commandé ces lentilles, même si je n'en avais aucun souvenir. J'imagine que je m'en suis servi pour tromper votre mesmer.

Holly hocha la tête. C'était logique. Les fées avaient le pouvoir de mesmériser les humains mais un contact visuel était nécessaire pour y parvenir, associé à une voix aux modulations hypnotiques. Des lentilles de contact réfléchissantes permettraient au sujet de garder le contrôle de lui-même tout en faisant semblant d'être soumis au mesmer.

– La seule chose qui puisse justifier ce procédé serait d'avoir placé quelque part un élément déclencheur qui ferait rejaillir dans mon esprit mes souvenirs féeriques. Mais quel serait alors cet élément ?

– Je n'en ai aucune idée, répondit Holly. J'espérais qu'en me voyant à nouveau, la mémoire vous reviendrait.

Artemis lui adressa un sourire agaçant. Comme s'il répondait à un petit enfant qui aurait prétendu que la lune était un gros fromage.

– Non, capitaine. J'aurais tendance à penser que le système d'effacement de mémoire de votre Mr Foaly est une version avancée des substances génératrices d'amnésie qui sont expérimentées par les gouvernements de divers pays. Le cerveau, voyez-vous, est un instrument complexe ; si on parvient à le convaincre qu'un fait ne s'est jamais produit, il inventera toutes sortes de scénarios pour entretenir cette illusion. Rien ne peut le faire changer d'avis, si je puis dire. Même si la conscience accepte quelque chose, l'effacement de mémoire convaincra l'inconscient du contraire. Par conséquent, quelle que soit votre force de conviction, il vous sera impossible de persuader mon subconscient ainsi conditionné. Il doit sans doute croire que vous êtes une hallucination ou un espion modèle réduit. La seule façon de me rendre mes souvenirs serait que mon subconscient ne puisse leur objecter d'arguments raisonnables – disons, si la seule personne en qui j'aie entièrement confiance m'apportait une preuve irréfutable.

Holly se sentit de plus en plus irritée. Artemis avait le don de l'exaspérer comme personne. Un enfant qui traitait tous les autres comme des enfants.

– Et qui est cette personne en qui vous avez entièrement confiance ?

Artemis eut cette fois un vrai sourire, le premier depuis qu'il était à Munich.

– Voyons, moi-même, bien sûr.

MUNICH

Lorsque Butler s'éveilla, du sang coulait au bout de son nez et des gouttes tombaient sur la toque blanche du chef cuisinier de l'hôtel. Celui-ci, entouré d'un groupe de marmitons, se trouvait au milieu d'une remise dévastée. L'homme serrait un couperet dans son poing velu, au cas où le géant étendu sur le matelas en lambeaux coincé dans la charpente serait un fou dangereux.

– Excusez-moi, dit poliment le chef, ce qui est inhabituel chez un chef, êtes-vous vivant ?

Butler réfléchit à la question. Aussi invraisemblable que cela puisse paraître, il était vivant. Le matelas l'avait sauvé de l'étrange missile. Artemis aussi avait survécu. Il se rappelait avoir senti battre son cœur avant de perdre conscience. Mais il n'y avait plus de battements.

– Je suis vivant, grommela-t-il, les lèvres craquelées par le sang et la poussière des tuiles pulvérisées. Où est le garçon qui se trouvait avec moi ?

On échangea des regards parmi la foule qui se pressait dans l'appentis en ruine.

– Il n'y avait pas de garçon, dit enfin le chef. Vous êtes tombé tout seul.

Ils allaient sans aucun doute exiger des explications, sinon ils préviendraient la police.

– Bien sûr qu'il n'y avait pas de garçon. Pardonnez-moi, on n'a plus toute sa tête après une chute de trois étages.

A l'unisson, la foule approuva d'un signe de tête. Qui pouvait en vouloir au géant d'être un peu secoué ?

– Je prenais le soleil sur le balcon quand la rambarde a cédé sous mon poids. Fort heureusement pour moi, j'ai réussi à attraper ce matelas au passage.

L'explication fut accueillie avec le scepticisme qu'elle méritait. Le chef exprima le doute que partageait son groupe de marmitons :

꘎꘎꘎꘎꘎꘎꘎· ··꘎· ·꘎꘎꘎·꘎꘎꘎꘎꘎·꘎꘎꘎꘎

– Vous avez réussi à attraper un matelas ?

Butler dut réfléchir très vite, ce qui n'est guère aisé lorsque tout le sang que contient votre corps se concentre sur votre front.

– Oui, il se trouvait sur le balcon. Je m'étais allongé dessus pour prendre mon bain de soleil.

Cette histoire de soleil n'avait rien de très convaincant. Surtout si l'on considère qu'on était en plein hiver. Butler comprit qu'il n'existait qu'un seul moyen de se débarrasser de cette foule. Un moyen radical mais qui devrait être efficace.

Il sortit de sa poche un petit carnet à spirale.

– Bien entendu, j'ai l'intention de poursuivre l'hôtel en justice pour obtenir des dommages et intérêts. Le traumatisme à lui seul vaut bien quelques millions d'euros. Sans parler des blessures. J'imagine que je peux compter sur vous tous pour témoigner en ma faveur.

Le chef et ses marmitons pâlirent. Témoigner contre son employeur constituait un pas décisif vers le chômage.

– Je... Je ne sais pas, monsieur, balbutia le cuisinier. En fait, je n'ai rien vu du tout.

Il s'interrompit et renifla autour de lui.

– J'ai l'impression que ma meringue aux fruits est en train de brûler. Mon dessert va partir en fumée.

Le chef enjamba des gravats de tuiles fracassées et disparut à l'intérieur de l'hôtel. Les autres le suivirent et quelques instants plus tard, Butler fut à nouveau seul. Il sourit mais le simple fait d'étirer les lèvres

ᑌᦔ᠑ᒕ• ᑦᕤ• ᖇᑌᦔᑦᖋᖋ• ᕤ• ⵔⵔᕘⵔᕁᖇ• ᑦᕤ

déclencha une douleur dans son cou. La menace d'un procès a en général pour effet de disperser les témoins aussi sûrement qu'un coup de feu.

L'Eurasien géant se dépêtra des débris de la charpente. Il avait eu une chance stupéfiante de ne pas s'empaler sur les poutres. Le matelas avait absorbé le plus gros du choc et la charpente elle-même était tellement pourrie qu'elle s'était brisée sans lui faire de mal.

Butler se laissa tomber à terre, chassant la poussière de son costume. Sa priorité, à présent, était de retrouver Artemis. Il semblait probable que les auteurs de l'attentat aient enlevé le garçon. Mais pourquoi le faire prisonnier après avoir cherché à le tuer ? A moins que leur ennemi inconnu n'ait décidé de profiter de la situation pour exiger une rançon.

Butler retourna dans la chambre d'hôtel où tout était parfaitement en ordre. Il n'y avait aucune trace d'explosion. En regardant de plus près, il fut cependant surpris de découvrir des cadavres d'insectes et d'araignées. Étrange. On aurait dit que l'éclair de lumière bleue n'affectait que les êtres vivants en laissant les bâtiments intacts.

« Un rinçage bleu », lui souffla son subconscient, mais il n'y prêta aucune attention.

Butler prit la valise à gadgets d'Artemis, ainsi que la sienne, bien sûr. Les armes et le matériel de surveillance seraient mis à l'abri dans un casier de consigne de l'aéroport. Il quitta le Kronski sans payer la note. Un départ précipité éveillerait les soupçons et avec un peu de chance, toute cette affaire pourrait être résolue avant que les autres élèves ne soient retournés chez eux.

Le garde du corps alla chercher le Hummer au parking de l'hôtel et prit la direction de l'aéroport. Si Artemis avait été enlevé, les ravisseurs contacteraient le manoir des Fowl pour exiger leur rançon. Et s'il avait cherché tout simplement à s'éloigner du danger, la consigne était de rentrer à la maison. Dans l'un et l'autre cas, la piste conduisait au manoir des Fowl et c'était donc là que Butler avait l'intention de se rendre.

QUARTIER DE TEMPLE BAR, DUBLIN, IRLANDE

Artemis avait suffisamment récupéré pour que sa curiosité naturelle reprenne le dessus. Il fit le tour de la pièce minuscule, touchant du bout des doigts la surface spongieuse des cloisons.

– Qu'est-ce que c'est que cet endroit ? Une cachette pour des opérations de surveillance ?

– Exactement, répondit Holly. Il y a quelques mois, j'étais ici pour espionner des nains voleurs de bijoux venus rencontrer leurs receleurs. Vu de l'extérieur, on dirait simplement un coin de ciel au sommet d'un immeuble. Ça s'appelle une Camhutte.

– Cam pour « camouflage » ?

– Non, pour « caméléon ». C'est ma combinaison qui est du camouflage.

– Vous devez sûrement savoir qu'en réalité, les caméléons ne changent pas de couleur pour se fondre

·)ᛒ· Ʊᛟ)ᛁ·)ᛒ· ᛉƱᛟ)ᚱᛉ·)ᛒ· ⊕ᛟ)ᛟ· ᛞ

dans leur environnement. Ils en changent selon leur humeur et la température ambiante.

Holly regarda le quartier de Temple Bar. Au-dessous, des milliers de touristes, de musiciens, d'habitants de la ville flânaient dans les rues tortueuses où s'alignaient des boutiques de petits artisans.

– Il faudra que vous en parliez à Foaly. C'est lui qui donne les noms à son matériel.

– Ah oui, dit Artemis. Foaly. Il s'agit d'un centaure, n'est-ce pas ?

– En effet.

Holly se tourna vers lui.

– Vous prenez tout cela très tranquillement. La plupart des humains perdent complètement la tête quand ils découvrent notre existence. Certains sont en état de choc.

Artemis eut un sourire.

– Je ne suis pas comme la plupart des humains.

Holly regarda à nouveau dans la rue. Elle n'avait pas l'intention de discuter cette affirmation.

– Maintenant, expliquez-moi, capitaine Short. Si je ne représente rien d'autre qu'une menace pour le Peuple des fées, pourquoi m'avez-vous soigné ?

Holly appuya la tête contre la cloison translucide de la Camhutte.

– C'est dans notre nature, répliqua-t-elle. Et puis, bien sûr, j'ai besoin de vous pour m'aider à retrouver Opale Koboï. Nous l'avons déjà fait auparavant, nous pouvons recommencer.

Artemis vint se placer à côté d'elle devant la fenêtre.

– Alors, d'abord, vous effacez ma mémoire et ensuite, vous revenez me chercher ?

– Oui, Artemis. Vous pouvez ironiser tant que vous voudrez mais les puissantes FAR ont besoin de votre aide.

– Bien entendu, il faut aborder la question de mes honoraires, répondit Artemis en boutonnant sa veste par-dessus la tache de sang de sa chemise.

Holly se tourna une nouvelle fois vers lui.

– Vos honoraires ? Vous parlez sérieusement ? Après tout ce que le Peuple des fées a fait pour vous ? Vous ne pouvez donc pas accomplir une bonne action dans votre vie, rien qu'une fois ?

– Apparemment, vous êtes très émotifs, vous, les elfes. Les humains ont davantage le sens des affaires. Voici les faits : vous fuyez la justice qui vous recherche et vous êtes poursuivie par une fée lutine qui est un véritable génie du crime. Vous ne disposez pas de moyens financiers, vous n'avez aucune ressource. Je suis le seul qui puisse vous aider à neutraliser cette Opale Koboï. Je trouve que ça vaut bien quelques lingots d'or, d'où qu'ils viennent.

Holly lui lança un regard flamboyant.

– Comme vous dites, Bonhomme de Boue, je n'ai aucune ressource.

Artemis écarta les mains d'un air magnanime.

– Je veux bien vous croire sur parole. Si vous pouvez me garantir une tonne d'or de votre fonds de rançon, je mettrai sur pied un plan pour vaincre votre Opale Koboï.

⊕⊙♌⅊·⅍⏉·⅋⅊⊙⅊⅋·⎍⅊⊕⊕·⊙♌⊙⅋·⊕·⅊⅊⅋

Holly était prise au piège et elle le savait. Artemis pouvait sans aucun doute lui donner un avantage sur Opale mais elle était ulcérée à l'idée de devoir payer quelqu'un qui était habituellement un ami.

– Et si c'est Koboï qui l'emporte ?

– Si Koboï l'emporte, elle nous tuera probablement tous les deux et vous pourrez alors considérer la dette comme nulle et non avenue.

– Très bien, grogna Holly. Ça vaudrait presque le coup.

Elle se détourna de la fenêtre et fouilla dans l'armoire à pharmacie de la Camhutte.

– Je vais vous dire une chose, Artemis. Vous êtes exactement tel que je vous ai connu lors de notre première rencontre : un Bonhomme de Boue cupide qui ne pense à personne d'autre que lui-même. Est-ce vraiment ce que vous voulez rester toute votre vie ?

Le visage d'Artemis resta impassible mais sous la surface, ses émotions bouillonnaient. Bien sûr, il avait raison de vouloir être payé ; il aurait été stupide d'y renoncer. Mais le simple fait de le demander lui inspirait un sentiment de culpabilité. C'était la faute de cette conscience imbécile qui venait de naître en lui. Sa mère avait le don de l'éveiller à volonté et cette créature féerique y parvenait également. Il lui faudrait exercer un contrôle plus strict sur ses émotions.

Holly referma l'armoire à pharmacie.

– Alors, monsieur le consultant. Qu'allons-nous faire pour commencer ?

Artemis n'eut aucune hésitation.

– Nous ne sommes que deux et pas très grands. Nous aurons donc besoin de renforts. En ce moment même, Butler doit être en route pour le manoir des Fowl. Peut-être même y est-il déjà.

Artemis alluma son téléphone portable et sélectionna le numéro de Butler. Un message enregistré l'informa que son correspondant n'était pas disponible. Il déclina la proposition de faire un nouvel essai et appela plutôt le manoir des Fowl. Un répondeur se déclencha à la troisième sonnerie. Ses parents avaient déjà dû partir pour leur centre de cure du Westmeath.

– Butler, dit Artemis au répondeur, j'espère que vous êtes en bonne santé. En ce qui me concerne, tout va très bien. Écoutez attentivement ce que j'ai à vous raconter et croyez-moi, chaque mot est vrai...

Artemis entreprit alors de résumer les événements de la journée.

– Nous arriverons bientôt au manoir. Je suggère que nous emportions l'essentiel et que nous déménagions dans une maison plus sûre...

Holly lui tapota l'épaule.

– Nous devrions partir d'ici. Koboï n'est pas idiote. Je ne serais pas surprise qu'elle ait prévu un autre plan au cas où nous aurions survécu.

Artemis couvrit de sa main le micro du téléphone.

– Je suis d'accord. C'est ce que nous devrions faire. Cette dénommée Koboï est certainement sur nos traces.

Comme si l'effet avait été préparé d'avance, l'une des cloisons de la Camhutte commença à se dissoudre en frémissant comme la surface d'une eau pétillante. Un trou se forma et s'élargit, laissant apparaître Opale Koboï, flanquée de Merv et Scant Brill. Les jumeaux étaient armés de pistolets en plastique transparent. Celui de Merv brillait légèrement après le coup qu'il venait de tirer pour faire fondre la cloison.

– Assassins ! s'écria Holly en esquissant un geste pour prendre son propre pistolet.

Merv tira un nouveau coup de feu, suffisamment près de sa tête pour lui roussir les sourcils. Holly se figea, levant les mains en signe de soumission.

– Opale Koboï, je présume ? dit Artemis.

Mais si Holly ne lui avait pas raconté toute l'histoire, il n'aurait jamais deviné que l'être qui se tenait devant lui appartenait à une autre espèce. On aurait dit une enfant bien humaine. Elle avait une tresse de cheveux noirs qui lui descendait dans le dos et était vêtue d'une blouse à carreaux semblable à celles que portent des milliers d'écolières dans le monde. Ses oreilles, bien sûr, avaient une forme arrondie.

– Artemis Fowl, quel plaisir de vous revoir. Je suis sûre qu'en d'autres circonstances, nous aurions pu être alliés.

– Il arrive que les circonstances changent, répondit Artemis. Il n'est sans doute pas trop tard pour conclure une alliance.

Holly décida d'accorder à Artemis le bénéfice du doute. Peut-être se comportait-il comme un traître pour leur sauver la mise. Peut-être.

Opale battit ses longs cils recourbés.

〰️ ⩫ 〰️ 〰️ 〰️ 〰️

– C'est tentant, mais non. Je crois que le monde n'est pas assez grand pour deux enfants géniaux. Et maintenant que j'ai pris l'apparence d'une enfant, le génie, ce sera moi. Je me présente : Belinda Zito, une fillette avec de grands projets.

Holly fit un nouveau geste en direction de son arme mais elle s'interrompit lorsque Merv pointa sur elle son pistolet transparent.

– Je vous connais, dit-elle aux frères Brill. Les jumeaux fées lutins. Vous êtes passés à la télé.

Scant ne put s'empêcher de sourire.

– Oui, sur *Canto*. C'est l'émission qui a eu le taux d'écoute le plus élevé de toute la saison. On pense écrire un livre, pas vrai, Merv ? Pour raconter la façon dont...

– ... chacun finit les phrases de l'autre, acheva Merv, tout en sachant qu'il allait se faire rappeler à l'ordre.

– Tais-toi, sombre imbécile, dit sèchement Opale, le regard venimeux. Tiens ton arme droite et ta langue immobile. Ce n'est pas toi qui comptes, c'est moi. Ne l'oublie jamais, si vous ne voulez pas que je vous liquéfie, tous les deux.

– Oui, bien sûr, Miss Koboï, c'est vous qui comptez, personne d'autre.

Opale ronronna presque.

– Exactement. Il n'y a que moi qui compte. Je suis la seule personne importante.

D'un geste dégagé, Artemis glissa une main dans sa poche. Celle qui tenait le téléphone portable, toujours connecté au manoir des Fowl.

169

– Si je puis me permettre, Miss Koboï, dit-il, l'illusion de sa propre importance est très répandue chez les gens récemment sortis du coma. On appelle cela le syndrome de Narcisse. J'ai écrit un article sur le sujet dans le *Psychologists' Yearbook*, sous le pseudonyme de Sir E. Brum. Vous avez passé tellement de temps en votre seule compagnie, si l'on peut dire, que tous les autres vous paraissent irréels...

Opale adressa un signe de tête à Merv.

– Pour l'amour du ciel, fais-le taire.

Merv fut ravi d'obéir, tirant dans la poitrine d'Artemis une décharge d'une couleur bleue. Le jeune Irlandais s'effondra au milieu de son exposé.

– Qu'avez-vous fait ? s'écria Holly.

Elle se laissa tomber au côté d'Artemis et fut soulagée de constater que son cœur battait régulièrement sous sa chemise tachée de sang.

– Oh, non, il n'est pas mort, dit Opale. Il a simplement reçu un choc douloureux qui l'a assommé. Il s'en passe des choses, aujourd'hui, dans la vie du jeune Artemis.

Holly lança à la petite fée lutine un regard furieux, la beauté de ses traits déformée par le chagrin et l'indignation.

– Qu'est-ce que vous voulez ? De quoi êtes-vous encore capable ?

Le visage d'Opale exprimait l'innocence même.

– Ne vous en prenez pas à moi. Vous êtes seule responsable de ce qui vous arrive. Tout ce que je souhaitais, c'était en finir avec la société des fées telle que nous la connaissons ; or, vous ne vouliez pas en entendre parler. J'ai donc projeté quelques petits meurtres relativement simples mais vous avez absolument tenu à survivre. Au fait, toutes mes félicitations pour la façon dont vous avez échappé à la biobombe. J'ai tout observé à une trentaine de mètres de distance, depuis ma navette furtive. Enfermer le solinium dans un casque des FAR – excellente idée. Mais maintenant, vous m'avez causé tant d'ennuis, vous m'avez tellement exaspérée, que j'ai décidé de me faire plaisir.

Holly ravala la peur qui s'insinuait dans sa gorge.

– Vous faire plaisir ?

– Oui. J'avais mis au point à l'usage de Foaly un petit scénario d'une certaine cruauté, quelque chose de très théâtral qui implique les Onze Merveilles du monde. Mais à présent, j'estime qu'il serait bon de vous y associer.

Holly tendit ses muscles. Elle devait tenter de dégainer son pistolet, il n'y avait pas d'autre possibilité. Mais elle ne put s'empêcher de poser la question, c'était dans sa nature de fée :

– Quelle genre de cruauté ?

Opale sourit, avec une expression qu'on ne pouvait qualifier que de maléfique.

– Une cruauté de troll, répondit-elle. Encore une chose que vous devez savoir : si je vous dis tout cela, c'est parce que vous allez mourir et que je veux vous inspirer au moment de votre mort autant de haine pour moi que j'en éprouve pour vous.

Opale marqua une pause, laissant monter la tension.

⊌⬚◗· ⚜⛄8⬟◌⬡⊠·· ◉⬠⚜8⚘· ⏚⚷⚷⚜⛟

171

– Vous vous souvenez du point sensible, sur la bombe accrochée à Julius ?

Holly eut l'impression que son cœur enflait jusqu'à emplir complètement sa poitrine.

– Je me souviens très bien.

Les yeux d'Opale s'illuminèrent.

– Eh bien, il n'y en avait pas.

Holly essaya d'empoigner son pistolet et Merv tira une nouvelle décharge bleue sur sa poitrine. Elle perdit conscience avant même de s'être effondrée sur le sol.

CHAPITRE VI

CRUAUTÉ DE TROLL

SOUS L'OCÉAN ATLANTIQUE, À TROIS KILOMÈTRES DE LA CÔTE DU COMTÉ DE KERRY, EAUX TERRITORIALES IRLANDAISES

A trois mille mètres sous la surface de l'océan Atlantique, une navette sous-marine des FAR fonçait dans une tranchée volcanique en direction de l'embouchure d'un fleuve souterrain. Le fleuve menait à un terminal où les occupants de la navette pourraient embarquer dans un appareil régulier.

Trois passagers et un pilote se trouvaient à bord. Les passagers étaient un nain délinquant et les deux gardes chargés de l'escorter. Mulch Diggums, le délinquant en question, était d'une humeur particulièrement joyeuse pour quelqu'un qui portait un uniforme de prisonnier. La raison en était simple : son dossier allait enfin être examiné par la cour d'appel et son avocat était optimiste. Toutes les charges retenues contre son client seraient certainement abandonnées en raison d'une erreur de procédure.

Mulch Diggums était un nain de tunnel qui avait renoncé au travail de la mine pour mener une vie de malfaiteur, volant des objets de valeur dans les maisons des Êtres de Boue pour les revendre au marché noir. Au cours des dernières années son destin avait été étroitement associé à celui d'Artemis Fowl et de Holly Short et il avait joué un rôle clé dans leurs aventures. Comme il fallait s'y attendre, cette existence instable avait tourné au désastre lorsque le long bras des FAR s'était abattu sur lui.

Avant qu'on le ramène en prison pour purger le reste de sa peine, Mulch Diggums avait été autorisé à dire au revoir à son ami humain. Artemis lui avait alors donné deux choses. La première était un mot lui conseillant de vérifier la date du premier mandat de perquisition de sa caverne. La deuxième était un médaillon d'or qu'il devait rendre à Artemis deux ans plus tard. Apparemment, Artemis projetait, à l'époque, de ressusciter leur association. Mulch avait examiné le médaillon des centaines de fois pour essayer d'en percer les secrets et à force de le toucher, il avait fini par en user la dorure qui laissait voir à présent un disque d'ordinateur. De toute évidence, Artemis y avait enregistré un message qu'il se destinait à lui-même. Une façon de ramener à la surface les souvenirs que les FAR avaient effacés de sa mémoire.

Dès son transfert à la prison de haute sécurité des Profondeurs, à proximité de l'Atlantide, Mulch avait demandé à consulter son avocat. Lorsque son défenseur commis d'office était arrivé de mauvaise grâce, Mulch lui avait recommandé de vérifier la date du mandat de perquisition qui avait entraîné sa première arrestation. Une stupéfiante erreur de date était alors apparue. Selon l'ordinateur des FAR, Julius Root avait perquisitionné la caverne avant d'avoir obtenu le mandat qui l'y autorisait. Ce qui rendait illégales sa première arrestation et toutes celles qui avaient suivi. Mulch n'avait donc plus qu'à attendre la fin d'un long processus administratif et à subir une dernière entrevue avec l'officier qui l'avait appréhendé pour redevenir un nain libre.

Le jour était enfin arrivé. Mulch était emmené à bord d'une navette au centre de police pour y être confronté à Julius Root. La loi des Fées autorisait Root à infliger un dernier interrogatoire à Mulch pour tenter de lui arracher une confession. Tout ce que le nain avait à faire était de rester silencieux et à l'heure du dîner, il pourrait tranquillement déguster un curry de rat des champs dans son restaurant préféré.

Mulch serra le médaillon dans son poing. Il savait bien qui était derrière tout cela. Artemis s'était débrouillé pour pirater l'ordinateur des FAR et modifier ses fichiers. Le Bonhomme de Boue lui rendait la liberté.

L'un des gardes qui l'escortaient, un elfe à la silhouette mince avec des branchies d'Atlante, inspira par le cou dans un bruit de succion et expira par la bouche.

– Hé, Mulch, dit-il d'une voix essoufflée, qu'est-ce qui va se passer quand ton appel sera rejeté ? Tu vas fondre en larmes comme une petite fille ? Ou bien prendre les choses stoïquement comme un nain digne de ce nom ?

Mulch sourit, exposant un nombre de dents invraisemblable.

– Ne t'inquiète pas pour moi, p'tit poisson. Ce soir, je mangerai un de tes cousins.

En général, la vision des dents en forme de pierres tombales de Mulch suffisait à réduire les plaisantins au silence mais le garde n'avait pas l'habitude d'entendre un prisonnier répliquer.

– Tu aurais intérêt à la fermer, le nain. C'est plutôt des rochers que je vais te faire manger, quand on sera revenus dans les Profondeurs.

– Tu peux toujours rêver, p'tit poisson, répondit Mulch qui prenait plaisir à ces railleries après avoir passé des mois à courber l'échine.

Le garde se leva.

– Thibyson, je m'appelle Thibyson.

– P'tit poisson, c'est bien ce que je disais.

Le deuxième garde, un lutin d'eau avec des ailes de chauve-souris repliées dans le dos, pouffa de rire.

– Laisse-le tranquille, Thib. Tu ne sais pas à qui tu parles ? C'est Mulch Diggums que tu as devant toi. Le plus célèbre voleur du monde souterrain.

Mulch sourit, bien que la célébrité ne soit pas la meilleure chose pour un voleur.

– Ce type a une longue liste d'idées géniales à son actif.

Le sourire de Mulch s'effaça quand il comprit qu'il allait être en butte à de nouvelles moqueries.

– D'abord, il vole la coupe Jules Rimet aux humains et essaye de la revendre à un agent déguisé des FAR.

Thibyson s'assit en se frottant les mains d'un air ravi.

– Ça, alors ! Quel cerveau ! On se demande comment il peut tenir dans une tête aussi minuscule.

Le lutin se mit à faire les cent pas dans l'allée centrale, lançant ses répliques comme un acteur.

– Ensuite, il s'empare d'une partie de l'or d'Artemis Fowl et se cache à Los Angeles. Et tu sais comment il s'y prend pour qu'on ne le découvre pas ?

Mulch poussa un grognement.

– Raconte-moi ça, dit Thibyson de sa voix essoufflée, ses branchies ne parvenant pas à aspirer l'air suffisamment vite.

– Il se loue-t-un appartement de luxe et se met à voler des statuettes décernées à des stars de cinéma.

Thibyson éclata de rire si fort que ses branchies battaient comme des ailes.

Mulch ne pouvait en supporter davantage. Il n'allait quand même pas se laisser traiter comme ça alors qu'il était virtuellement libre !

– Il se loue-t-un appartement ? On dit louer-t-un appartement, maintenant ? Je crois que tu es resté un peu trop longtemps sous l'eau. La pression t'a mis le cerveau en compote.

– *Mon* cerveau en compote ? s'exclama le lutin. Ce n'est pas moi qui ai passé deux siècles en prison. Ce n'est pas moi qui porte des menottes et un anneau dans la bouche.

C'était vrai. La carrière de malfaiteur de Mulch

n'avait pas été vraiment triomphale. Il s'était fait prendre plus souvent qu'il ne s'était évadé. La technologie des FAR était tout simplement trop avancée pour qu'on puisse lui échapper. Le moment était peut-être venu de rentrer dans le droit chemin pendant qu'il avait encore belle allure.

Mulch secoua les menottes qui l'attachaient à un rail, dans la soute de la navette.

– Je ne vais plus les porter très longtemps, dit-il.

Thibyson s'apprêtait à répondre mais il se ravisa. Un écran à plasma venait d'émettre une lumière rouge clignotante. Le rouge signifiait « urgent ». Un message important allait suivre. Thibyson mit un écouteur à son oreille et tourna légèrement l'écran pour que Mulch ne puisse pas le voir. Lorsqu'il reçut le message, son visage perdit toute trace d'allégresse.

Quelques instants plus tard, il jeta l'écouteur sur la console.

– Apparemment, tu vas porter ces chaînes un peu plus longtemps que tu ne le prévoyais.

La mâchoire de Mulch se serra contre l'anneau d'acier qu'on lui avait fixé dans la bouche.

– Pourquoi ? Qu'est-ce qui se passe ?

Thibyson arracha une peau morte de branchie sur son cou.

– Je ne devrais pas te le dire, bagnard, mais le commandant Root a été assassiné.

Mulch n'aurait pas reçu un plus grand choc si on l'avait connecté au réseau électrique du monde souterrain.

– Assassiné ? Comment ça ?

– Une explosion, répondit Thibyson. Le suspect numéro un est un autre officier des FAR. Le capitaine Holly Short. Elle est portée disparue en surface, probablement morte elle aussi, mais il n'y a pas eu de confirmation.

– Je ne suis pas du tout surpris, commenta le lutin d'eau. Les femelles sont trop instables pour faire un travail de police. Elles seraient même incapables d'assurer un simple transport comme celui-ci.

Mulch était abasourdi. Il avait l'impression que son cerveau avait rompu les amarres et tournoyait dans sa tête. Holly avait assassiné Julius ? Comment était-ce possible ? En fait, ce n'était tout simplement *pas* possible. Il devait y avoir une erreur. Et à présent, Holly était portée disparue, présumée morte. Comment une chose pareille pourrait-elle se produire ?

– En tout cas, reprit Thibyson, il faut faire demi-tour et ramener ce tas de ferraille en Atlantide. Il va sans dire que ta petite entrevue est repoussée à une date indéterminée, jusqu'à ce qu'on y voie un peu plus clair dans tout ce gâchis.

Le lutin d'eau donna une tape sur la joue de Mulch.

– Sale coup, le nain, dit-il d'un air amusé. Il faudra bien deux ans pour que les bureaucrates arrivent à démêler ton affaire.

Mulch sentit à peine la tape sur sa joue mais les paroles du lutin eurent beaucoup plus d'impact. Deux ans. Pourrait-il supporter deux ans encore dans la prison des Profondeurs ? Déjà, tout son être réclamait à cor et à cri de retourner dans les tunnels. Il lui fallait la douceur de la terre entre ses mains. Il lui fallait de vraies fibres pour dégager ses entrailles. Et puis, il y avait des chances pour que Holly soit toujours vivante et qu'elle ait besoin d'aide. Une amie. Il n'avait d'autre solution que de s'évader.

Julius mort. Ce ne pouvait être vrai.

Mulch passa en revue tous ses talents de nain pour choisir ceux qui seraient les plus utiles à son évasion. Il avait depuis longtemps perdu ses pouvoirs magiques en violant la plupart des commandements du *Livre des Fées* mais les nains disposent d'aptitudes extraordinaires dues à l'évolution. Certaines d'entre elles sont de notoriété publique mais les nains sont réputés pour leur goût du secret et pensent que cacher leurs dons est nécessaire à leur survie. Il est bien connu qu'ils creusent des tunnels en avalant la terre grâce à leurs mâchoires décrochables puis rejettent à l'autre extrémité de leur corps l'air et les matières recyclées. La plupart des fées savent que les nains ont la faculté d'absorber l'eau par les pores de leur peau et que s'ils s'arrêtent de boire pendant un certain temps, ces pores se transforment en minuscules ventouses. On sait moins, en revanche, que leur salive émet de la lumière et qu'elle durcit à l'air libre. Enfin, tout le monde ignore que les flatulences de nain produisent une bactérie, appelée *Methanobrevibacter Smithii*, qui dégage du méthane et permet d'éviter la maladie de la décompression chez les plongeurs en eau profonde. A vrai dire, les nains eux-mêmes ignorent cette particularité. Tout ce qu'ils savent, c'est que dans les rares occasions où ils doivent creuser en pleine mer, ils semblent protégés de la maladie des caissons.

Mulch réfléchit un moment et se rendit compte qu'il existait un moyen de combiner tous ces talents pour sortir d'ici. Son plan conçu « au débotté » devait être immédiatement mis en œuvre, avant qu'ils ne s'enfoncent dans les abysses de l'Atlantique. Il ne parviendrait jamais à ses fins si la navette se trouvait dans les grandes profondeurs.

Le vaisseau décrivit un long arc de cercle pour remettre le cap dans la direction d'où ils venaient. Dès qu'ils seraient sortis des zones de pêche irlandaises, le pilote mettrait les gaz. Mulch entreprit de lécher les paumes de ses mains, étalant la salive sur ses poils en bataille qui formaient comme un halo.

Thibyson éclata de rire.

– Qu'est-ce que tu fabriques, Diggums ? Tu te laves pour ton compagnon de cellule ?

Mulch aurait été ravi de manger un morceau de Thibyson, mais l'anneau qu'il avait dans la bouche l'empêchait de l'ouvrir suffisamment pour décrocher sa mâchoire. Il dut se contenter de l'insulter.

– Je suis peut-être prisonnier, p'tit poisson, mais dans dix ans, je serai libre. Alors que toi, tu resteras un abominable cloporte jusqu'à la fin de ta vie.

Thibyson gratta furieusement les peaux mortes de ses branchies.

– Tu viens de te gagner six semaines de cachot, mon petit monsieur.

Mulch enduisit abondamment ses doigts de salive et l'étala autour de son crâne en essayant d'aller aussi loin que le lui permettaient ses menottes. Il la sentit durcir et se coller à son crâne comme un casque. Comme un casque au sens propre. Tout en se léchant les mains, Mulch inhalait par le nez de grandes quantités d'air qu'il accumulait dans ses intestins. Chaque inspiration absorbait l'air pressurisé plus vite que les pompes ne parvenaient à en injecter.

Les deux gardes n'avaient rien remarqué, mais même si ce comportement inhabituel avait attiré leur attention, ils l'auraient attribué à son état nerveux. Respirer profondément et se pomponner : deux manifestations typiques de la nervosité. Et qui aurait pu reprocher à Mulch de s'énerver : il retournait à l'endroit précis qui représentait le pire cauchemar des délinquants.

Mulch continua de se lécher et de respirer avec force, sa poitrine enflant comme un soufflet. Ses entrailles frémissaient sous la pression de l'air, avide de se libérer.

« Tiens bon, se dit-il, tu auras besoin de cet air-là jusqu'à la dernière bulle. »

La coquille que formait sur son crâne la salive durcie émettait à présent des craquements et si on avait baissé les lumières, elle se serait mise à briller dans la pénombre. L'air se raréfiait, ce que les branchies de Thibyson remarquèrent sans que lui-même en prenne conscience. Elles ondulaient et claquaient en essayant d'augmenter leur absorption d'oxygène. Mulch inspira à nouveau une énorme quantité d'air. A l'avant du vaisseau, une plaque de revêtement produisit un son métallique sous l'effet de la différence de pression.

Le lutin des mers fut le premier à remarquer le changement.

– Hé, p'tit poisson.

L'expression douloureuse de Thibyson témoignait des années passées à endurer ce surnom.

– Combien de fois faudra-t-il que je te le répète ?

– D'accord, Thib, je ne voulais pas te froisser les écailles. Tu ne trouves pas qu'on a du mal à respirer tout d'un coup ? Je n'arrive plus à lever les ailes.

Thibyson se caressa les branchies. Elles battaient comme une banderole au vent.

– Houlà, j'ai les branchies qui s'affolent. Qu'est-ce qui se passe, ici ?

Il appuya sur le bouton de l'interphone qui les reliait à la cabine de pilotage.

– Tout va bien ? On ne pourrait pas augmenter le débit des pompes à air ?

La voix qui lui répondit était calme et professionnelle mais avec une nuance d'anxiété qu'on ne pouvait ignorer :

– La pression baisse dans la soute. J'essaye de voir d'où vient la fuite.

– La fuite ? dit Thibyson d'une petite voix aiguë. Si on a une dépressurisation à cette profondeur, la navette va être écrasée comme un gobelet en carton.

Mulch inspira à nouveau une énorme quantité d'air.

– Il faut que tout le monde vienne dans le cockpit. Traversez le sas tout de suite.

– Je ne sais pas si c'est une bonne idée, dit Thibyson. On n'a pas le droit de détacher le prisonnier. C'est un personnage fuyant.

Le personnage fuyant prit une nouvelle inspiration. Cette fois, une plaque de revêtement, à l'arrière du vaisseau, se déforma en craquant comme la foudre.

– D'accord, d'accord, on arrive.

Mulch tendit les mains en avant.

– Dépêche-toi, p'tit poisson. Tout le monde n'a pas de branchies.

Thibyson passa sa carte de sécurité le long de la piste magnétique des menottes qui s'ouvrirent d'un coup sec. Mulch était libre... aussi libre qu'on peut l'être dans une navette cellulaire sous-marine avec trois mille mètres d'eau au-dessus de la tête. Il se leva en prenant une dernière inspiration. Thibyson le remarqua.

– Dis donc, bagnard, qu'est-ce que tu fabriques ? demanda-t-il. Tu nous pompes tout notre air ?

Mulch laissa échapper un rot.

– Qui ça, moi ? Allons, c'est ridicule.

Le lutin était tout aussi soupçonneux.

– Il mijote quelque chose. Regarde comme ses cheveux sont brillants. Je suis sûr que ça doit encore être un de leurs secrets de nain.

Mulch s'efforça d'avoir l'air sceptique.

– Quoi ? Avoir les cheveux brillants et respirer de l'air ? Tu parles d'un secret !

Thibyson le regarda en plissant les paupières. Ses yeux étaient rouges et le manque d'oxygène rendait son articulation pâteuse.

ᑔᏰᏋᏗᏗᏰᏳⵙ · Ᏻ · ᏳᏪᏆᏆᏤᏰᏳᏆ · ᏤᏗᏤᏤᏪᏰᏆᏆ · ⵙ

184

– Tu prépares quelque chose. Tends-moi les mains.

Être à nouveau enchaîné ne faisait pas partie du plan. Mulch feignit de se trouver mal.

– Je n'arrive plus à respirer, dit-il en s'adossant contre la cloison. J'espère que je ne vais pas mourir entre vous deux.

Cette éventualité l'affola suffisamment pour qu'il prenne à nouveau une puissante inspiration. La plaque de revêtement, à l'arrière, se plia vers l'intérieur, une ligne argentée craquelant la peinture. Partout, des lumières rouges s'allumaient, signalant la baisse de pression.

La voix du pilote retentit dans le haut-parleur :

– Venez tout de suite ici ! hurla-t-il, renonçant à tout effort pour paraître calme. La navette va se plier en deux.

Thibyson saisit Mulch par le revers.

– Qu'est-ce que tu as fait, le nain ?

Mulch tomba à genoux, ouvrant le rabat postérieur de sa combinaison de prisonnier. Il serra les jambes, prêt à agir.

– Écoute, Thibyson, dit-il. Tu es un crétin mais pas un mauvais bougre, alors obéis au pilote et va là-bas.

Les branchies de Thibyson battaient faiblement, cherchant de l'air à respirer.

– Tu vas mourir, Diggums.

Mulch lui lança un clin d'œil.

– Ça m'est déjà arrivé d'être mort.

Il ne pouvait retenir plus longtemps l'air qu'il avait avalé. Son tube digestif était tendu comme un ballon

⟨⟩⟨⟩⟨⟩⟨⟩ ⟨⟩⟨⟩⟨⟩⟨⟩⟨⟩⟨⟩ ⟨⟩⟨⟩⟨⟩⟨⟩⟨⟩ ⟨⟩⟨⟩

rouge. Il croisa les bras sur sa poitrine, dirigea sa tête recouverte de salive durcie vers la plaque abîmée et lâcha les gaz.

L'émission qui en résulta secoua la navette jusqu'au moindre rivet et projeta Mulch comme une fusée à travers la soute. Il heurta de plein fouet la plaque de revêtement, à l'endroit précis de la cassure, et passa droit au travers. Sa vitesse le précipita dans l'océan environ une demi-seconde avant que le soudain changement de pression n'entraîne l'inondation du compartiment. Encore une demi-seconde et la partie arrière de la navette se trouva écrasée comme une boule de papier aluminium usagé. Thibyson et son collègue avaient tout juste eu le temps de se réfugier dans le cockpit, auprès du pilote.

Mulch fila vers la surface, un jet de bulles de gaz le propulsant à une vitesse de plusieurs nœuds. Ses poumons de nain respiraient l'air enfermé dans son tube digestif et le casque de salive brillante diffusait une couronne de lumière verdâtre qui éclairait son chemin.

Bien entendu, ils se lancèrent à sa poursuite. Thibyson et le lutin d'eau, qui habitaient l'Atlantide, étaient tous deux amphibies. Dès qu'ils eurent largué ce qui restait du compartiment arrière, les deux gardes sortirent par le sas, nageant sur les traces du fugitif. Mais ils n'avaient aucune chance. Mulch était propulsé par ses gaz tandis qu'ils n'avaient que des ailes et des nageoires pour se déplacer. L'équipement dont ils auraient pu disposer pour les aider à le rattraper avait coulé au fond de l'océan, en même temps que la partie arrière de la navette, et les moteurs d'appoint du cockpit permettaient tout juste de dépasser la vitesse d'un crabe.

Les deux Atlantes ne purent que regarder leur captif foncer vers la surface, chaque bulle qui sortait de son derrière les ridiculisant un peu plus.

Le saut depuis la fenêtre de l'hôtel avait réduit le téléphone mobile de Butler à un petit tas de puces et de fils électriques. Ce qui signifiait qu'Artemis ne pouvait plus l'appeler au cas où il aurait eu un urgent besoin de lui. Le garde du corps gara le Hummer en double file devant le premier magasin Phonetix qu'il trouva et acheta un téléphone de voiture à trois bandes. Sur le chemin de l'aéroport, Butler activa le téléphone et composa le numéro d'Artemis. Sans succès. Son portable était débranché. Il raccrocha et essaya le manoir des Fowl. Il n'y avait personne et aucun message.

Butler respira profondément, s'efforça de rester calme et colla l'accélérateur au plancher. Il lui fallut moins de dix minutes pour arriver à l'aéroport. Le gigantesque garde du corps ne perdit pas de temps à garer le Hummer dans le parking de l'agence de location, préférant l'abandonner dans la zone où les taxis déposaient les voyageurs. Le véhicule serait emmené à la fourrière et il aurait une amende à payer mais il n'avait pas le temps de s'en soucier pour l'instant.

Le prochain avion pour l'Irlande était complet.

⟊⟒⟐⟒⟊·⟒⟒⟊⟑⟆⟒⟒·⟒⟒⟑⟑⟑⟒·⟒⟒⟑⟆⟒·⟒⟒⟊⟒⟒⟒⟊⟑

Butler paya donc deux mille euros à un homme d'affaires polonais pour lui racheter son billet de première classe et quarante-cinq minutes plus tard, il se trouvait à bord de l'avion d'Aer Lingus qui faisait la navette avec l'aéroport de Dublin. Il continua de composer le numéro d'Artemis jusqu'au démarrage des moteurs puis rebrancha le téléphone dès qu'ils eurent atterri.

La nuit était tombée lorsqu'il quitta le terminal. Il s'était déroulé moins d'une demi-journée depuis qu'ils avaient forcé le coffre de l'International Bank de Munich. Que tant de choses puissent se passer en si peu de temps paraissait incroyable. Mais quand on travaillait pour Artemis Fowl II, l'incroyable devenait presque une routine. Butler était au service d'Artemis depuis le jour de sa naissance, un peu plus de quatorze ans auparavant, et pendant cette période, il avait dû affronter des situations épiques bien plus souvent que le garde du corps moyen d'un président de la République.

La Bentley des Fowl était garée à l'étage prestige du parking de courte durée. Butler installa son téléphone neuf dans la voiture et essaya à nouveau de joindre Artemis. Toujours pas de réponse. Mais quand il consulta à distance le répondeur du manoir des Fowl, il y avait un message. D'Artemis. Butler serra les doigts sur le volant recouvert de cuir. Vivant. Au moins, il était vivant.

Le message commençait plutôt bien puis prenait une tournure inattendue. Artemis affirmait être indemne mais sans doute souffrait-il d'une commotion cérébrale ou d'un état de stress posttraumatique, car le jeune protégé de Butler prétendait que l'étrange missile avait été envoyé par une fée. Une fée lutine pour être précis. Et à présent, il était en compagnie d'un elfe, une créature complètement différente de la fée lutine, semblait-il. En plus, l'elfe était une vieille amie oubliée et la fée lutine une ancienne ennemie dont le souvenir était également sorti de leur mémoire. Tout cela paraissait très étrange. La seule conclusion que put en tirer Butler, c'était qu'Artemis essayait de lui dire quelque chose, qu'il y avait un message caché dans ce discours tortueux et apparemment délirant. Il faudrait analyser la bande dès qu'il serait de retour au manoir des Fowl.

Ensuite, l'enregistrement devenait une vraie pièce de théâtre. D'autres personnages entraient en scène, à portée du micro d'Artemis. D'abord, la prétendue fée lutine, Opale, puis ses gardes du corps qui se joignaient au groupe. Des menaces étaient échangées et Artemis parlait beaucoup pour essayer de se tirer d'affaire. Sans succès. Si on devait reconnaître un défaut à Artemis, c'était d'afficher une condescendance excessive, même dans les situations de crise. De toute évidence, Opale, la fée lutine – ou la personne qui se faisait passer pour telle –, n'appréciait guère d'être traitée de haut. Elle se considérait comme égale en tout points à Artemis, sinon même supérieure. Elle ordonnait à Artemis de se taire en plein milieu de son sermon et son ordre était immédiatement obéi. Butler éprouva une terreur soudaine jusqu'au moment où la fée lutine déclara

⌨︎)⎔⚹⊖⌓⌇·⎘)⎐⊖⚙⚹✦··✾⊖⌓·⚹)⊘·⊕♊)⚹

qu'il n'était pas mort, simplement assommé. La nouvelle alliée d'Artemis fut assommée de la même manière après avoir été informée qu'ils allaient connaître tous deux une mort spectaculaire. Le plan prévu impliquait les Onze Merveilles du monde ainsi que des trolls.

– Ce n'est pas sérieux, marmonna Butler en quittant l'autoroute par la sortie qui menait au manoir des Fowl.

Aux yeux d'un simple passant, il aurait semblé que plusieurs pièces du manoir, au bout de la grande allée, étaient occupées mais Butler savait que dans chacune d'elles, des lampes étaient reliées à des minuteurs qui les allumaient et les éteignaient à intervalles irréguliers. Il y avait même une installation stéréo qui diffusait des émissions de radio parlées dans différentes parties de la maison. Tous ces dispositifs étaient destinés à dissuader les cambrioleurs occasionnels. Mais Butler savait qu'un voleur professionnel ne s'y serait pas laissé prendre.

Le garde du corps ouvrit le portail électronique et fonça dans l'allée de gravier. Il s'arrêta directement devant la porte principale sans prendre la peine de ranger la voiture dans le double garage. Puis il prit son pistolet et son holster accrochés à une plaque aimantée, sous le siège du conducteur. Il était possible que les ravisseurs aient envoyé un émissaire qui était peut-être déjà à l'intérieur du manoir.

Dès qu'il eut ouvert la porte, Butler sut qu'il se passait quelque chose d'anormal. Le système d'alarme qui laissait trente secondes de délai avant de se déclencher aurait dû commencer immédiatement son compte à rebours mais ce ne fut pas le cas, car le boîtier avait été entièrement recouvert d'une substance brillante, semblable à de la fibre de verre, qu'on entendait craquer faiblement. Avec précaution, Butler la toucha du doigt. C'était une matière lumineuse qui semblait presque organique.

Il s'avança dans le hall, en se plaquant contre les murs, et jeta un coup d'œil au plafond où des lumières vertes clignotaient dans l'ombre. Au moins, les caméras de contrôle fonctionnaient toujours. Même si les visiteurs du manoir étaient déjà partis, il pourrait les voir sur les cassettes vidéo.

Le pied du garde du corps effleura quelque chose. Il baissa les yeux et vit par terre un grand bol de cristal qui contenait les restes d'un baba au rhum. A côté, il y avait un papier aluminium constellé de sauce. Un ravisseur affamé ? Un peu plus loin, il trouva une bouteille de champagne vide et une carcasse de poulet soigneusement rongée. Combien y avait-il eu de visiteurs ?

Ces restes de repas formaient une piste qui menait vers le bureau. Butler la suivit jusqu'au premier étage, enjambant une côte de bœuf à moitié dévorée, deux morceaux de cake et un papier de meringue aux fruits. Une lumière brillait par la porte du bureau, projetant une petite ombre dans le couloir. Quelqu'un se trouvait dans la pièce. Quelqu'un de pas très grand. Artemis ?

Le moral de Butler remonta un instant lorsqu'il

entendit la voix de son employeur mais il retomba aussitôt. Il reconnaissait ces paroles : il les avait déjà entendues dans la voiture. L'intrus écoutait le message enregistré sur le répondeur.

Butler se glissa silencieusement dans le bureau, le pas si léger qu'un cerf n'aurait pas décelé sa présence. Même vu de dos, l'intrus était un étrange personnage. Haut d'à peine un mètre, il avait un torse massif et des membres musculeux. Tout son corps était recouvert de poils épais qui semblaient animés de mouvements autonomes. Sa tête était coiffée d'un casque constitué de la même matière brillante qui avait servi à neutraliser le boîtier du dispositif d'alarme. Il portait une combinaison bleue avec un rabat dans le dos. Le rabat était à moitié déboutonné, offrant à Butler la vision d'un postérieur velu qui paraissait bizarrement familier.

Le message enregistré arrivait à sa fin.

La ravisseuse d'Artemis était en train de décrire ce qui attendait le jeune Irlandais :

– Oui, disait-elle. J'avais mis au point à l'usage de Foaly un petit scénario d'une certaine cruauté, quelque chose de très théâtral qui implique les Onze Merveilles du monde. Mais à présent, j'estime qu'il serait bon de vous y associer.

– Quel genre de cruauté ?

– Une cruauté de troll, répondait la dénommée Opale.

L'intrus émit un fort bruit de succion et jeta les restes d'un carré d'agneau.

– Très mauvais, ça, dit-il. Vraiment très mauvais.

꧁꧂ ꧁꧂꧁꧂꧁꧂·꧁꧂·꧁꧂꧁꧂·꧁꧂ ꧁꧂·꧁꧂·꧁꧂꧁꧂

Butler releva le chien de son pistolet qu'il pointa sur le petit personnage.

– Et ça va être encore pire, dit-il.

Butler fit asseoir l'intrus dans l'un des fauteuils de cuir du bureau et tira un autre siège pour s'installer devant lui. De face, la petite créature paraissait encore plus étrange. Son visage était surtout constitué de poils épais, semblables à des fils de fer, qui entouraient ses yeux et ses dents. Les yeux rougeoyaient parfois comme ceux d'un renard et les dents ressemblaient à deux rangées de piquets. Ce n'était pas un enfant au système pileux développé mais plutôt un adulte d'il ne savait quelle espèce.

– Ne me dites rien, soupira Butler. Vous êtes un elfe.

L'être se redressa.

– Comment osez-vous ! s'écria-t-il. Je suis un nain et vous le savez très bien.

Butler repensa au message déconcertant d'Artemis.

– Laissez-moi deviner. Je vous connaissais auparavant mais je ne sais pas pourquoi, je vous ai oublié. Ah oui, c'est ça, la police des fées m'a effacé la mémoire.

Mulch éructa bruyamment.

– Exact. Vous n'êtes pas aussi bête que vous en avez l'air.

Butler releva le canon de son pistolet.

– Il est toujours armé, alors un peu moins d'insolence, petit bonhomme.

– Excusez-moi, je n'avais pas compris que nous étions ennemis, à présent.

Butler, toujours assis dans son fauteuil, se pencha vers lui.

– Nous étions amis, avant ?

Mulch réfléchit.

– Non, pas au début. Mais je crois que vous avez fini par apprécier mon charme et ma noblesse de caractère.

Butler renifla.

– Ainsi que votre hygiène corporelle ?

– Vous êtes injuste, protesta Mulch. Vous avez une idée de tout ce que j'ai dû subir pour arriver jusqu'ici ? Je me suis évadé d'une navette sous-marine, ensuite il a fallu que je force la porte d'un forgeron dans l'ouest de l'Irlande – sans doute le seul endroit du monde où ils ont encore des forgerons – pour enlever l'anneau qu'on m'avait mis dans la bouche (ne me demandez pas les détails), *puis* j'ai creusé un tunnel à travers tout le pays pour essayer de découvrir la vérité sur cette affaire. Et quand j'arrive ici, l'un des rares Hommes de Boue dont je n'ai pas envie d'arracher un morceau de chair à coups de dents me menace d'un pistolet.

– Une minute, s'il vous plaît, dit Butler, c'est tellement émouvant que je vais avoir besoin d'un mouchoir.

– Vous ne croyez rien de tout cela, n'est-ce pas ?

– Est-ce que je crois à la police des fées, aux complots des fées lutines et aux nains qui creusent des tunnels ? Non, pas du tout.

Mulch glissa lentement la main dans sa combinaison et en sortit le disque plaqué or.

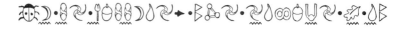

– Alors, peut-être que ceci vous ouvrira l'esprit.

Butler se tourna vers l'un des Powerbook d'Artemis et s'assura que le portable n'était pas connecté à un autre ordinateur, par câble ou par infrarouge. Si ce disque contenait un virus, ils ne perdraient que quelques données. Il le nettoya avec un chiffon et l'introduisit dans le lecteur.

L'ordinateur demanda un mot de passe.

– Ce disque est protégé, dit Butler. Quel est le mot de passe ?

Mulch haussa les épaules, une baguette de pain dans chaque main.

– Je n'en sais rien. C'est le disque d'Artemis.

Butler fronça les sourcils. Si c'était vraiment le disque d'Artemis, son mot de passe l'ouvrirait. Il entra les trois mots : *Aurum potestas est*. Le pouvoir, c'est l'or. La devise de la famille. Quelques secondes plus tard, l'icône indiquant que le disque était protégé fut remplacée par une fenêtre qui comportait deux noms de dossier : « Artemis » et « Butler ». Avant d'ouvrir l'un d'eux, le garde du corps procéda à tout hasard à une recherche de virus. Rien n'apparut.

Avec un étrange sentiment d'appréhension, Butler ouvrit le dossier qui portait son nom. Il contenait plus d'une centaine de fichiers. La plupart étaient des textes mais il y avait aussi des vidéos. Le plus long était intitulé « A consulter en premier ». Butler cliqua deux fois sur le fichier.

Un petit Quicktime Player s'ouvrit sur l'écran.

L'image montrait Artemis assis devant le même bureau sur lequel était posé l'ordinateur portable. Bizarre. Butler cliqua sur le triangle « *play* ».

– Bonjour, Butler, dit Artemis.

C'était bien sa voix, ou alors il s'agissait d'une imitation très réussie.

– Si vous êtes en train de regarder ceci, cela signifie que notre excellent ami Mr Diggums est bien arrivé.

– Vous entendez ? lança Mulch, la bouche pleine de pain, « notre *excellent ami* Mr Diggums ».

– Silence !

– Tout ce que vous pensiez savoir sur cette planète va très vite changer, poursuivit Artemis. Les humains ne sont pas les seuls êtres doués de conscience sur la Terre. En réalité, nous ne sommes même pas les plus avancés en matière de technologie. Sous la surface vivent plusieurs espèces de fées. La plupart appartiennent sans doute à l'ordre des primates mais je n'ai pas eu l'occasion de mener un examen scientifique à ce sujet.

Butler ne pouvait dissimuler son impatience.

– S'il vous plaît, Artemis, venez-en au fait.

– Nous en reparlerons un autre jour, dit Artemis comme s'il l'avait entendu. Il est possible que vous regardiez ces images à un moment où des dangers nous menacent, je dois donc vous informer de tout ce que nous avons appris au cours de nos aventures avec les Forces Armées de Régulation, la police du monde souterrain.

« La police du monde souterrain ? songea Butler.

Tout cela est un faux. D'une manière ou d'une autre, c'est un faux. »

Une fois encore, l'Artemis de l'image vidéo sembla lire dans ses pensées.

– Afin de vérifier la véracité des faits inimaginables que je vais vous raconter, je ne prononcerai qu'un seul mot. Un seul. Un mot qu'il me serait impossible de connaître si vous ne me l'aviez révélé vous-même. Un mot que vous m'avez communiqué alors que vous étiez mourant, avant que Holly Short ne parvienne à vous guérir grâce à la magie. Que me diriez-vous sur votre lit de mort, vieux frère ? Quel serait l'unique secret que vous me dévoileriez ?

« Je vous dirais mon prénom », pensa Butler. Quelque chose que seules deux autres personnes au monde connaissent. Quelque chose que les bons usages d'un garde du corps interdisent formellement, à moins qu'il ne soit trop tard et que cela n'ait plus d'importance.

Artemis se pencha vers l'objectif de la caméra.

– Votre prénom, vieux frère, est Domovoï.

Butler en eut le vertige.

« Mon Dieu, pensa-t-il, tout est donc vrai. Tout. »

Un phénomène se déclencha alors dans son cerveau. Des images sans suite défilèrent dans son subconscient, libérant des souvenirs enfouis. Le faux passé fut balayé par une vérité aveuglante. En une sorte de décharge électrique, les différents éléments s'assemblèrent dans son crâne et tout devint clair. Il comprenait, maintenant. S'il se sentait plus âgé, c'était parce que sa guérison l'avait vieilli. Parfois, il éprouvait des difficultés à

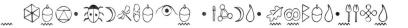

respirer, à cause des filaments de Kevlar qui s'étaient incrustés dans sa peau à l'endroit de sa blessure. Il se rappelait l'enlèvement de Holly et la révolution des gobelins du B'wa Kell. Il se rappelait Holly et Julius, Foaly le centaure et, bien sûr, Mulch Diggums. Il était inutile de consulter les autres fichiers, un mot avait suffi. Il se souvenait de tout.

Butler examina le nain d'un œil neuf. Tout lui était si familier à présent : les poils frisés et frémissants, les jambes arquées, l'odeur. Il bondit de son fauteuil et s'avança à grands pas vers Mulch qui fouillait dans le miniréfrigérateur du bureau.

– Mulch, vieille canaille. Quelle joie de vous revoir !

– Ah, ça y est, il se souvient, lança le nain sans se retourner. Vous avez quelque chose à dire ?

Butler regarda le rabat ouvert.

– Oui. Ne pointez pas ce truc-là sur moi. Je sais déjà quels dégâts ça peut produire.

Le sourire de Butler se figea lorsqu'il se rappela un détail du message téléphonique d'Artemis.

– Julius ? J'ai entendu parler d'une bombe.

Mulch se tourna vers lui, la barbe festonnée d'un cocktail de produits laitiers.

– Oui. Julius est mort. Je n'arrive pas à y croire. Il me poursuivait depuis si longtemps.

Butler sentit une terrible fatigue peser sur ses épaules. Il avait perdu trop de bons camarades au cours des années.

– Et en plus, poursuivit Mulch, Holly est accusée de l'avoir assassiné.

– C'est tout simplement impossible. Il faut savoir où ils sont.

– Voilà qui est parler, approuva le nain en claquant la porte du réfrigérateur. Vous avez un plan ?

– Oui. Retrouver Holly et Artemis.

Mulch leva les yeux au ciel.

– Un pur génie. Je ne vois vraiment pas pourquoi vous avez besoin d'Artemis.

A présent que le nain avait mangé à sa faim, les deux amis à nouveau réunis s'assirent à la table de conférence et se mirent réciproquement au courant des derniers événements.

Butler nettoyait son pistolet tout en parlant. Il faisait souvent cela dans les moments de stress. Une sorte de réconfort.

– Donc, Opale Koboï parvient à s'évader de prison et concocte ce plan compliqué pour se venger de tous ceux qui l'y ont envoyée. En plus, elle s'arrange pour que Holly soit accusée de meurtre.

– Ça vous rappelle quelqu'un ? demanda le nain.

Butler astiqua la glissière du Sig Sauer.

– Artemis est peut-être un délinquant mais il ne cherche pas à faire le mal.

– Qui vous parle d'Artemis ?

– Et vous, Mulch ? Pourquoi Opale n'a-t-elle pas essayé de vous tuer ?

– Ah, ça..., soupira le nain, en jouant l'éternel martyr. Les FAR n'ont jamais rendu public mon rôle dans cette affaire. Les fiers officiers de notre belle police ne

veulent pas ternir leur réputation en avouant leur association avec un délinquant notoire.

Butler hocha la tête.

– C'est logique. Pour le moment, vous êtes donc à l'abri et Artemis et Holly sont vivants. Mais Opale leur a préparé quelque chose, quelque chose qui implique des trolls et les Onze Merveilles du monde. Vous avez une idée à ce sujet ?

– Nous savons tous les deux ce que sont les trolls, n'est-ce pas ?

Butler hocha à nouveau la tête. Il n'y avait pas si longtemps, il avait affronté un troll et c'était sans nul doute le plus rude combat qu'il ait jamais mené. Il n'arrivait pas à croire que les FAR aient pu en chasser le souvenir de son esprit.

– Et les Onze Merveilles du monde ?

– Il s'agit d'un parc d'attractions dans le quartier de la vieille ville de Haven. Les fées sont obsédées par les Hommes de Boue et un jour, un milliardaire illuminé a pensé que ce serait une idée fabuleuse de reproduire à une échelle plus petite les merveilles du monde des humains et de les rassembler en un seul lieu. Ça a bien marché pendant quelques années mais je crois que la contemplation de ces monuments ne cessait de rappeler aux gens du Peuple à quel point ils regrettaient de ne plus vivre à la surface.

Butler passa une liste en revue dans sa tête.

– Mais il n'y a que sept merveilles du monde.

– Avant, il y en avait onze, assura Mulch. Croyezmoi, j'ai des photos. En tout cas, le parc est fermé, maintenant. Cette partie de la ville est à l'abandon depuis des années – les tunnels ne sont pas sûrs. Et toute la zone est envahie de trolls.

Il s'interrompit soudain, frappé par l'horreur de ce qu'il venait de dire.

– Oh, par tous les dieux ! Des trolls !

Butler remonta rapidement son arme.

– Il faut que nous allions là-bas tout de suite.

– Impossible, répondit Mulch. Je ne vois absolument pas comment nous y prendre.

Butler obligea le nain à se relever et le poussa vers la porte.

– Peut-être, mais vous connaissez sûrement quelqu'un qui pourrait nous aider. Les gens comme vous connaissent toujours quelqu'un.

Mulch serra les dents et réfléchit.

– Il y *a* en effet quelqu'un. Un lutin volant à qui Holly a un jour sauvé la vie. Mais si j'arrive à le convaincre de faire quelque chose pour nous, ce ne sera sûrement pas légal.

Butler prit dans une armoire un sac rempli d'armes diverses.

– Tant mieux, dit-il. Ça va toujours plus vite quand c'est illégal.

⬡⬡⬡

Chapitre VII

LE TEMPLE D'ARTÉMIS

La navette d'Opale Koboï était un prototype qui n'avait jamais été fabriqué à l'échelle industrielle. Elle avait des années d'avance sur tous les modèles existant jusqu'alors mais son revêtement de métal furtif et de feuilles de camouflage rendait son coût tellement exorbitant que même Opale n'aurait pas eu les moyens de s'en offrir une sans les subventions gouvernementales qui avaient servi à en financer la construction.

Scant surveillait les prisonniers dans la cabine des passagers tandis que Merv les pilotait jusqu'en Écosse puis sous terre, à travers une rivière de montagne des Highlands. Opale, de son côté, s'assurait que son autre plan, celui qui devait aboutir à sa domination du monde, se déroulait comme prévu.

Elle ouvrit l'écran d'un téléphone vidéo et composa un numéro en Sicile. Son correspondant décrocha avant la fin de la première sonnerie.

– Belinda, ma chérie, c'est toi ?

L'homme qui avait répondu approchait de la cinquantaine. Il avait un physique avantageux de type méditerranéen, les cheveux bruns parsemés de fils d'argent, le teint bronzé, et portait une blouse blanche de laboratoire sur une chemise rayée à col ouvert de chez Versace.

– Oui, papa, c'est moi. Ne t'inquiète pas, tout va bien.

La voix d'Opale avait les accents hypnotiques du mesmer. Le malheureux humain était entièrement en son pouvoir, comme il l'avait été en permanence depuis plus d'un mois.

– Quand reviens-tu à la maison, ma chérie ? Tu me manques, tu sais ?

– Aujourd'hui, papa, dans quelques heures. Comment ça va, là-bas ?

L'homme eut un sourire rêveur.

– *Molto bene*. Merveilleusement bien. Le temps est splendide. On pourrait aller se promener en voiture dans les montagnes. Je t'apprendrai peut-être à faire du ski.

Opale fronça les sourcils, l'air impatient.

– Écoute-moi, *idiota*... papa. Comment ça se passe avec la sonde ? On est dans les temps ?

Pendant un instant, une réaction d'agacement rida le front de l'Italien puis il retomba sous le charme.

– Oui, ma chérie, les délais sont respectés. Les capsules d'explosifs seront enterrées aujourd'hui. Le contrôle des systèmes de la sonde a été un succès total.

Opale claqua des mains, offrant l'image parfaite d'une fille comblée par son père.

– C'est très bien, papa. Tu es si gentil avec ta petite Belinda ! Je serai bientôt auprès de toi.

– Dépêche-toi de rentrer, ma chérie, dit l'homme qui paraissait complètement perdu en l'absence de la créature qu'il croyait être sa fille.

Opale raccrocha.

– Imbécile, dit-elle avec mépris.

Mais elle laisserait la vie sauve à Giovanni Zito – au moins jusqu'à ce que la sonde qu'il avait construite selon ses instructions ait percé les défenses du monde souterrain.

Maintenant qu'elle lui avait parlé, Opale avait hâte de se consacrer à la partie de son plan qui concernait l'usage de la sonde. La vengeance était sans nul doute délectable mais elle la distrayait de son autre projet. Peut-être ferait-elle mieux de jeter ces deux-là hors de la navette et de les abandonner au magma des profondeurs de la Terre.

– Merv, aboya-t-elle. Dans combien de temps arriverons-nous au parc d'attractions ?

Merv consulta les voyants du tableau de bord.

– Nous venons d'entrer dans le réseau principal des conduits, Miss Koboï. Nous y serons dans cinq heures, dit-il par-dessus son épaule. Peut-être moins.

« Cinq heures », songea Opale, en se pelotonnant dans son siège baquet comme un chat satisfait. Elle pouvait bien attendre encore cinq heures.

Un peu plus tard, Artemis et Holly commencèrent à remuer sur leurs sièges. Scant les aida à reprendre conscience en leur donnant deux ou trois décharges d'électro-trique.

– Bienvenue au pays des condamnés, dit Opale. Comment trouvez-vous ma navette ?

Le vaisseau était impressionnant, même s'il menait Artemis et Holly à leur mort. Les sièges étaient recouverts avec de la fourrure d'espèces protégées et le décor était plus luxueux que celui de n'importe quel palais. Il y avait de petits cubes à hologrammes suspendus au plafond pour divertir les passagers au cas où ils auraient voulu voir un film.

Holly se tortilla sur son siège quand elle comprit sur quoi elle était assise.

– De la fourrure ! Espèce de bête sauvage !

– Non, répliqua Opale. C'est *vous* qui êtes assise sur les bêtes sauvages. Comme je vous l'ai dit, je suis humaine, désormais. Et les humains ont coutume d'écorcher des animaux pour leur propre confort. N'est-ce pas, monsieur Fowl ?

– Certains le font, admit Artemis avec froideur. Mais pas moi.

– Vraiment, Artemis, reprit Opale d'un air malicieux, je ne pense pas que cela suffise à vous tranformer en petit saint. D'après ce que j'ai entendu, vous êtes aussi avide que moi d'exploiter le Peuple.

– C'est possible, je ne m'en souviens pas.

Opale se leva et alla se préparer une petite salade au buffet.

– Bien sûr, ils vous ont effacé la mémoire. Mais elle doit sûrement vous revenir, maintenant, non ? Votre

⊕⚶⋃▢ ·⚓⚶⟆⊚◑·◍⚶·⊚⊖·⚗⟆⫫·⫯⫯⊰◑·⚗⟆⫫

subconscient lui-même ne pourrait nier ce qui vous arrive.

Artemis se concentra. Il parvenait à se rappeler quelque chose. Des images vagues, floues. Rien de précis.

– En effet, il y a un souvenir qui me revient.

Opale leva les yeux de son assiette.

– Oui ?

Artemis la fixa d'un regard glacé.

– Je me rappelle comment Foaly vous a vaincue en faisant preuve d'une intelligence supérieure à la vôtre. Je suis certain qu'il y arrivera de nouveau.

Bien évidemment, Artemis ne s'en souvenait pas vraiment, il se contentait de répéter ce que Holly lui avait raconté. Mais ses paroles eurent l'effet désiré.

– Ce centaure ridicule ! hurla Opale en jetant son assiette contre la cloison. Il a eu de la chance alors que, moi, j'étais handicapée par cet imbécile de Cudgeon. Mais cette fois, c'est différent. Cette fois, je suis l'architecte de mon propre destin. Et du vôtre.

– De quoi s'agit-il, à présent ? demanda Artemis d'un ton moqueur. D'une autre rébellion organisée ? Ou peut-être d'un dinosaure mécanique ?

Opale blêmit de rage.

– Il n'y aura donc pas de limite à votre impudence, Bonhomme de Boue ? Cette fois-ci, il ne sera plus question de rébellion à la petite semaine. J'ai des visées plus grandioses. Je mettrai les humains en contact avec le Peuple. Lorsque les deux mondes se heurteront, il y aura une guerre et l'espèce que j'ai adoptée vaincra.

– Vous êtes une fée, Koboï, intervint Holly. Vous êtes des nôtres. Vos oreilles arrondies n'y changeront rien. Vous croyez que les humains ne vont pas remarquer que vous ne grandissez pas ?

Opale tapota la joue de Holly d'un geste presque affectueux.

– Ma pauvre chère fonctionnaire de police sous-payée, vous croyez donc que je n'y ai pas pensé pendant que je mijotais dans mon coma ? Vous croyez que je n'ai pas eu le temps de réfléchir à tout cela pendant près d'une année ? J'ai toujours su que les humains finiraient pas nous découvrir, je me suis donc préparée.

Opale se pencha en avant et écarta ses cheveux d'un noir de jais pour montrer sur son cuir chevelu une cicatrice de sept centimètres de long qui commençait à s'effacer sous l'effet de la magie.

– Arrondir mes oreilles n'est pas la seule opération chirurgicale que j'ai subie. J'ai aussi fait implanter quelque chose dans mon crâne.

– Une glande pituitaire, ou hypophyse, devina Artemis.

– Très bien, Bonhomme de Boue. En effet, une minuscule glande pituitaire artificielle semblable à celle des humains. La STH est l'une des sept hormones sécrétées par cette glande.

– STH ? l'interrompit Holly.

– La somathormone, l'hormone de croissance, expliqua Artemis.

– Exactement. Comme son nom l'indique, cette hormone assure la croissance de divers organes et tissus, notamment les muscles et les os. En trois mois, j'ai déjà pris un centimètre. Oh, je ne serai sans doute jamais sélectionnée dans une équipe de basket mais personne n'ira s'imaginer que je suis une fée.

– Finalement, vous n'en êtes pas vraiment une, dit Holly avec amertume. Au fond de vous, vous avez toujours été humaine.

– J'imagine que je dois prendre cela comme une insulte ? Peut-être que je le mérite, étant donné ce que je m'apprête à vous faire. Au bout d'une heure, ce qui restera de vous deux ne suffira pas à remplir la boîte à butin.

Artemis n'avait jamais entendu ce terme auparavant.

– La boîte à butin ? On dirait une expression de pirate.

Opale ouvrit un panneau secret sur le plancher, dégageant au-dessous un petit compartiment.

– Voici une boîte à butin. Le terme a été inventé par des trafiquants qui faisaient passer des légumes en contrebande, il y a plus de huit mille ans. C'était une cachette qui échappait aux douaniers. Bien entendu, de nos jours, avec les rayons X, les infrarouges et les détecteurs de mouvement, une boîte à butin ne sert plus à grand-chose.

Opale eut un sourire rusé, comme un enfant qui a réussi à berner son professeur.

– A moins, bien sûr, que la boîte soit constituée d'un métal indétectable, qu'elle soit réfrigérée et équipée de projecteurs internes pour tromper les rayons X et les infrarouges. La seule façon de repérer celle-ci, c'est

)ß• ⌂ß ⊕◊• !ဢ)◊• 8θ⅋ ◊◊•)ß• !ဢ)∪▢

de mettre son pied dedans. Donc, même si les FAR montaient à bord de ma navette, ils ne trouveraient jamais ce que j'ai décidé de leur cacher – en l'occurrence, un bocal de truffes en chocolat. Ça n'a rien d'illégal mais le réfrigérateur est plein. J'ai une passion pour les truffes en chocolat. Pendant tout le temps où je suis restée enfermée, je n'ai rêvé que de deux choses : manger des truffes en chocolat et me venger.

Artemis bâilla.

– Vraiment fascinant. Un compartiment secret. Quel génie vous faites. Quand on a une *boîte à butin* pleine de truffes en chocolat, plus rien ne peut vous empêcher de devenir maître du monde.

Opale lissa les cheveux qui tombaient sur le front d'Artemis en les ramenant en arrière.

– Vous pouvez faire toutes les plaisanteries que vous voudrez, Bonhomme de Boue. Il ne vous reste plus que les mots, maintenant.

Quelques minutes plus tard, Merv immobilisa la navette furtive sur la terre ferme. Artemis et Holly, menottés, descendirent la passerelle escamotable et se retrouvèrent dans un gigantesque tunnel, faiblement éclairé par des panneaux lumineux. La plupart étaient fracassés et ceux qui fonctionnaient encore n'en avaient plus pour longtemps. Cette section du tunnel faisait autrefois partie d'une métropole florissante mais à présent, elle était complètement désertée et laissée à l'abandon. Des avis de démolition étaient placardés sur divers panneaux d'affichage branlants.

Opale montra l'un d'eux.

– Tout ça va être rasé dans un mois. Nous sommes arrivés juste à temps.

– On en a, de la chance, marmonna Holly.

Merv et Scant les poussèrent silencieusement le long du tunnel avec le canon de leurs armes. Le revêtement de la chaussée, sous leurs pieds, était déformé et craquelé. Des crapauds jureurs, rassemblés dans des flaques d'eau, proféraient des obscénités. De chaque côté s'alignaient des stands et des boutiques de souvenirs en ruine. Dans une vitrine, des poupées représentaient des humains dans diverses postures guerrières.

Malgré le canon dans ses reins, Artemis s'arrêta.

– C'est comme ça que vous nous voyez ? demanda-t-il.

– Oh, non, répondit Opale. Vous êtes bien pires mais les fabricants de jouets ne veulent pas effrayer les enfants.

D'immenses structures hémisphériques se dessinaient à l'extrémité du tunnel, chacune aussi vaste qu'un stade de football. Elles étaient constituées de panneaux hexagonaux soudés les uns aux autres, certains opaques, d'autres transparents, chacun de la taille d'une petite maison.

Devant les hémisphères se dressait une immense arcade ornée de feuilles d'or déchiquetées qui pendaient sur toute sa longueur. Une pancarte, gravée en lettres gnomiques de deux mètres de haut, était accrochée à l'arcade.

– Les Onze Merveilles du monde des humains, déclara Opale d'un ton théâtral. Dix mille ans de civilisation et vous n'avez réussi à produire que onze prétendues merveilles.

Artemis testa la solidité de ses menottes. Elles étaient étroitement serrées.

– Vous savez sans doute qu'il n'y a officiellement que sept merveilles.

– Bien sûr que je le sais, répliqua Opale avec mauvaise humeur. Mais les humains ont l'esprit si borné ! Des savants du monde des fées ont étudié de nombreuses images vidéo et ont décidé d'inclure dans les merveilles du monde le temple d'Abou Simbel en Égypte, les statues de l'île de Pâques, le temple de Borobudur en Indonésie et la salle du Trône de Persépolis en Iran.

– Si les humains ont l'esprit si borné, commenta Holly, je suis surprise que vous vouliez en faire partie.

Opale franchit l'arcade.

– Oh, je préférerais rester une fée lutine – n'y voyez pas d'offense, Artemis – mais le Peuple des fées ne va pas tarder à être balayé. Je vais y veiller personnellement dès que je vous aurai déposés dans votre nouvelle maison. Dans dix minutes, nous serons en route pour l'île où je suis attendue et nous vous regarderons sur les écrans de la navette pendant que vous serez mis en pièces.

Ils s'avancèrent dans le parc d'attractions, passant devant le premier hémisphère qui abritait une maquette aux deux tiers de la grande pyramide de Gizeh. Plusieurs panneaux hexagonaux avaient été arrachés et Artemis apercevait les restes de la maquette à travers les ouvertures. C'était une vision impressionnante, encore accentuée par le spectacle des dizaines de créatures hirsutes qui grimpaient et descendaient le long des parois de la pyramide.

– Des trolls, précisa Opale. Ils se sont approprié les monuments. Mais ne vous inquiétez pas, ils sont extrêmement territoriaux et ne vous attaqueront pas tant que vous n'approcherez pas de la pyramide.

Au point où il en était, Artemis ne pouvait plus s'étonner de rien mais malgré tout, la vue de ces extraordinaires carnivores qui s'attaquaient les uns les autres suffit à accélérer quelque peu son rythme cardiaque. Il s'arrêta pour observer le spécimen le plus proche. C'était une créature terrifiante, d'au moins deux mètres et demi de haut, avec des dreadlocks crasseuses qui pendaient autour de sa tête massive. Les bras du troll, recouverts d'une fourrure hirsute, pendaient jusque sous ses genoux et deux défenses courbes aux bords dentelés pointaient de sa mâchoire inférieure. La bête les regarda passer, ses yeux à vision nocturne brillant d'une lueur rouge dans leurs orbites.

Le groupe arriva devant la deuxième maquette, le temple d'Artémis à Éphèse. Un hologramme à l'entrée montrait une image tournante du monument d'Asie Mineure.

Opale lut l'écriteau qui en retraçait l'histoire.

– Intéressant, dit-elle. Mais comment peut-on avoir l'idée de donner à un garçon le nom d'une déesse féminine ?

– C'est le nom de mon père, répondit Artemis d'un

air las – il avait déjà fourni cette explication une centaine de fois. On peut l'utiliser indifféremment pour
les filles ou les garçons et ça veut dire « la chasse-
resse » – ou « le chasseur ». Bien trouvé, vous ne
croyez pas ? Peut-être cela vous intéressera-t-il de
savoir que Belinda, le nom que vous vous êtes choisi
pour vivre parmi les humains, signifie « beau ser-
pent ». Ce qui vous va également très bien. Une
moitié en tout cas.

Opale pointa un index minuscule sur le nez
d'Artemis.

– Vous êtes une créature très agaçante, Fowl. J'espère
que tous les humains ne sont pas comme vous.

Elle fit un signe de tête à Scant.

– Asperge-les, ordonna-t-elle.

Scant sortit de sa poche un petit atomiseur et inonda
littéralement Holly et Artemis de son contenu, un
liquide jaune à l'odeur infecte.

– Des phéromones de troll, expliqua-t-il, presque sur
un ton d'excuse. Dès que les trolls en auront senti la
première bouffée, ils deviendront complètement fous.
Pour eux, vous serez comme des femelles en chaleur.
Et quand ils s'apercevront que ce n'est pas vrai, ils vous
découperont en petits morceaux et les mangeront jusqu'au dernier. Nous avons fait réparer tous les panneaux
du dôme, vous ne pourrez donc pas vous échapper. Si
vous voulez, vous pouvez sauter dans la rivière, l'odeur
devrait disparaître dans environ mille ans. Quant à vous,
capitaine Short, j'ai enlevé les ailes de votre combinaison et court-circuité vos feuilles de camouflage. Mais

j'ai laissé le système de chauffage interne – après tout, chacun a droit à une chance.

« Un chauffage contre des trolls, voilà qui nous sera utile ! » pensa sombrement Holly.

Merv regarda à travers l'un des panneaux transparents pour vérifier qu'il n'y avait personne près de l'entrée du dôme.

– Ça va, on peut y aller.

Il ouvrit la porte principale à l'aide d'une télécommande. Des hurlements lointains résonnèrent à l'intérieur. Artemis aperçut plusieurs trolls qui se battaient sur les marches de la réplique du temple. Holly et lui allaient être déchiquetés.

Les frères Brill les propulsèrent à l'intérieur de l'hémisphère.

– Bonne chance, dit Opale tandis que la porte coulissante se refermait. Souvenez-vous que vous ne serez pas seuls. Nous vous verrons grâce aux caméras.

La porte se verrouilla dans un sinistre bruit métallique. Quelques secondes plus tard, la serrure électronique se mit à grésiller : l'un des frères Brill était en train de la faire fondre de l'extérieur. Artemis et Holly étaient enfermés avec une bande de trolls énamourés et ils dégageaient la même odeur que leurs femelles.

Le temple d'Artémis était une réplique construite à une échelle réduite avec une exactitude minutieuse. Des humains animatroniques y vaquaient à leurs occupations quotidiennes, comme ils l'auraient fait quatre cents ans avant Jésus Christ. La plupart de ces automates, dépouillés par les trolls, n'étaient plus que des amas de fils électriques mais certains d'entre eux continuaient de se déplacer en mouvements saccadés le long de leurs rails, apportant leurs offrandes à la déesse. Chaque fois qu'un de ces robots passait trop près d'eux, les trolls se ruaient sur lui et le mettaient en pièces. C'était un avant-goût du sort qui attendait Artemis et Holly.

Il n'y avait qu'une seule sorte de nourriture disponible : les trolls eux-mêmes. Les jeunes et les individus isolés étaient capturés par les grands mâles et déchiquetés à coups de dents, de griffes et de défenses. Le chef de la horde prenait la part du lion puis jetait la carcasse à ses congénères hurlant autour de lui. Si les trolls restaient enfermés ici encore longtemps, ils finiraient par s'exterminer eux-mêmes.

Holly donna à Artemis un brutal coup d'épaule qui le précipita sur le sol.

– Vite, dit-elle. Roulez-vous par terre. Couvrez-vous de boue pour atténuer l'odeur.

Artemis obéit. Il ramassa de la boue de ses mains menottées et s'en aspergea. Holly se chargea d'en recouvrir les endroits de son corps qu'il n'arrivait pas à atteindre lui-même. Il en fit de même pour elle. En quelques instants, tous deux étaient devenus quasiment méconnaissables.

Artemis éprouvait un sentiment qu'il ne se souvenait pas avoir connu jusqu'alors : la terreur absolue. Le tremblement de ses mains faisait cliqueter la chaîne de ses menottes. Il n'y avait plus place dans son cerveau pour la moindre pensée analytique. « Je ne peux rien, pensa-t-il, je ne peux plus rien. »

Holly prit la direction des opérations. Elle le remit sur pied et le propulsa vers de fausses tentes de marchands, au bord d'une rivière au courant rapide. Ils s'accroupirent derrière les toiles en lambeaux, observant les trolls à travers des déchirures dues à des coups de griffes. Deux marchands animatroniques étaient assis sur des tapis, à l'extérieur des tentes, leurs paniers débordant de statuettes en or et ivoire représentant la déesse Artémis. Les deux automates n'avaient plus de tête. L'une d'elles avait roulé par terre, un peu plus loin, son cerveau artificiel apparaissant à travers un trou dû à un coup de dents.

– Il faut se débarrasser de ces menottes, dit Holly d'un ton pressant.

– Quoi ? marmonna Artemis.

Holly secoua les menottes sous son nez.

– Il faut qu'on s'en débarrasse tout de suite ! La boue va nous protéger pendant une minute, ensuite, les trolls seront sur notre piste. Nous devons essayer de fuir en plongeant dans la rivière et si nous n'enlevons pas ces menottes, nous serons emportés par le courant.

Artemis avait le regard flou.

– Le courant ?

– Réveillez-vous, Artemis, dit Holly d'une voix sifflante, son visage contre le sien. Vous vous souvenez de votre or ? Vous ne pourrez pas l'obtenir si vous êtes mort. Le grand Artemis ne va quand même pas s'effondrer au moindre ennui ? Nous avons déjà connu des situations autrement plus difficiles.

Ce n'était pas tout à fait vrai, mais le Bonhomme de Boue ne pouvait pas s'en souvenir.

Artemis se ressaisit. Il n'avait pas le temps de recourir à la méditation pour essayer de se calmer, il fallait simplement qu'il surmonte ses émotions. Très malsain, psychologiquement parlant, mais cela valait mieux que de finir comme un morceau de viande entre des dents de troll.

Il examina ses menottes. Elles étaient constituées d'une sorte de plastique polymère ultraléger. Il y avait un clavier numérique au centre, placé de telle sorte que celui qui les portait ne puisse pas accéder aux touches.

– Combien de chiffres ? demanda-t-il.

– Quoi ?

– Dans le code. Vous êtes officier de police. Vous savez sûrement combien le code d'ouverture des menottes comporte de chiffres.

– Trois, répondit Holly. Mais il y a des milliers de possibilités.

– De possibilités mais pas de probabilités, rectifia Artemis, toujours agaçant même lorsque sa vie était menacée. Statistiquement, trente-huit pour cent des humains ne prennent pas la peine de modifier le code d'usine des serrures digitales. Espérons que les fées se montrent tout aussi négligentes.

Holly fronça les sourcils.

– Opale est tout sauf négligente.

– Possible, mais ses deux petites fées à gages n'ont peut-être pas un tel souci du détail.

Artemis tendit ses menottes à Holly.

– Essayez trois zéros.

Holly s'exécuta, appuyant sur les touches avec son pouce. La petite lumière rouge resta allumée.

Elle répéta l'opération en tapant tous les chiffres de un à neuf trois fois de suite. Sans aucun succès.

Artemis soupira.

– Très bien. Une suite de trois mêmes chiffres était sans doute un peu trop évidente. Y a-t-il une autre série de trois chiffres profondément ancrée dans la mémoire des fées ? Quelque chose que toutes les fées sauraient et ne pourraient pas oublier ?

Holly réfléchit.

– Neuf, cinq, un. Le code postal de Haven-Ville.

– Essayez.

Ce qu'elle fit. En vain.

– Neuf, cinq, huit. Le code de l'Atlantide.

Elle n'eut pas plus de chance.

– Ces chiffres sont trop régionaux, trancha Artemis. Quel est le nombre que chaque fée, mâle, femelle, enfant, connaît à coup sûr ?

Les yeux de Holly s'agrandirent.

– Bien sûr. Neuf, zéro, neuf. Le numéro d'urgence de la police. Il est écrit dans un coin sur tous les panneaux d'affichage du monde souterrain.

Artemis remarqua alors que les hurlements s'étaient interrompus. Les trolls avaient cessé de se battre et reniflaient autour d'eux. Les phéromones portées par la brise attiraient les énormes bêtes comme des marionnettes suspendues à leurs fils. Dans un mouvement d'ensemble impressionnant, toutes les têtes se tournèrent vers la cachette de Holly et d'Artemis.

Artemis agita ses menottes.

– Essayez, vite.

Holly appuya sur les touches. Une lumière verte se mit à clignoter et les menottes s'ouvrirent d'un coup sec.

– Très bien. Parfait. A moi, maintenant.

Les doigts d'Artemis s'immobilisèrent au-dessus du clavier.

– Je ne sais lire ni les lettres ni les chiffres du langage des fées.

– Si, vous savez. Vous êtes d'ailleurs le seul humain à le savoir, affirma Holly. Mais vous ne vous en souvenez pas. Les chiffres sont disposés comme sur n'importe quel clavier. De un à neuf de gauche à droite avec le zéro en bas.

– Neuf, zéro, neuf, marmonna Artemis en appuyant sur les touches correspondantes.

Les menottes de Holly s'ouvrirent dès le premier essai – ce qui était heureux car il n'aurait pas eu le temps d'en faire un deuxième.

Les trolls s'avançaient, sautant les marches du temple à une vitesse et avec une coordination de mouvements effrayantes. Ils se servaient du poids de leurs bras velus pour se pencher en avant en même temps qu'ils détendaient de toutes leurs forces leurs jambes puissantes. L'élan qu'ils parvenaient ainsi à prendre leur permettait de parcourir jusqu'à six mètres d'un seul bond. Ils atterrissaient ensuite sur les jointures de leurs mains, balançant les jambes pour sauter à nouveau.

Il y avait de quoi être pétrifié d'horreur : une vingtaine de carnivores en folie dévalaient en se bousculant les uns les autres une pente sablonneuse en forme de ravine. Les mâles les plus grands empruntaient le chemin le plus facile, fonçant au milieu de la ravine, tandis que les adolescents et les mâles plus âgés restaient sur les deux versants, se méfiant des coups de dents accidentels ou des défenses tranchantes comme des faux. Dans leur ruée vers les tentes, les trolls écrasaient tous les automates et les éléments de décor qui se trouvaient sur leur passage. Leurs dreadlocks voltigeaient à chaque pas et leurs yeux lançaient des lueurs rouges dans la pénombre. Par moments, ils rejetaient la tête en arrière, ne laissant plus voir que la pointe de leur nez au-dessus de leur corps. Des nez qui les conduisaient droit sur Holly et Artemis. Le pire, c'était qu'eux aussi sentaient l'odeur des trolls qui approchaient.

Holly accrocha les deux paires de menottes à sa ceinture. Elles étaient pourvues de batteries qui pouvaient alimenter des éléments chauffants ou même être utilisées comme armes, s'ils survivaient suffisamment longtemps pour cela.

– OK, Bonhomme de Boue. Dans la rivière, maintenant.

Artemis ne discuta pas, ne posa pas de questions, il n'en avait pas le temps. Il imaginait simplement que, comme beaucoup d'animaux, les trolls n'aimaient pas l'eau. Il se précipita donc vers la rivière, sentant le sol vibrer sous le martèlement des pieds et des poings de leurs poursuivants. Les hurlements avaient repris mais avec une tonalité différente, plus impétueuse, plus démente, plus brutale, comme si le peu de contrôle que les trolls pouvaient exercer sur eux-mêmes avait entièrement disparu.

Artemis se dépêcha de rattraper Holly. Elle courait devant lui, souple et légère, se penchant pour ramasser au passage une bûche en plastique sur un faux feu de camp. Artemis l'imita et coinça à son tour une bûche sous son bras. Ils allaient sans doute rester longtemps dans l'eau.

Holly plongea, décrivant avec grâce un arc dans les airs avant de s'enfoncer dans l'eau, presque sans éclaboussures. Artemis la suivit tant bien que mal. Courir comme un dératé n'était pas sa vocation. Il avait un gros cerveau mais des jambes frêles – exactement le contraire de ce qui est utile quand on est poursuivi par des trolls.

L'eau était tiède et lorsque Artemis en avala une bonne quantité par inadvertance, il lui trouva un goût d'une douceur extraordinaire. « Pas d'éléments polluants », songea-t-il, utilisant la petite partie de son cerveau encore capable de penser rationnellement. Quelque chose lui toucha alors la cheville, traversant sa chaussette et entaillant sa chair. Il donna aussitôt un grand coup de pied qui le propulsa à bonne distance. Une traînée de sang chaud resta un moment à la surface avant d'être emportée par le courant.

ᘀ⬦⬧⬨ • ⬜⬨⬩⬪⬫⬬⬭ • ⬮⬯⬰⬱ • ⬲⬳⬴⬵⬶⬷ • ⬸⬹⬺ • ⬻

Holly pateaugeait dans l'eau au milieu de la rivière, ses cheveux auburn dressés en pointes sur son crâne.

– Vous êtes blessé ? demanda-t-elle.

Artemis fit non de la tête. Il n'avait plus assez de souffle pour parler.

Holly remarqua sa cheville qui saignait derrière lui.

– Du sang, et il ne me reste plus une goutte de magie pour vous soigner. Ce sang est presque aussi dangereux que les phéromones. Il faut que nous sortions d'ici.

Sur la rive, les trolls bondissaient comme des fous, se frappaient la tête contre le sol, tapant du poing par terre, selon des rythmes complexes.

– Parades amoureuses, expliqua Holly. Je crois qu'ils nous aiment.

Le courant, puissant au milieu de la rivière, les entraînait rapidement. Les trolls les suivaient le long de la rive, lançant de petits projectiles dans l'eau. L'un d'eux atteignit la bûche en plastique de Holly qui faillit la lâcher.

Elle recracha l'eau qui lui était entrée dans la bouche.

– Il nous faut un plan, Artemis. Et ça, c'est *votre* affaire. *Moi*, j'ai fait ce que j'ai pu jusqu'ici.

– Oui et c'était vraiment très bien, répondit-il, ayant apparemment retrouvé son sens de l'ironie.

Il écarta des mèches de cheveux mouillés sur son front et jeta un regard derrière lui, au-delà de la mêlée des trolls. Le temple était immense, projetant une ombre allongée, aux angles pointus, sur le sol désert qui l'entourait. L'intérieur était grand ouvert et n'offrait aucun abri contre les trolls. Le seul endroit où il n'y en avait pas était le toit.

– Les trolls sont-ils capables de grimper ? demanda Artemis en crachotant de l'eau.

Holly suivit son regard.

– Ils le peuvent si c'est vraiment nécessaire, comme les grands singes. Mais il faut qu'ils y soient obligés.

Artemis fronça les sourcils.

– Si seulement je parvenais à me souvenir, dit-il. Si seulement je savais ce que je sais.

Holly nagea vers lui et l'attrapa par le col. Ils tournoyèrent dans l'écume blanche du courant, l'eau bouillonnant entre les fausses bûches auxquelles ils s'accrochaient.

– Ce n'est pas avec des « si seulement » qu'on arrivera à quelque chose, Bonhomme de Boue. Il nous faut un plan avant d'arriver au bassin.

– Le bassin ?

– Ceci est une rivière artificielle. Elle comporte un bassin central où l'eau est filtrée.

Une lumière s'alluma dans le cerveau d'Artemis.

– Un bassin central. Voilà notre porte de sortie.

– On ne s'en tirera jamais vivants ! Je ne sais pas combien de temps il nous faudra rester sous l'eau.

Artemis regarda une dernière fois autour de lui, mesurant, calculant.

– Compte tenu des circonstances, il n'y a pas d'autre possibilité.

Plus loin, le courant décrivait un mouvement circulaire, engloutissant les débris jetés dans l'eau. La vue du tourbillon qui s'était formé au milieu de la rivière sembla calmer les trolls. Ils cessèrent de se frapper la tête par terre et de taper du poing et observèrent ce qui se passait. Certains, qui allaient par la suite se révéler les plus intelligents, avancèrent alors le long de la rive.

– Suivons le courant, s'écria Artemis, haussant la voix pour couvrir le grondement de l'eau. Suivons-le et espérons.

– C'est tout ? C'est ça, votre plan si brillant ?

La combinaison de Holly crépita lorsque l'eau pénétra dans les circuits internes.

– Ce n'est pas vraiment un plan, c'est plutôt une stratégie de survie, répliqua Artemis.

Il aurait pu en dire davantage mais la rivière l'interrompit, l'engouffrant dans le tourbillon qui l'éloigna de l'elfe.

Face à une telle puissance, il avait l'impression de n'être qu'une brindille. S'il essayait de résister à la force de l'eau, elle viderait l'air de ses poumons comme une brute écrasant sa victime. Artemis sentait sa poitrine se comprimer. Même lorsqu'il avait la tête hors de l'eau, sa bouche haletante ne parvenait pas à aspirer suffisamment d'air. Son cerveau manquait d'oxygène. Ses pensées se brouillaient. Tout lui semblait courbe : le tournoiement de son corps, le flux du courant. Des cercles blancs se superposaient à d'autres cercles, bleus ou verts. Ses pieds dansaient dans les profondeurs, dessinant des mouvements en forme de huit, comme des bandes de Möbius. La danse de l'eau. Ha, ha.

Devant lui, Holly maintenait les deux bûches l'une contre l'autre, tel un radeau de fortune. Elle cria quelque chose mais il n'entendit rien. Il n'y avait plus que de l'eau partout, à présent. De l'eau et une totale confusion.

Elle leva trois doigts. Trois secondes. Après, ils seraient emportés vers le fond. Artemis inspira aussi profondément que le lui permettait sa poitrine comprimée. Deux doigts. Puis un.

Artemis et Holly lâchèrent leurs fausses bûches et le courant les aspira comme des araignées dans la bonde d'un lavabo. Artemis s'efforça de garder l'air dans ses poumons mais il le sentit s'échapper entre ses lèvres sous la pression de l'eau qui l'écrasait. Des bulles tournoyaient derrière eux, remontant à la surface.

L'eau n'était ni sombre ni profonde. Mais la vitesse du courant ne permettait pas de rester immobile suffisamment longtemps pour fixer les images qui défilaient. Le visage de Holly passa devant ses yeux et Artemis ne put voir que de grands yeux couleur noisette.

L'entonnoir que formait le tourbillon se rétrécit et serra Holly et Artemis l'un contre l'autre. Ils furent emportés dans un mouvement oblique, leurs corps se cognant, leurs membres battant comme des ailes. Ils restèrent face à face, leurs fronts collés, chacun trouvant un peu de réconfort dans le regard de l'autre. Mais cela ne dura pas. Leur progression fut brutalement interrompue par une grille de métal, à l'entrée du conduit d'évacuation. Ils furent projetés contre elle et sentirent les fils métalliques s'enfoncer dans leur peau.

Holly plaqua la main contre la grille et passa les doigts à travers les trous. Elle était flambant neuve. Des points de soudure récents apparaissaient le long de sa bordure. Tout le reste était vétuste mais la grille venait d'être installée. Koboï !

Holly sentit quelque chose contre son bras. Un petit écran de télévision sous-marin. Il était fixé à la grille par une attache en plastique. Le visage d'Opale s'étalait sur l'écran et sur son visage s'étalait un sourire. Elle répétait sans cesse quelque chose, en boucle. Ses paroles étaient inaudibles, couvertes par le fracas du courant et le bouillonnement de l'eau mais leur signification était claire : « Je vous ai encore battus. »

Holly saisit l'écran et l'arracha de la grille. La violence de son geste la propulsa au-delà des remous, vers les eaux relativement plus calmes qui les entouraient. Elle était à bout de forces et n'avait d'autre choix que de se laisser emporter là où l'emmenait la rivière. Artemis s'écarta à grand-peine de la grille et utilisa ce qui lui restait d'oxygène et d'énergie pour exécuter à deux reprises un mouvement de brasse avec les jambes.

Il parvint ainsi à se libérer du tourbillon et flotta derrière Holly, en direction d'une masse sombre qui se dessinait un peu plus loin. « De l'air, pensa-t-il, dans un élan désespéré. Maintenant. Si ce n'est pas maintenant, ce ne sera plus jamais. »

Artemis refit surface, bouche la première. Il essaya

de respirer avant que sa tête ait complètement émergé, avalant de l'eau qui remonta dans sa gorge et lui coupa le souffle, mais la deuxième, puis la troisième fois, il put enfin remplir ses poumons et sentit la force revenir dans ses membres, comme si du mercure circulait le long de ses veines.

Holly était sauve. Étendue sur une petite île sombre au milieu de la rivière. Sa poitrine se soulevait comme un soufflet, l'écran vidéo posé sur ses doigts écartés.

– Ho, ho, disait l'image d'Opale Koboï. C'était teeeeellement prévisible.

Elle le répéta sans cesse jusqu'à ce qu'Artemis s'arrache péniblement de l'eau, grimpe sur la petite île et trouve le bouton qui coupait le son.

– Je commence vraiment à la détester, dit-il d'une voix haletante. Elle pourrait bien finir par regretter les petits détails du genre télévision sous-marine. Ce sont ces choses-là qui me donnent envie de tout faire pour sortir d'ici.

Holly se redressa, regardant autour d'elle. Ils se trouvaient sur un monticule d'ordures. Artemis devina ce qui s'était passé : depuis qu'Opale avait soudé la grille à l'entrée du conduit d'évacuation, le courant emportait tout ce que les trolls jetaient dans l'eau jusqu'à cet endroit peu profond. Une petite île constituée de déchets s'était ainsi formée, là où la rivière dessinait une courbe. Des têtes d'automates arrachées côtoyaient des statues fracassées et des restes de trolls. Des crânes à l'os frontal proéminent et des peaux en décomposition.

ᚦᚱᚩᚠ·☐◖◯◖⊕✦··◖ᚨ◖ᚱᚯᚳᚱ·◌◖ᚨ◖ᚱ·ᚱ◖◖ᚨ◯

Au moins, ces trolls-là ne pourraient plus les dévorer. Les vivants, en revanche, les avaient suivis des deux côtés de la rivière et recommençaient à gesticuler comme des furieux. Mais ils étaient séparés d'eux par au moins six mètres d'eau et même si elle était peu profonde, elle suffisait à dissuader les créatures de s'y aventurer. Pour l'instant, ils ne risquaient donc rien.

Artemis sentait que des souvenirs essayaient de remonter à la surface. Il était sur le point de tout se rappeler, il en était certain. Il resta assis, complètement immobile, désirant de toutes ses forces retrouver la mémoire. Des images sans suite défilaient dans sa tête : une montagne d'or, des créatures aux écailles vertes, crachant des boules de feu, Butler pris dans la glace. Mais ces visions glissaient à la surface de sa conscience comme des gouttes d'eau sur un pare-brise.

– Vous vous souvenez de quelque chose ? demanda Holly.

– Peut-être, répondit Artemis. Quelque chose, en effet. Je ne sais pas très bien. Tout se passe si vite. J'ai besoin de temps pour méditer.

– Du temps, nous n'en avons pas, dit Holly en grimpant au sommet du tas d'ordures.

Des crânes craquèrent sous ses pieds.

– Regardez.

Artemis se tourna vers la rive gauche. L'un des trolls avait ramassé un gros rocher et le brandissait au-dessus de sa tête. Artemis essaya de se faire tout petit. Si ce rocher les atteignait, ils seraient tous deux gravement blessés, si ce n'est pire.

Le troll grogna comme un joueur de tennis professionnel au service et jeta le rocher qui manqua de peu le tas de déchets et atterrit dans l'eau peu profonde en soulevant une gerbe d'éclaboussures.

– Mal visé, commenta Holly.

Artemis fronça les sourcils.

– Je ne crois pas.

Un deuxième troll ramassa à son tour un rocher, puis un troisième. Bientôt, toutes les brutes jetaient des pierres, des morceaux d'automates, des bâtons ou tout ce qui leur tombait sous la main en direction du monticule d'ordures. Pas un seul projectile n'atteignit Holly et Artemis qui s'étaient serrés, frissonnants, l'un contre l'autre.

– Ils manquent tous leur cible, dit Holly. Absolument tous.

Artemis ressentait jusque dans la moelle de ses os la douleur que provoquaient le froid, la peur, la tension nerveuse.

– Ils n'essayent pas de nous atteindre, dit-il. Ils sont en train de construire un pont.

TARA, IRLANDE. À L'AUBE

Le terminal des navettes de Tara était le plus grand d'Europe. Plus de huit mille touristes passaient chaque année à travers ses portiques de détection. C'était un immense espace caché sous une petite colline couverte de végétation, en plein milieu de la ferme des McGraney. Une merveille d'architecture souterraine.

Mulch Diggums, nain kleptomane en fuite, avait lui-même quelque chose de merveilleux en matière de souterrain. Butler, au volant de la Bentley des Fowl, roula vers le nord après avoir quitté le manoir et, sur les instructions de Mulch, ralentit la luxueuse limousine à cinq cents mètres de l'entrée camouflée du terminal. Ce qui permit au nain de sortir par la portière arrière et de plonger directement dans le sol où il disparut rapidement, submergé par une couche de riche terre irlandaise. La meilleure du monde.

Mulch connaissait bien la disposition du terminal. Il avait un jour aidé son cousin Nord à y échapper aux FAR qui l'avaient arrêté pour pollution industrielle. Une veine d'argile remontait jusqu'à un mur et, si on savait où regarder, on trouvait une plaque de revêtement métallique rongée par l'humidité irlandaise. Mais en la circonstance, Mulch ne cherchait pas à échapper aux FAR, bien au contraire.

Il refit surface à l'intérieur du buisson holographique qui cachait l'entrée de service du terminal. Il se dégagea de son tunnel, se débarrassa de l'argile qui s'était collée à son postérieur, évacua de son organisme, un peu plus bruyamment qu'il n'était nécessaire, les gaz souterrains qui s'y étaient accumulés et attendit.

Cinq secondes plus tard, le panneau d'entrée coulissa et quatre mains se tendirent, tirant fermement Mulch à l'intérieur du terminal. Le nain n'opposa aucune résistance et fut emmené le long d'un couloir sombre jusqu'à une salle d'interrogatoire. On le posa brutalement sur une chaise inconfortable, menottes aux poignets, et on le laissa mijoter seul dans la pièce vide.

Mais Mulch n'avait pas le temps de mijoter. Chaque instant qu'il passait ici à enlever les insectes pris dans sa barbe était un instant pendant lequel Artemis et Holly devaient affronter les trolls.

Le nain se leva de sa chaise et frappa du plat de la main le miroir sans tain aménagé dans le mur de la salle d'interrogatoire.

– Chix Verbil ! cria-t-il. Je sais que vous m'observez. Il faut qu'on se parle. Au sujet de Holly Short.

Mulch continua de taper sur le miroir jusqu'à ce que la porte s'ouvre et que Chix Verbil entre dans la pièce. Chix était le responsable des FAR en surface. Il avait été le premier blessé lors de la révolution des gobelins du B'wa Kell, un an auparavant, et sans Holly Short, il aurait été le premier mort. Mais les choses avaient tourné en sa faveur : il avait reçu une médaille du comité, avait fait l'objet d'une série d'interviews à la télévision à des heures de grande écoute et s'était vu confier un poste de tout repos dans le terminal de surface du conduit E1.

Chix s'avança d'un air soupçonneux, ses ailes de lutin volant repliées dans son dos. Il avait relevé le rabat du holster de son Neutrino.

– Mulch Diggums, c'est ça ? Vous êtes venu vous rendre ?

Mulch eut un petit rire méprisant.

– Qu'est-ce que vous croyez ? Je me serais donné tout ce mal pour m'évader dans le seul but de me rendre à un lutin volant ? Ça m'étonnerait, crâne de piaf.

Chix se hérissa, ses ailes battant derrière lui.

– Écoutez-moi un peu, le nain. Vos petites plaisanteries me paraissent très déplacées dans votre situation. Vous êtes en garde à vue sous ma responsabilité, au cas où vous ne l'auriez pas remarqué. Il y a six fées de sécurité qui surveillent cette pièce.

– Des fées de sécurité ? Ne me faites pas rire. Elles seraient incapables de garder une pomme dans un verger. Vous parlez à quelqu'un qui s'est évadé d'une navette sous-marine à trois kilomètres de profondeur. Et ici, je vois au moins une demi-douzaine de possibilités de fuir sans me fatiguer.

Chix voleta dans la pièce, visiblement nerveux.

– Essayez donc un peu. Je vous aurai tiré deux coups de feu dans le derrière avant que vous ayez eu le temps de décrocher votre fameuse mâchoire.

Mulch fit une grimace. Les nains détestent les plaisanteries « par-derrière ».

– D'accord, du calme, monsieur Va-t-en-guerre. Parlons plutôt de votre aile. Elle va mieux ?

– Comment êtes-vous au courant ?

– C'était la grande nouvelle, à un certain moment. On vous voyait sans arrêt à la télé, même sur le satellite pirate. J'ai regardé votre sale tête il n'y a pas si longtemps à Chicago.

Chix se rengorgea.

– A Chicago ?

– Exactement. Si je me souviens bien, vous racontiez

que Holly Short vous avait sauvé la vie, que les lutins volants n'oublient jamais leurs dettes et que si un jour elle avait besoin de vous, vous seriez là pour l'aider, quoi qu'il vous en coûte.

Chix toussota, mal à l'aise.

– Beaucoup de ces réponses étaient déjà écrites, je devais simplement les lire. Et d'ailleurs, c'était avant...

– Avant qu'un des officiers les plus décorés des FAR décide brusquement de devenir dingue et de tuer son propre commandant ?

– Oui. Avant ça.

Mulch fixa le visage vert de Verbil et le regarda droit dans les yeux.

– Vous n'allez quand même pas me dire que vous y croyez ?

Pendant un long moment, Chix voleta encore plus haut, ses ailes provoquant des courants d'air. Puis il se posa par terre et s'assit sur la deuxième chaise.

– Non, je n'y crois pas. Pas une seconde. Julius était comme un père pour Holly, pour nous tous.

Chix se couvrit le visage de ses mains. Il avait peur d'entendre la réponse à la question qu'il allait poser.

– Alors, Diggums, pourquoi êtes-vous ici ?

Mulch se pencha vers lui.

– Notre conversation est enregistrée ?

– Bien sûr. La procédure habituelle.

– Vous pouvez débrancher le micro ?

– Sans doute. Mais pourquoi devrais-je le faire ?

– Parce que je vais vous dire quelque chose d'impor-

tant pour la survie du Peuple. Et je ne vous le dirai que si les micros sont débranchés.

Chix recommença à battre des ailes.

– J'espère pour vous que c'est intéressant. Vous auriez avantage à ne pas trop me contrarier, le nain.

Mulch haussa les épaules.

– Oh, ça va vous contrarier, sans aucun doute. Mais c'est très intéressant.

De ses doigts verts, Chix tapa un code sur les touches d'un clavier posé sur la table.

– OK, Diggums, nous pouvons parler librement.

Mulch se pencha un peu plus par-dessus la table.

– Ce qui se passe, c'est qu'Opale Koboï est de retour.

Chix ne répondit rien mais son visage perdit ses couleurs. Son teint émeraude resplendissant, habituel chez les lutins volants, avait tourné au citron vert pâle.

– Opale a réussi à s'évader et elle a commencé à mettre en œuvre ses grands projets de vengeance. D'abord, le général Scalène, puis le commandant Root et maintenant, Holly et Artemis Fowl.

– O... Opale ? balbutia Chix, en ressentant soudain des élancements dans son aile blessée.

– Elle s'en prend à tous ceux qui ont participé à sa capture. Et dont vous faites partie, si je me souviens bien.

– Je n'y suis pour rien, couina Verbil, comme si protester de son innocence devant Mulch pouvait l'aider.

Mulch se redressa, s'appuyant contre le dossier de sa chaise.

– Ce n'est pas à moi qu'il faut dire ça. *Je* ne suis pas

venu vous chercher. Si, encore une fois, mes souvenirs sont exacts, vous avez raconté dans plusieurs émissions de télé que vous avez été *personnellement* le premier membre des FAR à vous trouver en contact avec les trafiquants gobelins.

– Peut-être qu'elle ne l'a pas vu, dit Chix avec espoir. Elle était dans le coma.

– Je suis sûr que quelqu'un l'aura enregistré pour elle.

Verbil réfléchit, lissant ses ailes d'un air absent.

– Alors, qu'est-ce que vous attendez de moi ?

– Je veux que vous fassiez passer un message à Foaly. Répétez-lui ce que je vous ai dit à propos d'Opale.

Mulch se couvrit la bouche d'une main pour empêcher qu'on puisse lire sur ses lèvres en regardant la vidéo de l'entrevue.

– Et je veux la navette des FAR. Je sais où elle est stationnée. Je n'ai besoin que de la puce de démarrage et du code de mise en route.

– Quoi ? Ridicule ! Je me retrouverais en prison.

Mulch hocha la tête.

– Non, non. Maintenant que le son est coupé, tout ce que le centre de police verra, c'est une nouvelle évasion spectaculaire de Mulch Diggums. Je vous assomme, je vole votre puce et je sors d'ici par le tuyau qui se trouve derrière ce distributeur d'eau.

Chix fronça les sourcils.

– Vous avez parlé de m'assommer ? Vous pourriez être plus précis ?

Mulch frappa la table du plat de la main.

⊗◊◊·⌐⚬⊗⊟⊟·⊗·∪◊◖⊋⚬⊙·◖⌐·⊗◊⚬⊋◖·⚡·⊋⚬⊙⊚

– Écoutez, Verbil, Holly est en danger de mort. Peut-être même est-elle déjà morte.

– C'est ce que j'ai entendu dire, déclara Chix.

– En tout cas, elle mourra à coup sûr si je ne descends pas la rejoindre immédiatement.

– Et pourquoi ne donnerais-je pas l'alerte, tout simplement ?

Mulch poussa un soupir théâtral.

– Parce que, espèce de crétin, lorsque le commando de Récupération du centre de police arrivera, il sera trop tard. Vous connaissez le règlement : un officier des FAR n'a pas le droit d'agir à partir d'une information fournie par un repris de justice tant que cette information n'a pas été confirmée par une autre source.

– Personne ne tient compte de cette règle et me traiter de crétin ne nous avancera à rien.

Mulch se leva.

– Enfin quoi, vous êtes un lutin volant. Vous êtes censé respecter votre code de chevalerie traditionnel. Une femme vous a sauvé la vie et maintenant, la sienne est en danger. Votre honneur vous commande de tout faire pour la sauver.

Chix soutint le regard de Mulch.

– Est-ce que tout cela est vrai ? Soyez franc, Mulch, parce qu'il y aura des répercussions. Il ne s'agirait pas tout simplement d'un petit vol de bijoux ?

– Tout est vrai, assura Mulch. Je vous en donne ma parole.

Chix faillit éclater de rire.

– Oh, youpi ! La parole de Mulch Diggums ! Je peux la mettre à la banque en toute confiance.

Il respira profondément à plusieurs reprises et ferma les yeux.

– La puce est dans ma poche. Le code est écrit sur l'étiquette. Essayez de ne rien casser.

– Ne vous inquiétez pas, je conduis très bien.

Chix grimaça par avance.

– Je ne parle pas de la navette, imbécile, je parle de ma figure. Les dames m'aiment comme je suis.

Mulch brandit un poing noueux.

– Je serais navré de décevoir ces dames, dit-il.

Et il frappa Chix Verbil qui tomba de sa chaise.

D'une main experte, Mulch fouilla les poches de Chix. Le lutin volant n'était pas vraiment inconscient, il faisait semblant. Une sage précaution. Quelques secondes plus tard, Mulch avait trouvé la puce et l'avait cachée dans sa barbe. Une touffe de poils se referma étroitement autour de l'objet, formant une sorte de cocon étanche. Le nain soulagea également Verbil de son Neutrino, bien que ce ne fût pas prévu dans leur accord. Puis il traversa la pièce en deux enjambées et coinça une chaise sous la poignée de la porte. Il gagnerait ainsi quelques secondes supplémentaires. Il passa ensuite un bras autour du distributeur d'eau, tout en déboutonnant de l'autre main son rabat postérieur. La rapidité d'action devenait vitale à présent car ceux qui avaient observé l'entrevue à travers le miroir sans tain tambourinaient déjà à la porte.

Mulch vit une tache noire apparaître sur le panneau : ils étaient en train de le brûler pour entrer.

Il arracha le distributeur du mur, provoquant un jaillissement d'eau fraîche qui inonda le sol de la pièce.

– Oh, non, pas ça, gémit Chix, allongé par terre. Il faut des heures pour sécher mes ailes.

– Taisez-vous. Vous êtes censé avoir perdu connaissance.

Dès que le conduit d'alimentation se fut vidé de son eau, Mulch plongea à l'intérieur. Il le suivit jusqu'à l'endroit où il était raccordé à une autre canalisation et fit sauter le joint à coups de pied. Des mottes d'argile tombèrent, bloquant le tuyau. Mulch décrocha sa mâchoire. Il retournait à la terre. Plus personne ne pourrait le rattraper, à présent.

L'aire de stationnement des navettes se trouvait au niveau inférieur, près du tunnel d'accès. Mulch creusa en descente, guidé par sa boussole interne, toujours infaillible. Il était déjà venu dans ce terminal et la disposition des lieux était gravée dans sa mémoire, comme celle de tous les bâtiments où il était allé. Après avoir mâché la terre pendant une minute, absorbé ses minéraux et rejeté les déchets à l'autre extrémité de son corps, Mulch arriva devant un conduit d'aération qui alimentait en oxygène l'aire de stationnement. Le nain sentait même la vibration des moteurs dans les poils de sa barbe.

En temps normal, il aurait pratiqué une ouverture dans l'enveloppe métallique du conduit grâce à l'acide à polir que les nains utilisent ordinairement, mais les gardiens de prison ont une fâcheuse tendance à confisquer ce genre d'accessoire. Mulch se servit donc du pistolet qu'il avait volé et tira une décharge concentrée qui transperça la paroi. Le métal fondit comme un glaçon sur un chauffage. Le nain attendit une minute qu'il se soit refroidi et solidifié puis il se glissa dans le conduit. Après avoir tourné deux fois vers la gauche, il se retrouva devant la grille qui surplombait l'aire de stationnement. Des gyrophares rouges d'alerte tournaient au-dessus de chaque porte et une sirène suraiguë avertissait tout le monde qu'il y avait une situation d'urgence. Les ouvriers qui travaillaient sur l'aire de stationnement s'étaient rassemblés devant l'écran de l'intranet, attendant les nouvelles.

Mulch se laissa tomber sur le sol avec beaucoup plus de grâce que sa silhouette ne l'aurait laissé supposer et se mit à ramper en direction de la navette des FAR. L'engin était suspendu le nez en l'air au-dessus d'un tunnel d'accès vertical. Il se faufila à bord, ouvrant la porte côté passagers à l'aide de la puce de Chix Verbil. Les instruments de contrôle étaient d'une extrême complexité mais Mulch avait une théorie sur le pilotage des véhicules : ne s'occuper de rien d'autre que du volant et des pédales et tout ira bien. Au cours de sa carrière, il avait volé plus d'une cinquantaine de moyens de transport et, jusqu'à présent, sa théorie ne l'avait jamais trahi.

Le nain enfonça la puce de démarrage dans sa fente, ignorant l'ordinateur de bord qui lui conseillait de procéder à une vérification des systèmes, et actionna la commande de largage. Huit tonnes de navette des FAR tombèrent comme une pierre dans le tunnel, en tournoyant tel un patineur sur glace. La gravité s'était emparée de sa masse, la précipitant vers le cœur de la Terre.

Le pied de Mulch enfonça la pédale du propulseur, juste assez pour arrêter la chute. La radio de bord s'adressa à lui :

– Vous, dans la navette, revenez immédiatement à la position de départ. Je ne plaisante pas ! Dans vingt secondes exactement, j'appuierai moi-même sur le bouton d'autodestruction.

Mulch cracha un jet de salive de nain sur le haut-parleur, étouffant la voix courroucée. Il se racla la gorge et cracha à nouveau, visant cette fois une boîte de connexion située sous la radio. Un court-circuit fit jaillir des étincelles. C'en était fini du dispositif d'autodestruction.

Les commandes étaient un peu plus difficiles à manier que Mulch ne l'avait prévu. Il parvint cependant à maîtriser l'engin après avoir éraflé à plusieurs reprises la paroi du conduit. Si les FAR récupéraient un jour leur appareil, il aurait besoin d'une nouvelle couche de peinture et peut-être même d'un nouvel aileron tribord.

Un éclair de rayon laser brilla à travers le hublot. C'était le coup de semonce. Une décharge au-dessus de l'engin avant de laisser l'ordinateur ajuster le tir suivant. Il était temps d'y aller. Mulch ôta ses bottes d'un coup de pied, enroula ses orteils à double jointure autour des pédales et fonça dans le conduit, en direction du point de rendez-vous.

Butler gara la Bentley à vingt-cinq kilomètres au nord-est de Tara, près d'un amas rocheux qui avait la forme d'un poing serré. Le roc qui formait l'index était creux, conformément à ce que Mulch lui avait indiqué. Le nain avait cependant omis de lui signaler que l'ouverture était encombrée de sachets de chips et de vieux chewing-gums laissés là par des milliers d'adolescents venus pique-niquer. Butler se fraya un chemin parmi les déchets et découvrit deux jeunes garçons cachés au fond des rochers, en train de fumer des cigarettes, un jeune labrador endormi à leurs pieds. De toute évidence, ils s'étaient portés volontaires pour promener le chien dans le seul but d'aller fumer en cachette. Butler n'aimait pas le tabac.

Les deux jeunes gens levèrent les yeux vers l'immense silhouette qui se dessinait au-dessus de leur tête et leur expression d'adolescents blasés se figea sur leur visage.

Butler montra les cigarettes du doigt.

– Ces choses-là nuisent gravement à la santé, grogna-t-il. Et moi, je pourrais bien nuire à la vôtre.

Les deux garçons écrasèrent aussitôt leurs cigarettes et s'enfuirent en toute hâte. C'était exactement ce que voulait Butler. S'avançant vers le fond de la cavité, il écarta des broussailles desséchées qui masquaient une paroi de boue. « Donnez un coup de poing dedans, lui avait dit Mulch. Généralement, je la traverse à coups de dents et je la rebouche derrière moi mais vous n'aurez peut-être pas envie d'en faire autant. »

Butler enfonça quatre doigt rigides au milieu de la paroi, là où des craquelures avaient commencé à se former. En effet, la boue séchée n'avait que quelques centimètres d'épaisseur et céda facilement sous la pression. Le garde du corps enleva des morceaux de terre, dégageant un espace suffisant pour se faufiler dans le tunnel qui s'ouvrait derrière.

Le terme *suffisant* est peut-être légèrement exagéré. En fait, il avait *tout juste* la place de passer. Sa charpente massive était comprimée de tous côtés par des surfaces rugueuses, inégales, d'argile noire. Parfois, une pierre en saillie déchirait son complet de bonne coupe. Il avait réduit deux costumes en lambeaux en autant de jours, un à Munich, l'autre ici, sous le sol d'Irlande. Mais pour l'instant, sa garde-robe était le dernier de ses soucis. Si Mulch disait vrai, Artemis se trouvait en ce moment même dans le monde souterrain, essayant d'échapper à une bande de trolls assoiffés de sang. Un jour, Butler avait combattu un troll et avait failli en mourir. Il n'arrivait même pas à imaginer qu'on puisse en affronter toute une horde.

Il enfonçait ses doigts dans la terre, rampant dans le tunnel à la force des bras. D'après Mulch, ce passage était l'un des nombreux chemins illégaux que des nains en fuite avaient creusés à coups de dents au cours des siècles et grâce auxquels on pouvait accéder au réseau de conduits du monde souterrain. Mulch lui-même avait percé celui-ci près de trois cents ans auparavant lorsqu'il avait dû revenir clandestinement à Haven-Ville pour fêter l'anniversaire de son cousin. Butler s'efforça de ne pas penser au système de recyclage des nains à mesure qu'il avançait.

Quelques mètres plus loin, le tunnel s'élargissait en une caverne sphérique dont les parois luisaient d'une délicate couleur verte. Mulch lui avait également parlé de ce phénomène. Les parois étaient enduites de salive de nain qui durcissait au contact de l'air et émettait cette lueur. Stupéfiant. Des pores capables d'absorber l'eau, des poils possédant une vie propre et maintenant, une salive luminescente. Et quoi, encore ? Des mucosités explosives ? Il n'en aurait pas été surpris le moins du monde. Qui pouvait savoir quels secrets les nains cachaient dans leurs manches ? Ou ailleurs.

Butler écarta d'un coup de pied un tas d'os de lièvre, restes d'un repas de nain, et s'assit pour attendre.

Il consulta le cadran lumineux de l'Omega qu'il portait au poignet. Il avait déposé Mulch à Tara près d'une demi-heure auparavant. Le petit bonhomme aurait dû être là. Le garde du corps aurait aimé faire les cent pas, mais l'exiguïté des lieux lui permettait à peine de se tenir debout, encore moins de marcher de long en large. Butler croisa les jambes et s'installa pour un petit somme réparateur. Il n'avait pas dormi depuis l'attaque du missile en Allemagne et il n'était plus si jeune. Le rythme de son cœur et de sa respiration ralentit progressivement jusqu'à ce que sa poitrine cesse pratiquement de se soulever.

Huit minutes plus tard, la petite caverne se mit à

trembler violemment. Des plaques de salive durcie se détachèrent des parois et se fracassèrent en tombant. Le sol rougeoya, trembla sous les pieds de Butler. Des insectes et des lombrics fuyaient en tous sens cette source de chaleur brûlante. Butler s'écarta et s'épousseta d'un geste calme. Quelques instants plus tard, un morceau de terre cylindrique émergea soudain en une masse bien nette et bascula sur le côté, dégageant une ouverture d'où s'élevait un panache de vapeur.

La voix de Mulch résonna au fond du trou, amplifiée par le système de sonorisation de la navette volée :

– Allons-y, l'Homme de Boue. Remuez-vous un peu. On a des gens à sauver et j'ai les FAR aux fesses.

« Aux fesses de Mulch Diggums, songea Butler en frissonnant. Un endroit à éviter. »

Le garde du corps se glissa cependant par l'ouverture puis à travers la trappe ouverte sur le toit de la navette des FAR, immobilisée en vol stationnaire. Les navettes de la police n'étaient déjà pas très grandes pour des fées mais Butler ne pouvait même pas s'asseoir droit dans les fauteuils, qui n'étaient d'ailleurs pas assez larges pour lui. Il dut se contenter de s'agenouiller derrière le siège du pilote.

– Tout est prêt ? demanda-t-il.

Mulch prit un scarabée sur l'épaule de Butler et le fourra dans sa barbe où le malheureux insecte se trouva immédiatement enveloppé de poils.

– Pour plus tard, précisa-t-il. A moins que vous ne le vouliez pour vous ?

Au prix d'un grand effort, Butler parvint à sourire.

– Merci, j'ai déjà mangé.

– Oh, vraiment ? Dans ce cas, quoi que vous ayez mangé, essayez de bien le garder à l'intérieur parce que nous sommes pressés et il se peut que je doive commettre quelques excès de vitesse.

Le nain fit craquer les jointures de ses doigts et de ses orteils, puis lança la navette dans les profondeurs où elle plongea en piqué, tournant sur elle-même. Butler fut projeté vers l'arrière de l'appareil et dut accrocher ensemble trois ceintures de sécurité pour se maintenir en place.

– C'est vraiment nécessaire ? grogna-t-il, les joues plissées par la vitesse.

– Jetez un coup d'œil derrière vous, répliqua Mulch.

Butler se redressa à grand-peine sur ses genoux et dirigea son regard vers le hublot arrière. Ils étaient poursuivis par trois engins semblables à des lucioles mais qui étaient en fait des navettes plus petites. Ils épousaient exactement chacun de leurs mouvements, chaque tonneau, chaque embardée. Un des poursuivants tira une petite torpille entourée d'étincelles dont l'onde de choc ébranla la carlingue. Butler ressentit des picotements sur la peau de son crâne rasé.

– Des monocapsules des FAR, expliqua Mulch. Ils viennent de détruire notre antenne radio au cas où nous aurions des complices quelque part dans les conduits. Ces capsules sont équipées d'un dispositif de navigation automatique verrouillé sur le nôtre. Leurs ordinateurs nous suivront indéfiniment, à moins que...

– A moins que quoi ?

– A moins que nous parvenions à les semer. A sortir de leur rayon d'action.

Butler resserra les ceintures de sécurité autour de son torse.

– Et on peut ?

Mulch plia à plusieurs reprises ses doigts et ses orteils.

– C'est ce que nous allons voir, dit-il en tirant à fond la manette des gaz.

LES ONZE MERVEILLES DU MONDE, TEMPLE D'ARTÉMIS, MONDE SOUTERRAIN

Holly et Artemis se serraient l'un contre l'autre sur le petit îlot de carcasses pourrissantes, attendant que les trolls aient fini de construire leur pont. Les créatures, prises d'une véritable frénésie, jetaient des pierres l'une après l'autre dans l'eau peu profonde. Certains poussèrent même la témérité jusqu'à plonger un orteil dans le courant mais ils le retirèrent aussitôt avec des hurlements horrifiés.

Holly essuya l'eau qu'elle avait reçue dans les yeux.

– OK, dit-elle, j'ai un plan. Je reste ici pour les combattre pendant que vous remontez la rivière.

Artemis eut un bref signe de tête.

– J'apprécie beaucoup mais il n'en est pas question. Ce serait un suicide pour nous deux. Les trolls vous dévoreraient en un instant et ils attendraient que le courant me rejette ici même. Il doit y avoir un autre moyen.

⊕⊖⚭⟊·⟑⟅·⟊⟑⚭⊖⟊⟒·⋃⟒⊕·⊙⚭⊖⟒·⊕·⟅⚭⟒

Holly jeta un crâne de troll à la créature la plus proche. La brute attrapa adroitement le projectile et le broya entre ses serres.

– Je vous écoute, Artemis.

Il se frotta le front avec le poing, s'efforçant de débloquer sa mémoire.

– Si seulement j'arrivais à me rappeler, peut-être que...

– Vous ne vous souvenez de rien ?

– Des images. Des choses vagues, rien de cohérent. Des visions de cauchemar. Il s'agit peut-être d'une simple hallucination. C'est l'explication la plus plausible. Je devrais essayer de me détendre en attendant de me réveiller.

– Considérez cela comme un défi à relever. Si c'était un jeu de rôles, comment le personnage parviendrait-il à s'échapper ?

– Dans un jeu de stratégie, il faudrait que je connaisse les faiblesses du camp adverse. Il y a l'eau...

– Et la lumière, ajouta Holly. Les trolls détestent la lumière. Elle leur brûle la rétine.

À présent, les créatures s'aventuraient sur leur pont de fortune dont ils testaient soigneusement la solidité à chaque pas. La puanteur de leur fourrure crasseuse et leur haleine fétide flottaient jusqu'à la petite île.

– La lumière, répéta Artemis. C'est pour ça qu'ils se sentent bien, ici. Il y fait sombre.

– Oui, les panneaux lumineux sont branchés sur le circuit de secours et le soleil artificiel est au minimum.

Artemis leva les yeux. Des nuages holographiques

ᑌᛕᛁⲒ)ᕽᐯ· ᕽᒪ)ⲒᛁᛁᛉᏮᗷᐯ· ᛉ ⲒᑌⲒ

défilaient dans une imitation de ciel au centre duquel était suspendu dans une position spectaculaire, juste au-dessus du toit du temple, un soleil de cristal qui ne diffusait plus qu'une faible lueur vacillante.

Une idée surgit alors dans l'esprit d'Artemis.

– Il y a un échafaudage au coin du temple. Si nous parvenions à y monter et à atteindre le soleil, pourrions-nous le rallumer avec les batteries de nos menottes ?

Holly fronça les sourcils.

– Oui, je pense. Mais comment arriverons-nous à passer devant les trolls ?

Artemis prit l'écran sous-marin sur lequel Opale avait passé son message vidéo.

– Nous allons les distraire avec un peu de télévision.

Holly tripota les boutons de contrôle de l'écran jusqu'à ce qu'elle trouve celui qui commandait la luminosité. Elle le régla sur le maximum et l'image d'Opale fut aussitôt occultée par une lumière blanche éblouissante.

– Dépêchez-vous, conseilla Artemis en tirant la manche de Holly.

Le premier troll était parvenu au milieu du pont, suivi du reste de la horde qui avançait en équilibre précaire, tels des danseurs de conga hirsutes.

Holly entoura l'écran de ses bras.

– Ça ne va sans doute pas marcher, dit-elle.

Artemis s'approcha derrière elle.

– Je sais mais il n'y a pas d'autre possibilité.

– C'est vrai et si on ne s'en sortait pas, je serais

navrée que vous ne vous souveniez de rien. Dans un moment comme celui-ci, ça fait du bien d'être avec un ami.

Artemis lui donna une petite tape sur l'épaule.

– Si nous nous en tirons, nous serons devenus amis. Liés par le même traumatisme.

Leur petite île tremblait de toutes parts, à présent. Des crânes se détachaient de ses flancs et roulaient dans l'eau. Les trolls les avaient presque rejoints, progressant tant bien que mal le long de leur digue branlante, poussant des cris aigus chaque fois qu'ils recevaient une goutte d'eau sur leur fourrure. Ceux qui étaient restés sur la rive martelaient le sol de leurs poings, de longs filets de bave pendant de leurs mâchoires.

Holly attendit le dernier moment pour obtenir l'effet maximum. Elle avait retourné et enfoncé l'écran dans le tas d'ordures si bien que les créatures qui approchaient n'avaient aucune idée de ce qui se préparait.

– Holly ? dit Artemis d'un ton pressant.

– Patience, murmura-t-elle. Encore quelques secondes.

Le premier troll atteignit leur île. De toute évidence, c'était le chef du groupe. Il se redressa de toute sa hauteur qui devait frôler les trois mètres, secouant sa tête velue et poussant un long hurlement en direction du faux ciel. Puis il s'aperçut qu'Artemis et Holly n'étaient pas des femelles trolls et une rage féroce s'empara de son minuscule cerveau. Des gouttes de venin dégoulinèrent de ses défenses et il pointa ses serres verticalement pour frapper de bas en haut. La technique préférée des trolls pour tuer leurs proies consiste à enfoncer leurs griffes sous les côtes. Ainsi, le cœur est aussitôt transpercé et la viande n'a pas le temps de durcir.

D'autres trolls se massaient sur la petite île, avides de participer à la tuerie ou de tenter leur chance auprès d'une nouvelle femelle. Holly choisit ce moment pour agir : elle tourna brusquement l'écran et le pointa directement sur le troll le plus proche. La créature se cabra en donnant de grands coups de griffes vers la lumière abhorrée comme s'il s'agissait d'un ennemi matériel. La clarté soudaine brûla la rétine de l'animal qui recula d'un pas chancelant, bousculant ses compagnons. Plusieurs d'entre eux tombèrent dans la rivière et la panique se répandit tel un virus tout au long de la file qui attendait derrière. Les créatures réagirent au contact de l'eau comme si elles avaient reçu une giclée d'acide, refluant frénétiquement vers la rive. Le contraire d'une retraite en bon ordre. Tout ce qui se trouvait sur leur chemin était mordu ou lacéré. Des gouttes de venin et de sang volaient dans les airs et l'eau était si agitée qu'elle semblait en ébullition. Les hurlements des trolls assoiffés de sang se transformèrent en plaintes de douleur et de terreur.

« Tout cela ne peut pas être réel, pensa Artemis Fowl, abasourdi. Je dois avoir une hallucination. Peut-être suis-je tombé dans le coma après ma chute de la fenêtre de l'hôtel. » Et par le fait même que son cerveau lui fournissait cette possible explication, ses souvenirs restèrent enfermés au fin fond de sa mémoire.

– Accrochez-vous à ma ceinture, ordonna Holly en s'avançant sur le pont improvisé.

Artemis obéit aussitôt. Ce n'était pas le moment de discuter pour savoir qui commandait. D'ailleurs, si vraiment ce qui se passait sous ses yeux était réel, le capitaine Short était mieux qualifiée que lui pour affronter ces créatures.

Holly brandit l'écran de télévision comme s'il s'agissait d'un canon à laser portable, progressant pas à pas le long du pont de fortune. Artemis derrière elle s'efforçait de maintenir son équilibre sur ce sol instable. Ils sautaient d'une pierre à l'autre, vacillant comme des apprentis funambules, tandis qu'avec de grands gestes circulaires, Holly dirigeait l'écran en tous sens pour aveugler les trolls.

« Ils sont trop nombreux, pensa Artemis. Trop nombreux. Nous n'y arriverons jamais. »

Mais il n'y avait pas d'avenir dans le renoncement. Ils continuèrent donc leur traversée du pont au rythme de deux pas en avant et d'un pas en arrière.

Un grand mâle plus habile que les autres se baissa, évitant le rectangle de lumière que Holly agitait devant lui. Il tendit la main, les serres en avant, et parvint à fendre le boîtier étanche de l'écran. Holly trébucha en arrière, renversant Artemis. Tous deux perdirent l'équilibre et atterrirent brutalement dans l'eau peu profonde.

ᵃᵃᵃᵃ

Artemis sentit ses poumons se vider et prit instincti-
vement une profonde inspiration. Malheureusement
ce fut de l'eau qui entra et non de l'air. Holly maintenait ses bras en avant pour que le boîtier à présent
cassé reste au sec. Des gouttes d'eau s'insinuèrent
cependant à travers les craquelures et des étincelles
jaillirent de l'écran.

Holly se releva à grand-peine tout en dirigeant la
lumière sur le troll. Artemis la rejoignit, toussant pour
expulser l'eau de ses poumons.

– L'écran a été abîmé, dit Holly d'une voix haletante. Je ne sais pas combien de temps il va encore
fonctionner.

Artemis écarta les cheveux qui lui tombaient dans
les yeux.

– Avancez, balbutia-t-il, allez-y.

Ils pataugèrent dans le courant, contournant les
brutes qui se débattaient. Holly choisit un endroit
dégagé pour remonter sur la rive. Ce fut un soulagement de retrouver la terre ferme. L'eau, cependant,
avait été dans leur camp, d'une certaine manière,
alors que maintenant, ils se trouvaient véritablement
en territoire troll.

Les autres créatures les encerclèrent à bonne distance. Chaque fois que l'une d'elles s'approchait un
peu trop, Holly brandissait l'écran dans sa direction et
l'animal reculait aussitôt, comme piqué par un insecte.

Artemis luttait contre le froid, la fatigue, le choc subi
par son organisme. Il ressentait une douleur cuisante à
l'endroit où un troll lui avait entaillé la cheville.

– Il faut filer droit sur le temple, dit-il en claquant des dents. Et grimper sur l'échafaudage.

– OK. Tenez bon.

Holly respira profondément à plusieurs reprises et rassembla toute son énergie. Ses bras lui faisaient mal à force de tenir l'écran devant elle mais elle prenait soin de ne pas laisser la fatigue, ni la peur, transparaître sur son visage. Regardant les trolls droit dans leurs yeux rouges, elle leur montrait à quel redoutable ennemi ils avaient affaire.

– Prêt ?

– Prêt, répondit Artemis, même si ce n'était pas du tout le cas.

Holly prit une dernière inspiration puis fonça. Leurs adversaires ne s'attendaient pas à une telle tactique. Quelle créature se risquerait donc à attaquer un troll ? Devant la lumière blanche qui décrivait un arc sous leurs yeux, ils rompirent les rangs et leur affolement dura juste assez longtemps pour permettre à Holly et à Artemis de se précipiter dans la brèche.

Ils se hâtèrent de monter la pente qui menait au temple, Holly courant droit vers les trolls, sans essayer de les éviter. Momentanément aveuglés, ils donnaient en tous sens des coups désordonnés qui ne faisaient qu'aggraver leur propre confusion. Une douzaine de rixes féroces éclatèrent dans le sillage de Holly et d'Artemis après que les créatures se furent assené par erreur des coups de serres aussi tranchantes que des rasoirs. Certains, parmi les plus rusés, saisirent l'occasion pour régler de vieux comptes. Dans une réaction en chaîne, les affrontements se multiplièrent jusqu'à ce que toute la zone ne soit plus qu'un épais nuage de poussière où se tortillaient des brutes en plein combat.

Grognant, soufflant, Artemis escalada au pas de course la pente en forme de ravine, les doigts crispés sur la ceinture de Holly. La respiration du capitaine Short s'était stabilisée en un rythme rapide et régulier.

« Je ne suis pas en grande forme physique, pensa Artemis. Et cela pourrait me coûter cher. Dans l'avenir, ce n'est pas seulement mon cerveau qu'il faudra exercer. Si toutefois j'ai un avenir. »

Le temple se dessinait au-dessus d'eux. Même si c'était un modèle réduit, il faisait quand même plus de quinze mètres de hauteur. Des dizaines de colonnes identiques s'élevaient jusqu'aux nuages holographiques, supportant un toit triangulaire dont le fronton était ornementé de moulures compliquées. A leur base, les colonnes étaient striées de marques de griffes, là où les trolls les plus jeunes s'étaient réfugiés pour éviter de prendre un mauvais coup. Artemis et Holly grimpèrent la vingtaine de marches qui menaient au péristyle lui-même.

Fort heureusement, il n'y avait pas de trolls sur l'échafaudage. Les créatures étaient occupées à s'entre-tuer ou à échapper à la mort mais il ne faudrait guère plus de quelques secondes pour qu'elles se souviennent qu'il y avait des intrus sur leur territoire. De la viande fraîche. Les rares trolls qui avaient eu l'occasion de goûter à de la chair d'elfe étaient avides de renouveler l'expérience. Un seul d'entre eux avait déjà pu apprécier la chair humaine et le souvenir de sa douceur hantait chaque soir son cerveau obtus.

Ce fut précisément ce troll qui s'arracha de la rivière et regagna la berge, sa fourrure trempée augmentant son poids d'une bonne dizaine de kilos. D'un geste négligent, il donna une gifle à un jeune qui s'était approché d'un peu trop près et renifla l'air environnant. Il décela aussitôt une nouvelle odeur. Une odeur qu'il avait sentie lors d'un bref séjour sous la lune. Une odeur d'homme. Ce simple fumet lui fit venir l'eau à la bouche et il se rua vers le temple. Bientôt, une bande de fauves affamés accourut à toutes jambes.

– Nous sommes de nouveau au menu, remarqua Holly lorsqu'elle eut atteint l'échafaudage.

Artemis lâcha la ceinture du capitaine des FAR. Il aurait volontiers répondu, mais ses poumons étaient à court d'oxygène. Penché en avant, les poings sur les genoux, il aspira de grandes bouffées d'air.

Holly le prit par le coude.

– Nous n'avons pas le temps, Artemis. Il faut monter là-haut.

– Après vous, répondit-il autant que son souffle le lui permettait.

Il savait que son père ne s'enfuirait jamais en laissant derrière lui une dame en détresse.

– Ce n'est pas le moment de discuter, trancha Holly qui tenait toujours Artemis par le coude et le poussa vigoureusement. Montez vers le soleil. Je vais nous faire gagner quelques secondes grâce à l'écran. Allez-y.

⊕⬡⬢·⬡⎵⬚⬛⬡⬤⬙)·⬗)⎵⬙ ⬖·⬗⬖·⬤⬙⎵⬙

Artemis regarda Holly dans les yeux pour la remercier. Ils étaient ronds, couleur noisette et... vaguement familiers ? Des souvenirs luttaient pour se libérer de leurs entraves, comme s'ils avaient tapé aux murs d'une cellule.

– Holly ? dit-il.

Elle le fit tourner face à l'échafaudage et la magie de l'instant se volatilisa.

– Montez. Vous perdez du temps.

Artemis remit en mouvement ses membres fourbus, s'efforçant de coordonner ses gestes. Poser le pied, saisir un échelon, se hisser. Ce ne devrait pas être trop difficile. Il avait déjà escaladé des échelles. *Une* échelle en tout cas. Il en était sûr.

Les tubes de l'échafaudage étaient recouverts de caoutchouc pour assurer une meilleure prise aux grimpeurs, et séparés par des intervalles de quarante centimètres exactement, la distance la plus commode pour qu'une fée puisse monter à son aise. Coïncidence, c'était aussi la distance la plus commode pour un humain de quatorze ans. Artemis entreprit son escalade et ressentit une tension dans les bras avant d'avoir atteint le sixième échelon. Il était encore trop tôt pour se sentir fatigué. Il restait une grande distance à parcourir.

– Venez, capitaine, dit-il d'une voix haletante en jetant un coup d'œil par-dessus son épaule. Montez.

– Pas encore, répondit Holly.

Le dos tourné à l'échafaudage, elle essayait de discerner un comportement commun dans la façon dont les bandes de trolls approchaient.

꒦• ꒰• ꒚ꂵꀿꂵꁝ• ꒲ꂌ• ꒚ꂵꀿꂵ• ꒦ꂵꂌꂊꂍꂍꂤꀿꂍ

Le centre de police avait organisé un stage de formation sur les attaques de trolls. Mais c'était dans le cas d'un combat singulier. Au grand embarras de Holly, l'instructeur s'était servi d'un enregistrement vidéo de son propre face-à-face avec un troll en Italie, plus de deux ans auparavant. « Regardez bien, avait-il dit en figeant sur l'écran l'image de Holly qu'il tapotait avec une baguette télescopique, voici un exemple classique de ce qu'il ne faut pas faire. »

Dans le cas présent, le scénario était complètement différent. Ils n'avaient jamais été préparés à subir l'attaque de toute une horde de trolls dans leur propre habitat. « Personne, avait déclaré leur instructeur, ne serait assez sot pour se mettre dans une telle situation. »

Deux groupes convergeaient droit sur elle. Celui qui arrivait de la rivière était mené par un véritable monstre dont les défenses ruisselaient de venin anesthésique. Holly savait que si une seule goutte de ce venin pénétrait sous sa peau, elle sombrerait dans une stupeur euphorique. Et même si elle échappait aux griffes des trolls, le poison finirait par la paralyser.

Le deuxième groupe venait de la corniche située à l'ouest. Il était essentiellement composé de jeunes et de retardataires. Il y avait quelques femelles au milieu du temple lui-même mais elles profitaient du remue-ménage pour manger la viande qui restait sur des carcasses abandonnées.

Holly régla la luminosité de l'écran au plus bas. Il lui faudrait calculer son coup avec une très grande précision pour obtenir le meilleur effet. C'était sa dernière chance car, une fois son escalade commencée, elle ne pourrait plus viser.

Les trolls montèrent quatre à quatre les marches du temple, se bousculant pour occuper la première place. Les deux groupes approchaient à angle droit et fonçaient directement sur Holly. Leurs chefs s'élancèrent dans un grand bond pour être les premiers à mordre la proie. Leurs lèvres retroussées découvraient des rangées de dents carnassières et leur regard était entièrement concentré sur la cible. Ce fut à ce moment que Holly passa à l'action. Elle déclencha soudain la luminosité maximum de l'écran et brûla la rétine des deux bêtes sauvages au moment où elles étaient encore en l'air. Avec des hurlements perçants, elles donnèrent de grands coups dans le vide pour essayer de repousser la lumière haïe et s'écrasèrent sur le sol dans une mêlée de bras, de griffes, de défenses et de dents. Chacun des trolls croyait être attaqué par une bande rivale et en quelques secondes, il régna au pied de l'échafaudage un véritable chaos de violence primitive.

Holly profita pleinement de la confusion, escaladant en souplesse les trois premiers échelons de la structure métallique. Elle avait fixé l'écran à sa ceinture en le dirigeant vers le bas pour protéger ses arrières. Pas très efficace mais mieux que rien.

En quelques instants, elle rattrapa Artemis. Le jeune humain avait le souffle rauque et progressait avec lenteur. Du sang coulait de sa blessure à la cheville. Holly aurait pu facilement le dépasser mais elle préféra s'accrocher d'un bras à un tube de l'échafaudage et regarder où en étaient les trolls. Bien lui en prit. Un jeune mâle relativement petit grimpait le long de l'échafaudage avec l'agilité d'un gorille de montagne. Ses défenses n'avaient pas encore atteint la taille adulte et dépassaient à peine de ses lèvres mais elles étaient pointues et des gouttes de venin apparaissaient à leurs extrémités. Holly tourna l'écran vers lui et il lâcha prise pour protéger ses yeux brûlés. Un elfe aurait eu l'intelligence de se tenir d'une main et de se couvrir les yeux de l'autre bras, mais les trolls ne se situent guère au-dessus des vers gluants sur l'échelle du quotient intellectuel et n'agissent que par instinct.

Le petit troll bascula en arrière et retomba par terre, atterrissant sur le tapis à poils longs que formait la mêlée de ses congénères enchevêtrés au pied de l'échafaudage. Il fut aussitôt englouti dans la bagarre et Holly reprit son escalade, l'écran accroché à sa ceinture lui cognant les reins au rythme de ses mouvements. Artemis continuait d'avancer lentement, douloureusement, et en moins d'une minute, elle fut à sa hauteur.

– Ça va, vous vous en sortez ?

Artemis acquiesça d'un signe de tête, les lèvres serrées. Mais ses yeux grands ouverts avaient une expression proche de la panique. Holly avait déjà vu ce regard, chez des officiers des FAR soumis au stress du combat. Elle devait mettre le Bonhomme de Boue en sûreté avant qu'il ne perde la raison.

– Allez, Artemis, plus que quelques échelons. On va y arriver.

꧁ꖦꞆꝚ꧂ · ꝞꝛꝘ · ꞈꝚ · ꝗꝘꝛꝞ · Ꝙꝛ

Artemis ferma les yeux pendant cinq secondes, respirant profondément par le nez. Lorsqu'il les rouvrit, ils brillaient d'une résolution nouvelle.

– Très bien, capitaine. Je suis prêt.

Il tendit la main pour attraper le tube au-dessus de lui et s'éleva de quarante centimètres, se rapprochant du salut. Holly le suivait en le pressant comme un sergent à l'exercice.

Il leur fallut encore une minute pour atteindre le toit. Les trolls se rappelèrent alors qu'ils s'étaient lancés à leur poursuite et entreprirent à leur tour d'escalader l'échafaudage. Holly hissa Artemis sur le toit en pente et tous deux se hâtèrent de le gravir à quatre pattes, en direction du sommet. Le plâtre qui le constituait était blanc et lisse ; dans la faible lumière, ils eurent l'impression de traverser un champ de neige.

Artemis s'arrêta. Cette vision avait éveillé en lui un vague souvenir.

– De la neige, dit-il d'une voix hésitante. Je me rappelle quelque chose...

Holly l'attrapa par l'épaule et le fit avancer.

– Oui, Artemis. L'Arctique, vous vous souvenez ? Plus tard, nous aurons tout le temps d'en discuter quand il n'y aura plus de trolls pour essayer de nous dévorer.

Cette remarque ramena brusquement Artemis au moment présent.

– D'accord. Excellente tactique.

La pente du toit suivait une inclinaison de quarante degrés jusqu'à la sphère de cristal qui représentait le

$\text{᠕ᢀᢁᢀᢁᢀᢁᢀᢁᢀᢁ} \cdot \text{᠕ᢀᢁᢀᢁᢀᢁ} \cdot \text{᠕ᢀ} \cdot \text{᠕ᢀᢁᢀᢁᢀᢁ}$

soleil. Ils rampèrent l'un derrière l'autre aussi vite que le permettaient les membres fourbus d'Artemis. Une traînée de sang irrégulière marquait leur passage sur le plâtre blanc. L'échafaudage tremblait et cognait contre le toit tandis que les trolls se rapprochaient.

Parvenue au sommet, Holly s'assit à califourchon sur la ligne de faîte, la main tendue vers le soleil de cristal. Elle sentit sous ses doigts une surface dépourvue de toute aspérité.

– Nom de nom ! jura-t-elle. Je n'arrive pas à trouver la prise d'alimentation. Il devrait y avoir une entrée externe.

Artemis se glissa de l'autre côté. L'altitude ne lui avait jamais fait peur mais il s'efforçait malgré tout de ne pas regarder en bas. Même si l'on n'est pas sujet au vertige, il y a de quoi s'inquiéter lorsqu'on se trouve à quinze mètres de hauteur avec une bande de trolls affamés aux trousses. Il s'étira de tout son long, tâtant le globe du bout des doigts et son index découvrit alors une petite encoche.

– J'ai trouvé quelque chose, annonça-t-il.

Holly se précipita à côté de lui, examinant l'ouverture.

– Parfait, dit-elle. Une prise d'alimentation externe. Toutes les batteries ont un système de connexion universel, celles des menottes devraient donc s'adapter sans difficulté.

Elle tira de sa poche les deux paires de menottes et ôta le cache des batteries. Celles-ci avaient à peu près la taille d'une carte de crédit et brillaient d'une lumière bleue sur toute leur longueur.

Holly se dressa sur le faîte, tranchant comme un rasoir, et se tint habilement en équilibre sur la pointe des pieds. A présent, les créatures grouillaient au bord du toit, avançant comme les chiens de l'enfer. La blancheur de neige se recouvrait peu à peu de fourrure noire, marron, rousse. Les hurlements et la pestilence des trolls les précédaient pendant qu'ils se rapprochaient de Holly et d'Artemis.

Holly attendit qu'ils aient pris pied au bord du toit, puis glissa les batteries dans la fente du globe de cristal. Le faux soleil se mit à bourdonner, à vibrer. Enfin, il lança un éclair, tel un mur de lumière aveuglante. Pendant un instant, le temple et ses alentours s'illuminèrent d'une clarté blanche, éclatante, mais bientôt, le globe s'éteignit à nouveau dans un sifflement aigu semblable à une plainte.

Les trolls roulèrent sur eux-mêmes comme des boules sur un billard en pente. Certains tombèrent du toit, mais la plupart se regroupèrent sur le bord où ils restèrent allongés, gémissant et se griffant la figure.

Artemis ferma les yeux pour s'habituer plus vite au retour de l'obscurité.

– J'espérais que les batteries alimenteraient le soleil plus longtemps. Nous avons fourni beaucoup d'efforts pour un trop bref répit.

Holly retira les batteries déchargées et les jeta à côté d'elle.

– J'imagine qu'un globe de cette taille nécessite une grande quantité d'énergie.

Artemis cligna des yeux puis s'installa confortablement sur le toit, les bras autour des genoux.

– Nous avons quand même gagné un peu de temps. Il faut parfois jusqu'à quinze minutes pour qu'une créature nocturne retrouve le sens de l'orientation après avoir été exposée à une lumière brillante.

Holly vint s'asseoir à côté de lui.

– Fascinant. Vous êtes devenu très calme tout d'un coup.

– Je n'ai pas le choix, répondit simplement Artemis. J'ai analysé la situation et j'en ai conclu que nous n'avons aucun moyen de nous échapper. Nous nous trouvons au sommet d'une maquette ridicule représentant le temple d'Artémis, entourés de trolls momentanément aveuglés. Dès qu'ils auront recouvré la vue, ils se précipiteront sur nous et nous dévoreront. Il nous reste peut-être un quart d'heure à vivre et je n'ai pas l'intention de le passer en gesticulations hystériques pour le simple amusement d'Opale Koboï.

Holly leva les yeux, cherchant les caméras installées sous le dôme. Une douzaine au moins de lumières rouges révélatrices clignotaient dans l'obscurité. Opale pourrait contempler sa vengeance sous tous les angles.

Artemis avait raison. Opale serait folle de joie si elle les voyait s'effondrer devant les caméras. Plus tard, elle se repasserait sans doute la vidéo pour se distraire un peu lorsque la charge de princesse du monde lui deviendrait trop pesante.

Holly reprit les batteries vides et, d'un grand geste du bras, les envoya glisser à l'autre bout du toit. Elle eut alors l'impression que tout était perdu mais elle se sentait plus contrariée qu'effrayée. Le dernier ordre que Julius lui avait donné était de sauver Artemis et elle n'avait même pas été capable de l'exécuter.

– Je suis désolée que vous ne vous souveniez pas de Julius, dit-elle. Vous vous disputiez souvent tous les deux et pourtant, derrière les apparences, il vous admirait. Mais celui qu'il aimait vraiment, c'était Butler. Ils étaient sur la même longueur d'onde, tous les deux. Deux vieux soldats.

Plus loin, au bord du toit, les trolls se regroupaient, clignant des yeux pour chasser les étoiles qui leur obscurcissaient la vue.

Artemis épousseta son pantalon du plat de la main.

– Je me souviens, Holly. Je me souviens de tout. Surtout de vous. C'est un grand réconfort de vous avoir à côté de moi.

Holly fut surprise – troublée, même. Plus par le ton d'Artemis que par ce qu'il avait dit, bien que cela aussi fût étonnant. Elle ne l'avait jamais entendu si chaleureux, si sincère. D'habitude, il avait du mal à manifester des sentiments et quand il s'y essayait, c'était toujours avec maladresse. La façon dont il venait de parler ne lui ressemblait pas du tout.

– C'est très gentil à vous, Artemis, répondit-elle après un moment de réflexion. Mais vous n'êtes pas obligé de faire semblant pour m'être agréable.

Artemis parut perplexe.

– Comment avez-vous deviné ? J'avais cru exprimer des émotions d'une manière parfaite.

꙰ꙮ•ꙴꙶꙺꙸ ꙮ•⬚ꙶꙵꙸꙴꙶ•꙰ꙺꙶꙴ•ꙶꙵꙶꙺ꙰꙲

Holly regarda les trolls massés devant eux. Ils avançaient prudemment le long de la pente, la tête baissée au cas où il y aurait un nouvel éclair lumineux.

– Justement, personne ne peut être aussi parfait. C'est pour ça que je m'en suis rendu compte.

Les trolls accéléraient le pas, à présent, balançant leurs bras hirsutes pour augmenter leur élan. A mesure qu'ils reprenaient confiance, leurs voix étaient plus assurées. Leurs hurlements s'élevaient sous le dôme, résonnant contre la structure métallique. Artemis ramena ses genoux contre son menton. La fin. Tout était terminé. Inconcevable de mourir ainsi, alors qu'il restait encore tant de choses à accomplir.

Il avait du mal à se concentrer avec ces hurlements. L'odeur n'aidait pas non plus.

Holly le saisit par l'épaule.

– Fermez les yeux, Artemis. Vous ne sentirez rien.

Mais Artemis ne ferma pas les yeux. Il leva plutôt son regard. Vers la surface de la Terre où ses parents attendaient de ses nouvelles. Des parents qui n'avaient jamais eu l'occasion d'être véritablement fiers de lui.

Il ouvrit la bouche pour murmurer un adieu mais ce qu'il vit au-dessus de sa tête étouffa les mots dans sa gorge.

– Voilà bien la preuve qu'il s'agit d'une hallucination, dit-il.

Holly leva les yeux à son tour. Un panneau du dôme avait été enlevé et une corde descendait vers le toit du temple. Accroché à l'extrémité de la corde, un arrière-train exceptionnellement velu se balançait.

– Incroyable ! s'exclama Holly en se relevant d'un bond. Tu en as mis du temps pour arriver jusqu'ici !

On aurait dit qu'elle s'adressait directement au postérieur. Encore plus stupéfiant, le postérieur sembla lui répondre :

– Moi aussi, je suis content de vous revoir, Holly. Et maintenant, fermez bien tout ce qui s'ouvre parce que les trolls ne vont pas en croire leurs narines.

Pendant un instant, le visage de Holly resta interdit, puis lorsqu'elle comprit enfin, ses yeux s'écarquillèrent et le sang reflua de ses joues. Elle attrapa alors Artemis par les épaules.

– Couchez-vous à plat ventre, les mains sur les oreilles. Fermez les yeux et la bouche. Et quoi qu'il arrive, retenez votre souffle.

Artemis s'allongea sur le toit.

– Dites-moi quand même qu'il y a une créature de l'autre côté de ce postérieur.

– En effet, confirma Holly. Mais c'est le postérieur que nous devons redouter.

En cet instant, les trolls n'étaient plus qu'à quelques mètres d'eux. Suffisamment proches pour qu'on puisse voir le rouge de leurs yeux et la saleté qui s'était accumulée dans chacune de leurs dreadlocks au cours des années.

Au-dessus, Mulch Diggums (car, bien sûr, c'était lui) laissa échapper un faible vent, juste suffisant pour le faire tourner doucement au bout de sa corde. Ce mouvement circulaire était nécessaire pour assurer une bonne répartition du gaz qu'il s'apprêtait à lâcher.

Lorsqu'il eut accompli trois révolutions, il se concentra et expulsa intégralement les flatulences accumulées dans son ventre ballonné.

Étant par nature des créatures souterraines, les trolls se repèrent autant par l'odorat que par leur vision nocturne. Un troll aveugle peut survivre des années en trouvant eau et nourriture grâce à son seul flair.

Les gaz recyclés que Mulch avait brusquement évacués envoyèrent un bon million de messages olfactifs contradictoires dans le cerveau de chacun des trolls. L'odeur fut pestilentielle et la force du vent suffisante pour rejeter en arrière les dreadlocks des créatures mais surtout, la combinaison des effluves à l'intérieur du gaz de nain – mélange d'argile, d'éléments végétaux, d'insectes digérés et de tout ce que Mulch avait mangé depuis plusieurs jours – provoqua un court-circuit dans le système nerveux des trolls. Ils tombèrent à genoux, serrant leur pauvre tête douloureuse entre leurs mains griffues. L'un d'eux était si proche d'Artemis et de Holly qu'il avait appuyé son avant bras couvert de poils sur le dos du capitaine des FAR.

Holly se tortilla pour se dégager.

– Allons-y, dit-elle en aidant Artemis à se relever. L'effet du gaz ne sera pas plus long que celui de la lumière.

Au-dessus d'eux, Mulch tournait de moins en moins vite.

– Je vous remercie, dit-il en saluant comme un acteur, un exercice malaisé quand on est suspendu dans les airs.

〰️)⏰⎏·🦋〜·⊙〰️ 〜·🐚)·🅱🔯🔷·∞🦪·〜🐚)🔷

Le nain remonta rapidement à la corde, s'agrippant de ses doigts et de ses orteils, puis l'abaissa pour la mettre à la portée d'Artemis et de Holly.

– Accrochez-vous, lança-t-il. Vite.

Sceptique, Artemis tira sur la corde pour en éprouver la solidité.

– Cette étrange créature est bien trop petite pour nous hisser tous les deux jusque là-haut.

Holly glissa le pied dans une boucle, à l'extrémité de la corde.

– Exact, mais il n'est pas seul.

Les yeux plissés, Artemis regarda l'endroit où le panneau avait été enlevé. Une autre silhouette apparut, les traits plongés dans l'ombre, mais on ne pouvait s'y tromper.

– Butler ! s'exclama-t-il avec un sourire. Vous êtes là.

Et soudain, en dépit de tout, il se sentit en totale sécurité.

– Dépêchez-vous, Artemis, lui cria son garde du corps. Nous n'avons pas une seconde à perdre.

Passant à son tour le pied dans la boucle, Artemis s'accrocha à la corde, à côté de Holly, et Butler se hâta de les tirer vers lui, à l'écart du danger.

– Et voilà, dit Holly, son visage à quelques centimètres de celui d'Artemis, nous avons survécu. Cela signifie-t-il que nous sommes amis désormais ? Liés par le même traumatisme ?

Artemis fronça les sourcils. Amis ? Y avait-il place dans sa vie pour l'amitié ? Mais peut-être, cette fois encore, n'avait-il pas le choix ?

ᘓᔕᗯᗱ·ᑋᘘᗝᗄᗰ·ᗱ·ᘓᘘᗄᗝᗝᗗᗷᘘᗝᗄᗰ·ᗰᘓᘓᗰᗱᗱ

– Oui, répondit-il. Mais je n'ai pas beaucoup d'expérience dans ce domaine, il faudra que j'étudie la question.

Holly leva les yeux d'un air effaré.

– L'amitié n'est pas une science, Bonhomme de Boue. Oubliez donc un peu votre gros cerveau pendant une minute et faites ce que vous sentez.

Artemis n'arrivait pas à croire ce qu'il s'apprêtait à dire. L'exaltation qu'il éprouvait maintenant qu'il avait la vie sauve devait affecter son jugement.

– Je sens que je ne devrais pas demander d'argent pour aider une amie. Gardez votre or. Il faut arrêter Opale Koboï.

Pour la première fois depuis la mort du commandant, Holly eut un sourire sincèrement chaleureux, où perçait cependant une résolution implacable.

– Avec nous quatre à ses trousses, elle n'a pas la moindre chance, dit-elle.

CHAPITRE VIII

UN PEU D'INTELLIGENCE DANS LA CONVERSATION

Mulch avait laissé la navette volée à la porte du parc d'attractions. Butler n'avait eu aucun mal à neutraliser les caméras de surveillance et à enlever un panneau déjà à moitié pourri dans le toit du dôme afin de mener à bien le sauvetage.

Lorsqu'ils eurent tous pris place à bord de la navette, Holly alluma les moteurs et procéda à une vérification des systèmes.

– Qu'est-ce que tu as fabriqué, Mulch? demanda-t-elle, stupéfaite en regardant les données s'afficher sur l'écran. L'ordinateur dit que tu as fait tout ce chemin en première sans jamais changer de vitesse.

– Il y a un changement de vitesses? s'étonna le nain. Je croyais que ce tas de ferraille était automatique.

– Certains pilotes préfèrent les boîtes manuelles. Je sais, c'est vieux jeu, mais on contrôle mieux dans les virages. Et puis, tu n'avais pas besoin de recourir aux gaz, sur ta corde. Il y a tout un tas de grenades paralysantes dans le compartiment des armes.

⬚⟩⟨⚡⟨◈β⟨·⋃⟩|◎⚡⟨◆···✦◎β·⟨⟩◌·⊕♌⟩⟨

– Il y a aussi des armes ? Un changement de vitesses et des armes. Si j'avais pu me douter.

Butler était en train d'ausculter Artemis pour vérifier son état physique.

– Vous avez l'air en bonne santé, dit-il en posant sur sa poitrine une main massive. Je vois que Holly a guéri vos côtes cassées.

Artemis était un peu étourdi. Maintenant qu'il ne courait plus de danger immédiat, les événements de la journée lui revenaient en tête. Combien de fois était-il possible de tromper la mort en vingt-quatre heures ? Ses chances de survie devaient sûrement diminuer.

– Dites-moi, Butler, murmura-t-il pour que les autres ne puissent pas l'entendre, tout cela est-il réel ? Ou bien est-ce une hallucination ?

Au moment même où il prononçait ces mots, Artemis se rendit compte que sa question était absurde. S'il s'agissait d'une hallucination, alors Butler aussi n'était qu'un rêve.

– J'ai refusé de l'or, poursuivit Artemis, qui n'arrivait toujours pas à admettre l'idée de s'être montré si chevaleresque. *Moi*, j'ai refusé de l'or.

Butler sourit, d'un sourire qui était beaucoup plus celui d'un ami que d'un garde du corps.

– Je n'en suis pas surpris le moins du monde. Vous deveniez de plus en plus charitable avant l'effacement de mémoire.

Artemis fronça les sourcils.

– Bien sûr, c'est ce que vous diriez si vous faisiez partie de l'hallucination.

Mulch tendait l'oreille pour écouter la conversation et il ne put s'empêcher d'intervenir :

– Vous n'avez donc pas senti ce que j'ai envoyé à ces trolls ? Vous croyez qu'on peut avoir une telle hallucination, Bonhomme de Boue ?

Holly augmenta le régime des moteurs.

– Tenez-vous bien, derrière, lança-t-elle par-dessus son épaule. Il est temps d'y aller. Les détecteurs ont capté des mouvements de navettes dans les conduits locaux. Les autorités nous recherchent. Il faut que nous sortions des endroits répertoriés.

Holly caressa la manette des gaz et la navette s'éleva du sol en douceur. Si l'engin n'avait pas été pourvu de hublots, les passagers n'auraient même pas remarqué qu'ils venaient de décoller.

Butler donna un coup de coude à Mulch.

– Vous avez vu ça ? Voilà ce qu'on appelle un décollage. J'espère que vous allez en prendre de la graine.

Le nain parut outré.

– Que faut-il donc que je fasse pour avoir droit à un peu de respect ? Vous êtes tous vivants grâce à moi et, en échange, je n'obtiens que des insultes.

Butler éclata de rire.

– D'accord, petit bonhomme, je m'excuse. Nous vous devons la vie et moi, je ne l'oublierai jamais.

Artemis suivit cet échange avec curiosité.

– J'en conclus que vous vous souvenez de tout, Butler. Si j'accepte de considérer cette situation comme réelle, cela signifie que votre mémoire a été réactivée. Est-ce que j'aurais laissé quelque chose derrière moi ?

Butler sortit le disque laser de sa poche.

– Oh, oui, Artemis. Il y avait sur ce disque un message qui m'était destiné. Et vous vous êtes également adressé un message à vous-même.

Artemis prit le disque.

– Enfin un peu d'intelligence dans la conversation, dit-il.

Artemis trouva à l'arrière de la navette des toilettes exiguës qui ne devaient être utilisées qu'en cas d'urgence. Le siège était constitué d'une matière spongieuse dont Mulch lui avait assuré qu'elle broyait tout ce qui la traversait. Artemis n'estimait pas opportun de tester ce filtre et préféra s'asseoir sur un petit rebord, à côté d'un hublot.

Un écran à plasma était fixé à la paroi, sans doute pour se distraire pendant le temps qu'on passait là. Il lui suffisait de glisser le disque dans le lecteur, au-dessous de l'écran, et ses souvenirs du monde des fées lui seraient rendus. Un monde entièrement nouveau. Un monde ancien.

Artemis fit tourner le disque entre le pouce et l'index. S'il l'introduisait dans la machine, cela signifierait qu'une part de lui-même acceptait l'idée que tout ce qu'il voyait était bel et bien réel. Peut-être serait-il alors plongé plus profondément dans une sorte de crise psychotique. Mais ne pas regarder le contenu du disque pouvait condamner la planète à une guerre interespèces. Le monde des humains et celui des fées entreraient en conflit.

273

« Que ferait mon père ? » se demanda Artemis.

Et il mit le disque dans le lecteur.

Deux fichiers apparurent, marqués par des images animées en trois dimensions, ajoutées de toute évidence par le système informatique des fées. Tous deux portaient un nom en anglais et un autre en langage féerique. Artemis sélectionna son propre fichier en appuyant sur le film transparent qui recouvrait l'écran. Le nom du fichier s'éclaira d'une couleur orange puis s'ouvrit. Artemis se vit alors lui-même, assis à la table de son bureau, dans le manoir des Fowl.

– Bonjour, dit l'Artemis de l'écran. Il est sûrement très agréable pour toi de me voir. Ce sera sans aucun doute la première conversation intelligente que tu auras eue depuis un certain temps.

Le vrai Artemis eut un sourire.

– En effet, répondit-il.

– Je me suis arrêté une seconde, poursuivit l'image, pour te donner la possibilité de répondre, ainsi le terme de conversation sera justifié. Ensuite, je ne m'interromprai plus, car le temps est limité. Le capitaine Holly Short se trouve au rez-de-chaussée. Juliet est chargée de la distraire mais elle ne va sans doute pas tarder à monter pour voir ce que je fais. Nous allons partir tout à l'heure à Chicago pour nous occuper de Mr Jon Spiro qui m'a volé quelque chose. En échange de l'assistance des fées dans cette opération, j'ai dû accepter de subir un effacement de mémoire. Tous mes souvenirs du Peuple seront à jamais détruits, à moins de laisser à celui que je serai devenu dans l'avenir un message destiné à faire revivre le passé. Ce message, le voici. Les images qui suivent contiennent les détails précis des actions que j'ai menées avec le Peuple des fées. J'espère que ces informations ranimeront des cellules cérébrales qui permettront de retrouver le chemin de ces souvenirs.

Artemis se frotta le front. Des éclairs vagues, mystérieux, persistaient dans son esprit. Son cerveau lui semblait prêt à retracer ce chemin. Ce qu'il lui fallait, c'était le stimulus adéquat.

– En conclusion, poursuivit l'Artemis de l'écran, je voudrais te souhaiter, c'est-à-dire me souhaiter à moi-même, bonne chance. Et bon retour dans ma mémoire.

Pendant l'heure qui suivit, des visions confuses défilèrent. Des images surgissaient de l'écran, emplissant des espaces vides dans le cerveau d'Artemis. Dès qu'il l'avait assimilé, chaque souvenir lui paraissait logique.

« Bien sûr, pensa-t-il. Tout s'explique. Je portais des lentilles de contact réfléchissantes pour pouvoir mentir aux fées et leur cacher l'existence de ce journal. J'ai falsifié le mandat de perquisition de Mulch Diggums pour qu'il puisse me rapporter le disque. Butler paraît plus âgé parce qu'il l'est. La guérison des fées, à Londres, lui a sauvé la vie, mais elle l'a vieilli de quinze ans. »

Ce n'étaient pas toujours des souvenirs glorieux. « J'ai kidnappé le capitaine Short. J'ai emprisonné Holly. Comment ai-je pu commettre une chose pareille ? »

Il ne pouvait plus nier la réalité. Tout était vrai. Ce n'était pas une hallucination. Les fées existaient bel et bien et sa vie avait été liée à la leur pendant plus de deux ans. D'innombrables images jaillirent alors dans sa conscience, rétablissant les circuits électriques de son cerveau. Elles se succédaient comme des éclairs, dans un mélange confus de couleurs qu'il voyait défiler avec émerveillement. Un esprit moins puissant que le sien en serait sorti totalement épuisé mais le jeune Irlandais se sentit au contraire stimulé.

« Je sais tout, à présent, pensa-t-il. J'ai déjà vaincu Koboï une fois et je vais recommencer. » Cette détermination fut cependant nuancée de tristesse. « Le commandant Root est mort. Elle l'a enlevé à son Peuple. »

Artemis connaissait la nouvelle depuis un certain temps mais c'était seulement maintenant qu'elle prenait tout son sens.

Une autre pensée lui vint en tête, plus insistante que tout le reste. Elle déferla en lui comme un raz de marée.

« J'ai donc des amis ? songea Artemis Fowl II. J'ai des amis... »

Lorsqu'il sortit des toilettes, Artemis n'était plus le même. Physiquement, il était toujours meurtri, couvert de bleus, exténué, mais intérieurement, il se sentait prêt à affronter tout ce qui l'attendait. Si un spécialiste du langage du corps l'avait observé en cet instant, il aurait remarqué ses épaules détendues, ses paumes ouvertes, et en aurait conclu que le personnage auquel il avait affaire était (psychologiquement parlant) plus ouvert, plus digne de confiance, que celui qui était entré dans ces toilettes une heure auparavant.

La navette était garée dans un conduit secondaire, à l'écart des sentiers battus, et ses occupants assis à la table du carré des officiers. Ils avaient trouvé quelques rations alimentaires des FAR qu'ils s'étaient empressés de dévorer, le plus gros tas d'emballages vides se trouvant devant Mulch Diggums.

Mulch lança un coup d'œil à Artemis et remarqua aussitôt le changement qui s'était opéré en lui.

– Il était temps que vous remettiez un peu d'ordre dans votre tête, grogna le nain en se levant de sa chaise à grand-peine. J'ai besoin de ces toilettes de toute urgence.

– Moi aussi, je suis ravi de vous revoir, répondit Artemis qui s'écarta pour laisser passer Mulch.

Holly s'immobilisa au moment où elle s'apprêtait à boire un berlingot de jus de fruits.

– Vous vous souvenez de lui ?

Artemis sourit.

– Bien sûr, Holly. Il y a plus de deux ans qu'on se connaît.

Holly bondit de sa chaise et le prit par les épaules.

– Artemis, ça fait plaisir de vous retrouver. Tel qu'en vous-même. Les dieux savent à quel point nous avons besoin d'Artemis Fowl en cette période.

– Eh bien, il est là, prêt à l'action, capitaine.

– Vous vous rappelez vraiment tout ?

– Oui. Et d'abord, je vous présente mes excuses pour cette histoire d'honoraires de consultant. C'était très mal élevé de ma part. Pardonnez-moi, s'il vous plaît.

– Mais qu'est-ce qui a bien pu ramener vos souvenirs ? demanda l'elfe. Ne me dites pas qu'un simple passage aux toilettes vous a rendu la mémoire ?

– Non, ce n'est pas exactement ça.

Artemis lui montra le disque laser.

– J'avais confié ceci à Mulch. C'est mon journal vidéo. Il devait me le rendre à sa sortie de prison.

Holly hocha la tête.

– Ce n'est pas possible. Mulch a été fouillé par des experts. La seule chose que vous lui ayez donnée, c'était ce médaillon en or.

Artemis tourna le disque pour que la lumière s'y reflète.

– Bien sûr, grogna Holly en se frappant le front. Vous avez fait passer ce disque pour le médaillon. Très habile.

Artemis haussa les épaules.

– Génial, en fait. Avec le recul, ça paraît simplement habile mais à l'origine, c'était une idée de génie.

Holly pencha la tête de côté.

– De génie. Bien entendu. Croyez-moi ou pas, mais ce sourire arrogant me manquait.

Artemis prit une profonde inspiration.

– Je suis vraiment désolé de ce qui est arrivé à Julius. Je sais que nos relations étaient orageuses mais je n'avais pour le commandant que respect et admiration.

Holly s'essuya les yeux d'un revers de main. Elle ne

répondit pas, se contentant d'acquiescer d'un signe de tête. Si Artemis avait eu besoin d'une raison supplémentaire de se lancer sur les traces d'Opale Koboï, il lui aurait suffi de voir l'elfe si bouleversée.

Butler avala le contenu d'une ration en une seule bouchée.

– Maintenant que nous nous sommes tous retrouvés, nous devrions essayer de localiser Opale Koboï. Le monde est vaste.

Artemis eut un geste dédaigneux de la main.

– Inutile. Je sais exactement où se trouve notre prétendue meurtrière. Comme tous les mégalomanes, elle a une tendance à la vantardise.

Il s'approcha d'un clavier d'ordinateur en plastique fixé à une paroi de la navette et afficha une carte de l'Europe.

– Je vois que vous avez récupéré vos notions de gnomique, lança Holly d'un air pincé.

– Bien sûr, répondit Artemis en agrandissant une partie de la carte. Et Opale a révélé sur ses projets plus de choses qu'elle ne croyait. Elle a laissé échapper deux mots, bien qu'un seul eût été suffisant. Elle a dit que son nom humain serait Belinda Zito. Or, quand on veut amener les humains à découvrir le Peuple des fées, quel meilleur moyen que de se faire adopter par le milliardaire écologiste bien connu Giovanni Zito?

Holly vint le rejoindre devant l'écran.

– Et où peut-on trouver Mr Zito?

Artemis appuya sur quelques touches et zooma sur la Sicile.

– Dans son Ranch de la Terre, mondialement célèbre. Ici, dans la province de Messine, répondit-il.

La tête de Mulch apparut à l'entrée des toilettes, le reste de sa personne restant fort heureusement caché derrière la porte entrebâillée.

– Est-ce que j'ai bien entendu ? Vous avez parlé d'un Homme de Boue nommé Zito ?

Holly se tourna vers le nain puis continua à tourner sur sa lancée :

– Oui, et alors ? Mais d'abord, pour l'amour du ciel, ferme cette porte.

Mulch tira la porte vers lui, ne laissant plus qu'un interstice.

– J'étais en train de regarder la télévision, comme vous. Et il y a un certain Zito qui parle sur CNN. Vous pensez que ce pourrait être le même ?

Holly attrapa une télécommande sur la table.

– J'espère vraiment que non, dit-elle. Mais je mettrais ma tête à couper que c'est bien lui.

Un groupe d'humains apparut sur l'écran. Ils étaient réunis dans ce qui paraissait un laboratoire préfabriqué, chacun vêtu d'une blouse blanche. L'un d'eux s'était détaché des autres. Il avait la quarantaine, le teint bronzé, une forte carrure, des traits séduisants, et de longs cheveux bruns qui tombaient en boucles par-dessus son col. Il portait des lunettes sans monture et une blouse de laboratoire. Une chemise Versace à rayures dépassait de ses revers blancs.

– Giovanni Zito, annonça Artemis.

– C'est vraiment incroyable, expliquait Zito à un

journaliste en parlant anglais avec un léger accent. Nous avons envoyé des engins spatiaux vers d'autres planètes et nous n'avons toujours aucune idée de ce qui se trouve sous nos pieds. Les chercheurs sont capables de nous renseigner sur la composition chimique des anneaux de Saturne mais nous ne savons pas vraiment de quoi est constitué le centre de notre propre planète.

– Pourtant, des sondes ont déjà été envoyées dans le passé, objecta le reporter en essayant de faire comme s'il le savait depuis longtemps alors qu'on venait tout juste de le lui apprendre dans son oreillette.

– Oui, admit Zito, mais jusqu'à une quinzaine de kilomètres seulement. Il nous faut désormais atteindre le noyau externe, à près de trois mille kilomètres de profondeur. Imaginez que l'on puisse maîtriser les flux de métal liquide dont il est constitué. Il y aurait alors assez d'énergie gratuite dans ce métal pour permettre à toutes les machines inventées par l'homme de fonctionner jusqu'à la fin des temps.

Le journaliste se montra sceptique – ou en tout cas, l'authentique homme de science qui lui parlait dans son oreillette lui recommanda de se montrer sceptique.

– Tout cela n'est que de la spéculation, professeur Zito. Le voyage au centre de la terre relève de l'imagination. Ce n'est possible que dans un roman de science-fiction.

Une ombre d'agacement passa sur le visage de Giovanni Zito.

𝕀𝔻𝔻𝔸· ⊕𝔻·𝔸◌◌𝔾𝕌𝔾𝔸·𝔞·𝕀𝔞𝔻⊕·𝔣⊕𝔾 𝔸

– Je puis vous assurer, monsieur, que l'imagination n'a rien à voir là-dedans. Il ne s'agit pas d'un récit fantastique. Nous allons envoyer sous terre une sonde non habitée, truffée de capteurs. Et nous découvrirons ce que recèlent les profondeurs de notre planète.

Le journaliste écarquilla les yeux, pris de panique lorsqu'il entendit la question particulièrement technique qui lui était soufflée à l'oreille. Il écouta pendant plusieurs secondes en remuant silencieusement les lèvres pour se répéter les mots qu'il devait prononcer.

– Professeur Zito, euh... Cette sonde que vous allez envoyer, je crois qu'elle va être enfermée dans une masse de cent millions de tonnes de fer fondu à une température d'environ cinq mille cinq cents degrés. C'est bien cela ?

– Absolument, confirma Zito.

Le journaliste parut soulagé.

– Je le savais, bien sûr. Mais ce que je voulais dire, c'est qu'il faudra plusieurs années pour rassembler une telle quantité de fer. Alors pourquoi nous avez-vous fait venir aujourd'hui ?

Zito frappa ses mains l'une contre l'autre d'un air surexcité.

– C'est justement ça qui est merveilleux. Comme vous le savez, la sonde terrestre est un projet qui existe depuis longtemps. J'avais prévu d'accumuler au cours des dix prochaines années le fer nécessaire à l'opération. Mais récemment, des forages laser ont révélé un profond gisement d'hématite, c'est-à-dire de minerai de fer, dans la partie inférieure de la croûte terrestre, ici même, en Sicile. Un gisement d'une incroyable richesse qui contient sans doute jusqu'à quatre-vingt-cinq pour cent de fer. Il suffit de faire exploser plusieurs charges à l'intérieur de ce dépôt pour obtenir le métal en fusion dont nous avons besoin. Les permis d'exploitation du minerai m'ont déjà été délivrés par l'administration.

Le journaliste posa la question suivante de sa propre initiative :

– Alors, professeur Zito, ces explosions, c'est pour quand ?

Giovanni Zito prit deux gros cigares dans la poche de sa blouse blanche.

– Les charges explosives seront mises à feu aujourd'hui même, répondit-il en donnant un cigare au journaliste. Avec dix années d'avance. Il s'agit d'un moment historique.

Zito écarta les rideaux, découvrant de l'autre côté de la fenêtre une étendue de broussailles clôturée. Une canalisation métallique dépassait du sol au centre du terrain dont la superficie devait faire un peu plus de un kilomètre carré. Une équipe d'ouvriers sortit en hâte de la canalisation et s'éloigna en courant. Des volutes de gaz refroidissant décrivaient des spirales en s'échappant de l'ouverture. Les ouvriers s'entassèrent dans une voiturette de golf et allèrent s'abriter dans un bunker de béton situé en bordure de l'enclos.

– Plusieurs mégatonnes de TNT sont enterrées à des endroits stratégiques, à l'intérieur du gisement, expliqua Zito. Si les explosions avaient lieu en surface, elles provoqueraient un tremblement de terre de niveau sept sur l'échelle de Richter.

Le journaliste déglutit, mal à l'aise.

– Vraiment?

Zito éclata de rire.

– Ne vous inquiétez pas. Les charges sont creuses. L'explosion sera dirigée vers l'intérieur et vers le bas. Le fer liquéfié commencera alors sa descente en direction du noyau de la Terre en emportant la sonde avec lui. Nous ne sentirons rien du tout là où nous sommes.

– Vers le bas? Vous êtes sûr de ça?

– Totalement sûr, affirma Zito. Nous sommes en parfaite sécurité, ici.

Sur le mur, derrière le savant italien, un haut-parleur lança trois signaux aigus.

– Dottor Zito, dit une voix rauque. Tout est paré. Tout est paré.

Zito prit une télécommande noire sur son bureau.

– Le moment est venu, dit-il d'un air rêveur.

Il regarda droit dans l'objectif de la caméra.

– Ma Belinda chérie, ceci est pour toi.

Zito appuya sur le bouton et attendit, les yeux grands ouverts. Les autres personnes présentes, une douzaine de chercheurs et de techniciens, se tournèrent fiévreusement vers divers écrans et voyants de contrôle.

– L'explosion a eu lieu, annonça l'un d'eux.

A une quinzaine de kilomètres sous la surface, quarante-deux charges creuses explosèrent simultanément, liquéfiant cent dix-huit millions de tonnes de fer. Les roches alentour furent pulvérisées et absorbées par le métal. Une colonne de fumée s'éleva de la canalisation mais on ne détecta aucune vibration.

– La sonde fonctionne à cent pour cent, déclara un technicien.

Zito poussa un soupir de soulagement.

– C'était notre grande inquiétude. Bien sûr, la sonde a été conçue pour résister à ces conditions extrêmes, mais jamais encore on n'avait provoqué une telle explosion.

Il se tourna vers un autre technicien.

– On enregistre des mouvements ?

L'homme hésita un instant avant de répondre :

– Oui, professeur Zito. Un mouvement vertical de cinq mètres par seconde. Exactement conforme à vos prévisions.

Sous la croûte terrestre, un amas monstrueux de fer et de roc entreprit une pénible descente vers le noyau de la planète. Il haletait, tournoyait, bouillonnait, sifflait, forçant son chemin à travers le manteau de la terre. A l'intérieur de cette masse en fusion, une sonde de la taille d'un pamplemousse continuait de transmettre des données.

Une euphorie spontanée se répandit dans le laboratoire. Des hommes et des femmes s'étreignaient, des cigares s'allumaient, des bouchons de champagne sautaient. Quelqu'un sortit même un violon.

– Nous sommes sur le bon chemin, exulta Zito en allumant le cigare du journaliste. L'homme descend vers le centre de la terre. Prenez garde, là-dessous !

⸸☖Ɓ∙┃⧉☖⊕⧉⊖∙┃⧈⟩☖∙☖ ⟩⟲⟲⊖☖⬦∙∙∙⤳⟩⊘☖ ⸶

285

Dans la navette volée aux FAR, Holly figea l'image. Le visage triomphant de Zito s'étalait sur l'écran.

– Prenez garde, là-dessous, répéta-t-elle d'un air sombre. L'homme descend vers le centre de la terre.

Dans la navette, l'humeur oscillait entre la morosité et la désolation. Holly était particulièrement ébranlée. La civilisation des fées dans son entier était à nouveau menacée et cette fois, le commandant Root n'était plus là pour relever le défi. En plus, depuis que les monocapsules avaient détruit leur système de communications, il leur était impossible d'avertir Foaly de l'existence de la sonde.

– Je suis sûr qu'il est déjà au courant, assura Artemis. Ce centaure surveille toutes les chaînes d'information humaines.

– Oui, mais il ignore qu'Opale Koboï fait bénéficier Zito du savoir des fées.

Holly montra l'image de Giovanni sur l'écran.

– Regardez ses yeux. Le malheureux a été mesmérisé si souvent que ses pupilles sont complètement ravagées.

Artemis se caressa le menton d'un air songeur.

– Connaissant Foaly, il a dû suivre le projet depuis le début. Et sans doute a-t-il déjà prévu un plan d'urgence.

– J'en suis sûre. Un plan contre un cinglé qui voulait mettre en œuvre dans dix ans une entreprise probablement vouée à l'échec.

– C'est vrai, admit Artemis. Alors que maintenant,

l'entreprise est scientifiquement viable et a toutes les chances de réussir.

Holly se dirigea vers le cockpit.

– Il faut que je me rende, même si je suis soupçonnée de meurtre. Il y a beaucoup plus en jeu que mon propre avenir.

– Calmez-vous, lança Mulch. Je me suis évadé de prison pour vous. Je n'ai pas l'intention d'y retourner.

Artemis s'avança vers Holly et lui barra le chemin.

– Attendez un peu. Pensez à ce qui va arriver si vous vous rendez.

– Artemis a raison, approuva Butler. Vous devriez y réfléchir. Si les FAR ressemblent à la police des hommes, ils ne doivent pas accueillir les fugitifs à bras ouverts. C'est plutôt la porte des prisons qu'on leur ouvre.

Holly se força à prendre le temps de la réflexion mais ce n'était pas facile. A chaque seconde passée à attendre, la gigantesque limace de fer en fusion s'enfonçait un peu plus dans le manteau de la terre.

– Si je me rends au tribunal des Affaires internes, je serai mise en garde à vue. En tant qu'officier des FAR, on peut me retenir soixante-douze heures sans avocat. En tant que meurtrière présumée, on peut me retenir une semaine. Même si quelqu'un acceptait de croire que je suis totalement innocente et qu'Opale Koboï se trouve derrière tout ça, il faudrait quand même huit heures avant d'obtenir le feu vert pour lancer une contre-offensive. Mais selon toute vraisemblance, mes déclarations seraient considérées comme les habituelles protestations d'un coupable qui essaye de se défendre. Surtout si vous êtes là tous les trois pour confirmer mon récit. Sans vouloir vous offenser.

– Nous ne sommes pas offensés, assura Mulch.

Holly s'assit, la tête dans les mains.

– Le monde qui était le mien s'est totalement effondré. Je m'imagine toujours qu'il y aura un moyen de revenir en arrière mais les choses échappent de plus en plus à tout contrôle.

Artemis posa une main sur son épaule.

– Courage, capitaine. Demandez-vous ce que le commandant aurait fait à votre place.

Holly respira profondément à trois reprises puis elle se releva d'un bond, droite et déterminée.

– N'essayez pas de me manipuler, Artemis Fowl. Je suis seule à prendre mes décisions. Mais il est vrai que Julius se serait occupé lui-même d'Opale Koboï. C'est donc ce que nous allons faire.

– Très bien, dit Artemis. Dans ce cas, il faut mettre au point une stratégie.

– Exact. Moi, je pilote la navette, vous, vous faites fonctionner votre cerveau pour trouver un plan.

– Chacun sa place, répondit le garçon.

Il s'assit alors dans l'un des sièges de la navette en se massant doucement les tempes du bout des doigts et commença à réfléchir.

Chapitre IX

LA FILLE À PAPA

LE RANCH DE LA TERRE DE GIOVANNI ZITO, PROVINCE DE MESSINE, SICILE

Le plan d'Opale pour mettre en contact le monde des hommes et celui des fées était simple dans son exécution mais génial dans sa conception. Elle s'était contentée d'aider un humain à mener à bien le projet qu'il avait déjà en tête. Presque toutes les grandes compagnies internationales avaient dans leurs dossiers des études de « sonde terrestre » destinée à explorer les profondeurs de la planète mais elles restaient à l'état théorique compte tenu de la quantité d'explosifs et de minerai de fer nécessaire pour percer la croûte et permettre à la sonde de traverser le manteau.

Dans la liste des marionnettes qu'elle pouvait manipuler, Opale avait choisi Giovanni Zito pour deux raisons : il avait une grosse fortune et possédait des terres situées juste au-dessus d'un très riche gisement d'hématite.

⊞ •)𝄢 • ◠𝄢 ⊞𝄲 • ⥀𝄲)𝄲 • 𝄴𝄲⁂ 𝄲𝄲 •)𝄢 • ⥀𝄲)𝖀⬚

Giovanni Zito était un ingénieur sicilien et un pionnier dans le domaine des énergies alternatives. Écologiste engagé, il avait conçu des moyens de produire de l'électricité sans dépouiller la terre ni détruire l'environnement. L'invention qui avait fait sa fortune s'appelait le moulin solaire Zito, une éolienne dotée, en guise de pales, de panneaux solaires qui la rendaient beaucoup plus efficace que les éoliennes conventionnelles.

Six semaines auparavant, Zito était revenu de Genève où s'était tenu un sommet sur l'environnement au cours duquel il avait prononcé un discours-programme devant les ministres de l'Union européenne. Lorsque Zito, épuisé, avait retrouvé sa villa qui dominait le détroit de Messine, le soleil couchant parsemait de taches orange la surface de la mer. Parler à des politiciens était une tâche difficile. Même ceux qui s'intéressaient véritablement aux questions d'environnement restaient impuissants face à ceux qui étaient payés par le monde des affaires. Les « polluticiens » comme les avaient surnommés les médias.

Zito s'était fait couler un bain. L'eau était chauffée par des panneaux solaires installés sur le toit de la maison. D'ailleurs, la villa tout entière produisait elle-même l'énergie nécessaire à son fonctionnement. Il y avait suffisamment de réserves dans les batteries solaires pour chauffer et éclairer la maison pendant six mois. Sans provoquer la moindre émission polluante.

Après son bain, Zito s'enveloppa dans un peignoir et se versa un verre de bordeaux avant de s'installer dans son fauteuil préféré.

Zito but une longue gorgée de vin, s'efforçant de chasser la tension accumulée au cours de la journée. Il jeta un regard à la rangée de photos encadrées, accrochées au mur. La plupart étaient des couvertures de revues célébrant ses innovations technologiques mais celle qu'il aimait le mieux représentait à la une du magazine *Time* un Giovanni Zito plus jeune, assis sur le dos d'une baleine à bosse, une baleinière se dessinant au-dessus d'eux. La malheureuse créature s'était égarée dans des eaux peu profondes et ne pouvait plus plonger. Zito avait alors sauté du canot pneumatique dans lequel il était venu avec des écologistes et avait grimpé sur le dos de l'animal, lui offrant un bouclier contre les harpons des baleiniers. Quelqu'un, dans le canot, avait pris une photo qui avait été largement diffusée par les médias et était devenue l'une des images les plus célèbres du siècle précédent.

Zito sourit. Sa folle jeunesse. Il s'apprêtait à fermer les yeux pour faire un petit somme avant le dîner lorsqu'il vit une silhouette bouger dans un coin sombre de la pièce. Une petite silhouette, à peine plus haute que la table.

Zito se redressa dans son fauteuil.

– Qu'est-ce que c'est ? Il y a quelqu'un ?

Une lampe s'alluma, éclairant une petite fille perchée sur un tabouret en rondin. Elle tenait le fil de la lampe dans une main et ne semblait pas effrayée ou émue le moins du monde. Elle était calme, le visage grave, et observait Zito comme si c'était *lui* l'intrus.

Giovanni se leva.

– Qui es-tu, ma petite ? Qu'est-ce que tu fais ici ?

La fillette le fixa avec des yeux extraordinaires, des yeux marron, profonds. Comme une marmite de chocolat.

– Je suis venue te voir, Giovanni, dit-elle d'une voix aussi belle que ses yeux.

En fait, tout était beau chez elle : ses traits de porcelaine... et ses yeux qui ne le lâchaient pas.

Zito s'efforça de résister à son regard ensorceleur.

– Me voir ? Que veux-tu dire ? Ta mère est ici ?

La fille sourit.

– Pas ici, non. Ma famille, c'est toi, maintenant.

Giovanni essaya de trouver un sens à cette simple phrase, mais il en fut incapable. D'ailleurs, était-ce vraiment important ? Ces yeux, cette voix. Si mélodieuse. Comme un tintement de cristal.

Les humains ne réagissent pas tous de la même manière au mesmer des fées. La plupart tombent aussitôt sous l'emprise hypnotique mais avec d'autres, à l'esprit plus fort, il est nécessaire d'accentuer la pression. Et plus on l'accentue, plus le risque est grand de provoquer des dommages cérébraux.

– Ta famille, c'est moi, maintenant ? dit lentement Zito, comme s'il cherchait la signification de chaque mot.

– Oui, l'humain, lança Opale avec impatience, en durcissant son regard. Ma famille. Je suis ta fille, Belinda. Tu m'as adoptée en secret le mois dernier. Les papiers se trouvent dans ton bureau.

Les yeux de Zito se brouillèrent.

ᚨᚩᚹᚱᛄᚦᚪ•ᚦ•ᚸ ᚠᚱᚠᚱᛒᚬ•ᛞᛖ•ᚹᚪᛞᛄᚩᚹ

– Adoptée ? Mon bureau ?

Opale pianota de ses doigts minuscules sur le pied de la lampe. Elle avait oublié à quel point les humains peuvent être obtus, surtout lorsqu'ils sont soumis au mesmer. Pourtant, celui-ci était réputé pour être un génie.

– Oui. Adoptée. Bureau. Tu m'aimes plus que toi-même, tu te souviens ? Tu serais prêt à faire absolument n'importe quoi pour ta chère petite Belinda.

Une larme se forma sur la paupière de Zito.

– Belinda. Ma petite fille. Je ferais n'importe quoi pour toi, ma petite chérie, n'importe quoi.

– Oui, oui, d'accord, coupa Opale, agacée. Bien sûr. Je l'ai déjà dit. Ce n'est pas parce que tu es mesmerisé que tu dois répéter chacune de mes paroles. C'est vraiment lassant.

Zito remarqua deux petites créatures dans le coin de la pièce. Des créatures aux oreilles pointues. Cette vision le pénétra malgré l'état second du mesmer.

– Je vois. Là-bas. Ils sont humains ?

Opale lança un regard furieux aux frères Brill. Ils étaient censés rester invisibles. Mesmeriser un esprit aussi fort que celui de Zito était une opération suffisamment délicate pour qu'on ne vienne pas la distraire.

Sa voix devint plus profonde.

– Tu ne peux pas voir ces silhouettes. Tu ne les verras jamais.

Zito fut soulagé.

– Bien sûr. Très bien. Rien du tout. Esprit jouer des tours.

Opale se renfrogna. Qu'est-ce que les humains avaient donc avec la grammaire ? Au premier signe de stress, ils la jetaient par la fenêtre. Esprit jouer des tours. Non mais vraiment !

— Maintenant, Giovanni, papa, je crois que le moment est venu de parler de ton grand projet.

— La voiture à eau ?

— Mais non, idiot. Pas la voiture à eau. La sonde terrestre. Je sais que tu en as conçu une. Une très bonne conception d'ailleurs pour un humain, mais je vais quand même y apporter quelques changements.

— La sonde terrestre. Impossible. Pouvons pas traverser croûte. N'avons pas assez de fer.

— *Nous* ne pouvons pas traverser *la* croûte. *Nous* n'avons pas assez de fer. Exprime-toi convenablement pour l'amour du ciel. Il est déjà suffisamment pénible d'essayer de parler la langue des Hommes de Boue sans être obligée en plus d'écouter ton charabia. Vraiment, vous, les génies humains, vous n'êtes pas à la hauteur de votre réputation.

Le cerveau assiégé de Zito fit un effort.

— Je suis désolé, ma chère Belinda. Je voulais simplement dire que la sonde est un projet à long terme. Il devra attendre jusqu'à ce que nous trouvions le moyen de rassembler le fer nécessaire et de percer la croûte terrestre.

Opale regarda le Sicilien hébété.

— Mon pauvre cher papa, tu es si bête. Tu as mis au point un super laser pour traverser la croûte terrestre. Tu te souviens ?

Une goutte de sueur roula sur la joue de Zito.

– Un super laser ? Maintenant que tu m'en parles...

– Et devine ce que tu vas trouver quand tu auras réussi à traverser la croûte ?

Zito devina. Une partie de son intellect demeurait sous son contrôle.

– Un gisement d'hématite ? Il faudrait qu'il soit énorme et à haute teneur en fer.

Opale l'entraîna vers la fenêtre. Au loin, les pales du champ d'éoliennes étincelaient à la lueur des étoiles.

– Et où crois-tu que nous devrions forer ?

– Je pense que nous devrions forer sous le champ d'éoliennes, répondit Zito, la tête appuyée contre la fraîcheur de la vitre.

– Très bien, papa. Si tu creuses là, tu me feras un immense plaisir.

Zito caressa les cheveux de la fée lutine.

– Un immense plaisir, répéta-t-il d'une voix ensommeillée. Belinda, ma petite fille. Papiers sont dans bureau.

– *Les* papiers sont dans *le* bureau, corrigea Opale. Si tu continues à parler comme un bébé, je vais être obligée de te punir.

Et elle ne plaisantait pas.

CONDUIT E7, SOUS LA MÉDITERRANÉE

Holly dut rester à l'écart des conduits principaux pour remonter à la surface. Foaly avait installé des détecteurs sur tous les itinéraires commerciaux et les passages réservés aux FAR. Il fallait donc voler tous feux éteints en se faufilant dans les tunnels secondaires sous peine d'être repéré par les mouchards électroniques du centaure et de se retrouver embarqué au centre de police avant que le travail soit terminé.

Holly négociait des virages spectaculaires pour éviter des stalactites de la taille d'un gratte-ciel et contournait de vastes cratères grouillant d'insectes bioluminescents. Mais c'était l'instinct qui assurait le pilotage. Les pensées de Holly vagabondaient à des milliers de kilomètres de là, méditant les événements des dernières vingt-quatre heures. Il lui semblait que son cœur finissait enfin par rattraper son corps.

Ses précédentes aventures avec Artemis ressemblaient à des péripéties de bande dessinée, comparées à leur situation actuelle. Avant, tout finissait par : « et ils vécurent heureux le reste de leur vie ». Parfois, il s'en était fallu de peu mais chaque fois, ils avaient réussi à s'en sortir vivants. Holly regarda son index, celui avec lequel elle pressait la détente de son arme. Une légère cicatrice l'entourait à sa base, là où il avait été sectionné au cours de la mission polaire. Elle aurait pu faire disparaître cette marque ou la cacher sous une bague mais elle préférait pouvoir la regarder. C'était une partie d'elle-même. Le commandant aussi avait été une partie d'elle-même. Son supérieur, son ami.

La tristesse laissa un vide en elle puis la remplit à nouveau. Pendant un moment, elle avait été habitée par des projets de revanche. Mais à présent, même l'idée de jeter Opale Koboï dans un cachot glacé n'arrivait pas à allumer dans son cœur la moindre étincelle de joie vengeresse. Elle continuerait ce qu'elle avait entrepris pour s'assurer que le Peuple resterait à l'abri des humains. Peut-être qu'une fois sa tâche accomplie, le temps serait venu pour elle de jeter un regard nouveau sur sa vie. Peut-être faudrait-il procéder à quelques changements.

Dès qu'il eut fini de travailler sur l'ordinateur, Artemis convoqua tout le monde dans la cabine des passagers. Ses « nouveaux anciens » souvenirs lui procuraient un grand bonheur. Tandis que ses doigts se promenaient sur le clavier gnomique, il s'émerveillait de l'aisance avec laquelle il naviguait dans le système informatique des fées. Il s'émerveillait aussi de leur technologie, même si elle ne lui était plus étrangère. Le jeune Irlandais ressentait la même excitation devant cette redécouverte qu'un enfant qui retrouve le jouet préféré qu'il avait perdu.

Au cours de l'heure précédente, la redécouverte, d'une manière générale, avait été un élément dominant de sa vie. Une heure peut paraître une bien courte durée pour quelque chose d'aussi important, mais la mémoire d'Artemis comportait énormément de souvenirs qui ne demandaient qu'à reprendre leur place. Des souvenirs déjà surprenants en eux-mêmes : monter à bord d'un train radioactif près de Mourmansk, traverser l'océan par la voie des airs, caché sous une feuille de camouflage des FAR. Mais c'était l'effet cumulé de ces souvenirs qui intéressait le plus Artemis. Il se sentait devenir littéralement une autre personne. Non pas celui qu'il avait été à cette époque, mais quelqu'un qui se rapprochait de cet individu. Avant que les fées lui aient effacé la mémoire, conformément à l'accord conclu dans le marché Jon Spiro, sa personnalité avait subi ce que l'on pourrait considérer comme un changement positif. Au point qu'il avait décidé de rentrer dans la légalité et de donner quatre-vingt-dix pour cent de l'immense fortune de Spiro à Amnesty International. Depuis son effacement de mémoire, il avait repris ses vieilles habitudes, cédant à sa passion pour les activités illégales. A présent, il était partagé entre les deux. Il n'avait aucune envie de dérober quoi que ce soit à des innocents ni de leur faire le moindre mal mais il éprouvait des difficultés à abandonner ses pratiques délinquantes. Il y avait des gens qui ne demandaient qu'à être volés.

La plus grande surprise était peut-être son désir d'aider les amis qu'il avait parmi les fées et la réelle tristesse que lui causait la mort de Julius Root. Artemis savait ce que signifiait perdre quelqu'un ; à certains moments de sa vie il avait perdu puis retrouvé les personnes les plus proches de lui. Et la mort de Julius le déchirait tout aussi profondément. Son envie de venger le commandant et d'arrêter Opale Koboï était plus forte que n'importe quelle aspiration à la délinquance.

Artemis se sourit à lui-même. Il semblait que le bien était une motivation plus puissante que le mal. Qui aurait pu le penser ?

Les autres se rassemblèrent autour du projecteur

holographique central. Holly avait rangé la navette dans un conduit secondaire proche de la surface.

Butler fut contraint de s'accroupir dans l'espace conçu pour des passagers de la taille des fées.

– Alors, Artemis, qu'avez-vous trouvé ? demanda le garde du corps en essayant de croiser ses bras massifs sans renverser personne.

Artemis activa une animation holographique qui se mit à tourner lentement au milieu de la cabine. L'image montrait la Terre vue en coupe, de la croûte au noyau. Il alluma un pointeur laser et se lança dans des explications :

– Comme vous le voyez, il y a une distance d'environ deux mille neuf cents kilomètres entre la surface de la Terre et le noyau externe.

La représentation du noyau liquide, constitué de métal en fusion, tournoyait et bouillonnait.

– Cependant, les hommes n'ont jamais réussi à pénétrer la croûte à plus de quinze kilomètres de profondeur. Pour aller plus loin, il faudrait utiliser des têtes nucléaires ou des quantités colossales de dynamite. Une explosion de cette ampleur pourrait entraîner des déformations tectoniques considérables, provoquant des tremblements de terre et des raz de marée tout autour du globe.

Comme à son habitude, Mulch était en train de manger. Personne ne savait quoi car il avait déjà épuisé les réserves alimentaires de la navette plus d'une heure auparavant. Mais ils ne tenaient pas à lui poser la question.

⊕⟩⟨·⊗⟨·⊗⟩⟨·!⊠⟨⊠⊕·⟩⟨·⟨⟨⊗⟨➤

– Ça ne paraît pas très souhaitable.

– Non, pas du tout, approuva Artemis. C'est pourquoi la théorie de la sonde enrobée de fer n'a jamais été mise en pratique jusqu'à présent. A l'origine, l'idée est due à un Néo-Zélandais, le professeur David Stevenson. Une idée brillante, en fait, bien que très difficile à réaliser. Enfermer une sonde renforcée dans une masse de cent millions de tonnes de fer en fusion. Le fer s'enfoncerait dans la fissure provoquée par une charge explosive et la refermerait même derrière lui. En une semaine, la sonde atteindrait son but. Le fer serait alors absorbé par le noyau externe de la Terre et la sonde elle-même progressivement désintégrée. Le processus ne représenterait même aucun danger pour l'environnement.

La projection illustrait l'exposé d'Artemis.

– Comment se fait-il que le fer ne se « défusionne » pas ? demanda Mulch.

Artemis haussa un sourcil haut et fin.

– Ne se défusionne pas ? La taille même de l'enveloppe métallique l'empêche de se solidifier.

Holly se leva et s'avança à l'intérieur de l'image, examinant la masse de fer.

– Foaly doit déjà savoir tout ça. Les humains sont incapables de garder secret quelque chose d'aussi énorme.

– En effet, dit Artemis qui installa une seconde projection holographique. J'ai fait une recherche dans la base de données de l'ordinateur de bord et voici ce que j'ai trouvé : Foaly a procédé à plusieurs simulations informatiques il y a plus de quatre-vingts ans. Il en a conclu que la meilleure manière de déjouer la menace consistait simplement à envoyer de fausses informations à la sonde, quelle qu'elle soit. Les humains croiraient alors que leur engin s'est enfoncé de quelques centaines de kilomètres dans diverses couches à faible teneur en métal puis que le fer en fusion s'est solidifié. Conséquence : un échec retentissant et très coûteux.

La simulation de l'ordinateur montrait l'information envoyée de Haven-Ville vers la sonde enrobée de métal. En surface, des savants humains représentés sous forme de dessins animés se grattaient la tête et jetaient leurs calculs à la corbeille.

– Très amusant, commenta Artemis.

Butler observa attentivement l'hologramme.

– J'ai suffisamment l'expérience du terrain pour savoir qu'il y a une grande lacune dans cette stratégie, Artemis, dit-il.

– Oui ?

Butler se redressa à grand-peine sur ses genoux, suivant du doigt le tracé de la sonde.

– Si la trajectoire de la sonde l'amenait au contact d'un des conduits contrôlés par le Peuple, une fois que le métal aurait transpercé la paroi du tunnel, il descendrait directement vers Haven-Ville.

La sagacité de son garde du corps réjouissait Artemis.

– Oui, bien sûr. Voilà pourquoi une navette d'attaque supersonique reste en alerte vingt-quatre heures sur vingt-quatre pour dévier la masse en fusion en cas de nécessité. Tous les projets humains pour envoyer des sondes sous terre sont surveillés et si l'un d'eux représente une menace, il sera saboté en douceur. Si cela ne suffit pas, l'unité géologique des FAR se tient prête à forer des trous sous le métal liquide pour le détourner à l'aide de charges creuses. Le métal suivra alors le nouveau chemin qu'on lui aura tracé et Haven sera épargnée. Bien sûr, cette navette n'a encore jamais été utilisée.

– Il y a un autre problème, ajouta Holly. Nous devons tenir compte de l'intervention d'Opale. De toute évidence, elle a aidé Giovanni Zito à percer la croûte terrestre, peut-être avec un laser utilisant la technologie des fées. On peut présumer qu'elle a également perfectionné la sonde pour que les faux signaux de Foaly soient bloqués. Son plan doit donc consister à mettre la sonde en contact avec le Peuple. Mais comment ?

Artemis fit apparaître une troisième animation holographique et ferma les deux autres. Cette nouvelle image en trois dimensions montrait le Ranch de la Terre de Zito ainsi que la croûte et le manteau qui s'étendaient sous la surface.

– Voici ce que je pense, dit-il. Zito, avec l'aide d'Opale, va liquéfier le gisement de fer qui se trouve ici. Le métal entamera ensuite sa descente vers le noyau à la vitesse de cinq mètres par seconde en envoyant des données réelles grâce aux améliorations apportées par Koboï. Foaly, pendant ce temps-là, pensera que son plan marche à la perfection. A une profondeur de cent soixante-dix kilomètres, la masse en fusion arrivera à cinq kilomètres du conduit E7 qui aboutit au sud de l'Italie. Elle suivra alors une route parallèle sur une distance de deux cent quatre-vingt-dix-huit kilomètres avant que leurs tracés respectifs ne divergent à nouveau. Si Opale parvenait à ouvrir un passage entre la trajectoire de la sonde et le tunnel, le fer emprunterait le chemin de moindre résistance et se déverserait dans le conduit.

Holly sentit ses membres se vider de leur force.

– Dans le conduit et droit sur Haven.

– Exactement, confirma Artemis. Ce conduit parcourt une diagonale irrégulière orientée à l'ouest sur une longueur de mille neuf cent vingt kilomètres et passe à cinq cents mètres de la ville elle-même. Dans sa chute libre, le fer en fusion aura une telle vitesse acquise qu'il détruira une bonne moitié de Haven-Ville. Ce qui restera sera détecté par la sonde et diffusé dans le monde entier.

– Mais nous avons des murs antiexplosion, objecta Holly.

Artemis haussa les épaules.

– Holly, il n'y a aucune force, sur ou sous terre, suffisamment puissante pour arrêter cent millions de tonnes d'hématite en fusion qui tombent en chute libre. Tout ce qui se trouvera sur son passage sera anéanti. La plus grande partie du fer suivra la courbe du tunnel mais le reste transpercera les murs antiexplosion.

Les occupants de la navette regardèrent la simulation informatique d'Artemis qui montrait le métal liquide pulvérisant les défenses de Haven-Ville. Tous les signaux électroniques émis par le monde des fées étaient alors captés par la sonde et diffusés en surface.

– Il faut prévoir un taux de pertes de cinquante-huit pour cent, continua Artemis. Peut-être davantage.

– Comment Opale peut-elle faire ça sans que les capteurs de Foaly la repèrent ?

– Pas difficile, répondit Artemis. Elle n'aura qu'à placer une charge creuse dans le conduit E7, à une profondeur de cent soixante-dix kilomètres, et à la mettre à feu au dernier moment. De cette façon, lorsque Foaly aura détecté l'explosion il sera trop tard pour agir.

– Nous devrons donc enlever cette charge.

Artemis sourit. Si seulement c'était aussi simple.

– Opale ne prendra aucun risque avec ses explosifs. Si elle les laisse sur la paroi du conduit pendant un certain temps, une secousse sismique risquerait de les déloger ou bien les capteurs de Foaly pourraient les repérer. Je suis sûr que l'engin est bien protégé mais il suffirait de la moindre fuite dans l'enveloppe extérieure pour qu'il émette un signal aussi clair qu'un satellite. Non, Opale n'installera la charge qu'à la toute dernière minute.

Holly acquiesça d'un signe de tête.

– OK. Donc, on attend qu'elle place son explosif et on le désamorce.

– Non. Si nous attendons dans le conduit, Foaly nous repérera. Dans ce cas, Opale ne s'y aventurera pas.

– C'est très bien, non ?

– Pas vraiment. Nous pouvons la retarder de quelques heures mais souvenez-vous qu'elle dispose d'une longueur de deux cent quatre-vingt-dix-huit kilomètres pour installer sa charge. Elle peut attendre que les FAR nous arrêtent et il lui restera encore largement assez de temps pour mener à bien son opération.

Holly se frotta les yeux avec les jointures de ses doigts.

– Je ne comprends pas. A l'heure qu'il est, tout le monde doit savoir qu'Opale s'est évadée. Foaly va sûrement se rendre compte de ce qui se passe.

Artemis ferma le poing.

– Voilà la grande question. C'est le point crucial de la situation. Il est évident que Foaly ignore l'évasion d'Opale. Après la fuite du général gobelin, on a dû tout de suite s'assurer qu'elle se trouvait toujours dans sa cellule.

– En effet, j'étais là. Quand Scalène s'est échappé, Opale n'était pas encore sortie du coma. Elle ne pouvait pas avoir organisé l'évasion.

– Et pourtant, c'est ce qu'elle a fait, remarqua Artemis d'un air songeur. L'Opale que vous avez vue aurait-elle pu être un double ?

– Impossible, on vérifiait chaque jour son ADN.

– Donc, l'Opale qui était détenue avait bien son ADN, mais une activité cérébrale quasiment nulle.

– Exactement. Elle est restée comme ça pendant un an.

Artemis réfléchit en silence pendant plus d'une minute.

– Je me demande à quel stade en sont les recherches sur le clonage dans le monde souterrain...

Il se dirigea d'un pas vif vers le terminal de l'ordinateur central et ouvrit les fichiers des FAR sur le sujet.

– Le clone adulte est identique en tout point à l'original mais son activité cérébrale se limite au maintien des fonctions vitales, lut-il. Dans un milieu fermé, il faut de un à deux ans pour amener un clone à l'âge adulte.

Artemis s'écarta de l'ordinateur en frappant dans ses mains.

– Et voilà. C'est comme ça qu'elle s'y est prise. Elle a simulé ce coma pour que la substitution passe inaperçue. C'est très impressionnant.

Holly donna un coup de poing dans sa paume.

– Par conséquent, même si nous parvenions à déjouer ses tentatives de meurtre, tout ce que nous pouvions dire sur l'évasion d'Opale aurait été interprété comme les divagations d'un suspect essayant désespérément de se défendre.

– J'ai prévenu Chix Verbil qu'Opale était de retour, déclara Mulch. Mais de toute façon, il est déjà convaincu que je divague.

– Si l'évasion d'Opale était connue, poursuivit le jeune Irlandais, les FAR s'attendraient à ce qu'elle déclenche une attaque et se tiendraient en alerte. Mais si on la croit toujours dans le coma, on pensera...

⚬⚬⟩⟨⚬ ⚬⚬⚬ ⚬⚬⚬⚬ ⚬⚬⚬ ⚬⚬⚬⚬ ⚬⚬⚬⚬

– ... qu'il n'y a pas lieu de s'alarmer. Que cette sonde est simplement une surprise, pas une menace.

Artemis interrompit la projection holographique.

– Nous sommes donc seuls à pouvoir agir. Nous devons nous emparer de cette charge explosive et la mettre à feu sans dommage, à bonne distance de l'endroit où la trajectoire de la sonde devient parallèle au conduit. Il faut également démasquer Opale pour qu'elle ne puisse plus remettre son plan en action par la suite. Si nous voulons arriver à nos fins, il est indispensable de retrouver la navette d'Opale.

Mulch se sentit soudain mal à l'aise.

– Vous allez vous lancer aux trousses de Koboï? Encore? Eh bien, je vous souhaite bonne chance. Déposez-moi au prochain coin.

Holly ne lui accorda aucune attention.

– Combien de temps avons-nous?

Il y avait une calculatrice sur l'écran à plasma mais Artemis n'en avait pas besoin.

– Le fer en fusion s'enfonce à une vitesse de cinq mètres par seconde. C'est-à-dire dix-huit kilomètres à l'heure. A cette vitesse, il faut environ neuf heures et demie pour atteindre le point où les tracés seront parallèles.

– Neuf heures à partir de maintenant?

– Non, rectifia Artemis. Neuf heures à partir de l'explosion de départ qui a déjà eu lieu il y a près de deux heures.

Holly se rendit aussitôt dans le cockpit et s'attacha au siège du pilote.

BROD·B·O IRBĦ·IRˇ·8R·I ˇ·ĦˇDO·ĦDB

307

– Sept heures et demie pour sauver le monde. N'y aurait-il pas une loi garantissant qu'on dispose d'au moins vingt-quatre heures pour ça ?

Artemis s'attacha à son tour au siège du copilote.

– Je ne crois pas qu'Opale se soucie de la loi, répondit-il. Et maintenant, dites-moi, est-ce que vous pouvez parler en même temps que vous pilotez ? J'aurais besoin de savoir certaines choses au sujet des navettes et des charges explosives.

CHAPITRE X

CHEVAL SAVANT

CENTRE DE POLICE DE HAVEN-VILLE, MONDE SOUTERRAIN

Au centre de police, tout le monde ne parlait plus que de la sonde Zito. En fait, c'était une façon d'oublier un peu les récents événements. Il était rare que les FAR perdent des officiers sur le terrain et voilà que deux d'entre eux disparaissaient au cours de la même mission. Le coup était dur pour Foaly, surtout en ce qui concernait Holly Short. Perdre une amie en service commandé était une chose, mais que cette amie soit faussement accusée de meurtre lui était insupportable. Foaly ne pouvait admettre l'idée que dans le souvenir du Peuple, Holly reste à jamais une tueuse au sang froid. Le capitaine Short était innocente. Elle avait accompli des actes héroïques, en avait été récompensée par des décorations, et méritait qu'on se souvienne d'elle pour cela.

Sur le mur, un écran de communication s'anima.

·

ᚱᚢᚔᚙᚙ ·ᚢᚱ·ᚔᚔᚔᚔᚔᚔᚔᚔᚔ·ᚔᚱᚢᚔᚱ·ᚙᚔᚔᚱ

L'image d'un de ses assistants techniques, dans le bureau voisin, apparut. Les oreilles pointues de l'elfe frémissaient d'excitation.

– La sonde est à quatre-vingt-dix-neuf kilomètres de profondeur. Je n'arrive pas à croire que les humains aient réussi à descendre si loin.

Foaly, lui aussi, avait du mal à le croire. Théoriquement, il aurait encore fallu des dizaines d'années avant que les humains parviennent à mettre au point un laser suffisamment perfectionné pour percer la croûte terrestre sans faire griller la moitié d'un continent. De toute évidence, Giovanni Zito avait avancé très vite et créé ce laser sans se soucier des prévisions de Foaly.

Ce dernier regrettait presque d'avoir à interrompre l'expérience de Zito. Le Sicilien représentait l'un des plus brillants espoirs de l'espèce humaine. Son projet de maîtriser l'énergie du noyau externe de la Terre était excellent mais s'il allait à son terme, le monde des fées risquait d'être découvert et c'était un prix trop élevé à payer.

– Surveillez ça de près, dit Foaly en essayant d'avoir l'air intéressé. Surtout quand la sonde suivra un chemin parallèle au conduit E7. Je ne prévois pas de difficultés particulières mais il vaut mieux ouvrir l'œil, au cas où.

– Bien, monsieur. Ah, nous avons aussi le capitaine Verbil en ligne sur la deux. Il est en surface.

Une minuscule lueur d'intérêt s'alluma dans le regard du centaure. Verbil ? Le lutin volant avait laissé

Mulch Diggums voler une navette des FAR. Mulch s'était échappé le jour même où les amis de Foaly avaient été tués. Coïncidence ? Peut-être, peut-être pas.

Le centaure ouvrit une fenêtre sur l'écran et la poitrine de Verbil apparut.

Il soupira.

– Chix, vous êtes en vol. Redescendez, que je puisse vous voir.

– Désolé, répondit Chix en se posant sur le sol. Je suis un peu énervé. Le major Kelp m'a mis sur la sellette.

– Qu'est-ce que vous espériez de Kelp ? Des embrassades ? J'ai quelques soucis de mon côté.

Les ailes de Verbil se déployaient dans son dos. Il devait faire un véritable effort pour rester sur le sol.

– Mulch Diggums m'a laissé un message pour vous.

Foaly résista à l'envie de pousser un hennissement. Sans aucun doute, Mulch devait avoir des choses à lui dire, en des termes choisis...

– Allez-y. Racontez-moi ce que notre ami mal embouché pense de moi.

– Ça restera entre nous, d'accord ? Je ne veux pas qu'on me mette à la retraite d'office sous prétexte d'instabilité mentale.

– Oui, Chix, ça restera entre nous. Chacun a le droit d'être un peu instable de temps en temps. Surtout aujourd'hui.

– C'est vraiment ridicule. Je n'y crois pas une seconde.

Chix s'efforça de rire d'un air assuré.

– Qu'est-ce qui est ridicule ? lança sèchement Foaly. A quoi ne croyez-vous pas ? Répondez-moi, Chix, ou j'emprunte moi-même cette ligne de communication pour venir vous arracher les mots de la gorge.

– Personne ne peut nous entendre ?

– Non ! s'écria le centaure d'une voix suraiguë. Personne ne nous entend. Livrez-moi le message de Mulch.

Chix prit une profonde inspiration et prononça la phrase dans un souffle :

– Opale Koboï est de retour.

Le rire de Foaly prit naissance quelque part dans ses sabots puis augmenta de volume et d'intensité jusqu'à ce qu'il explose en sortant de sa bouche.

– Opale est de retour ! Opale est de retour ! Je comprends, maintenant. Mulch vous a embobiné pour vous persuader de le laisser prendre la navette. Il a réveillé en vous la peur d'Opale et vous avez donné dans le panneau. Opale de retour, ne me faites pas rire.

– C'est ce qu'il a dit, affirma Chix d'un ton boudeur. Il est inutile de rire si fort. Vous postillonnez sur l'écran. Je suis quelqu'un de sensible, figurez-vous.

Le rire de Foaly s'évanouit. D'ailleurs, ce n'était pas vraiment un rire, plutôt un débordement d'émotion, un mélange de tristesse et de frustration.

– D'accord, Chix, je ne vous en veux pas. Mulch a berné des lutins plus intelligents que vous.

Chix mit un moment à comprendre qu'il venait de se faire insulter.

– Il se pourrait que ce soit vrai, après tout, reprit-il, vexé. Vous avez peut-être tort de ne pas y croire. Ça n'a rien d'impossible, vous savez. C'est peut-être vous qu'Opale Koboï a embobiné.

Foaly ouvrit une autre fenêtre sur son mur d'écrans.

– Non, Verbil, ça ne se peut pas. Opale n'est pas de retour pour la simple raison que je l'ai sous les yeux en ce moment même.

Des images transmises en direct de la clinique du docteur Argon confirmaient qu'Opale, suspendue dans son harnais, était toujours dans le coma. Son ADN avait été prélevé quelques minutes auparavant.

La mauvaise humeur de Chix se dissipa.

– Je n'arrive pas à y croire, marmonna-t-il. Mulch paraissait tellement sincère. J'ai vraiment cru que Holly était en danger.

Les crins de Foaly frémirent.

– Quoi ? Mulch a dit que Holly était en danger ? Mais Holly n'est plus là. Elle est morte.

– Oui, soupira Chix, morose. J'imagine que Mulch m'a raconté des histoires, c'est un vieux cheval de retour. Sans vouloir vous offenser.

Bien sûr, Opale se serait arrangée pour qu'on accuse Holly du meurtre de Julius. Cette petite touche de cruauté était bien dans sa manière. Si elle n'avait pas été là, sous ses yeux, dans son harnais... Mais l'ADN ne ment jamais.

Chix tapota le bord de l'écran pour attirer l'attention de Foaly.

– Écoutez, Foaly, souvenez-vous de votre promesse.

Ce que nous disons doit rester entre nous. Inutile que quiconque d'autre apprenne que je me suis fait duper par un nain. Je finirais préposé au nettoyage des trottoirs. Vous me voyez ramasser des restes de curry de rat des champs après les matches de croqueballe ?

Foaly ferma l'écran de communication d'un air absent.

– Oui, c'est ça. Entre nous. Très bien.

Opale était toujours en lieu sûr. Aucun doute à ce sujet. Elle ne pouvait pas s'être échappée. Si elle y était parvenue, cette sonde serait beaucoup plus menaçante qu'elle ne le paraissait. Mais non, il était impossible qu'elle se soit enfuie.

La tendance paranoïaque de Foaly, cependant, n'excluait pas cette idée. Pour être vraiment sûr, il devait procéder à certains petits contrôles. Il aurait dû demander les autorisations nécessaires mais s'il se trompait, il valait mieux qu'on ne le sache pas. Et s'il avait raison, personne ne lui reprocherait d'avoir passé quelques heures supplémentaires devant son ordinateur.

Le centaure lança une rapide recherche dans la base de données des systèmes de surveillance et sélectionna la vidéo qui montrait le tunnel d'accès dans lequel Julius était mort. Il voulait vérifier quelque chose.

CONDUIT SECRET, CINQ KILOMÈTRES SOUS LE SUD DE L'ITALIE

La navette dérobée atteignit la surface en peu de temps. Holly vola aussi vite qu'elle le put sans faire griller les commandes et sans précipiter l'appareil contre une paroi du conduit. La rapidité était sans doute essentielle mais leur équipe hétéroclite n'aurait pas eu beaucoup d'utilité s'ils avaient été réduits à l'état de pâté en croûte.

– Ces vieilles guimbardes servent surtout à relever la garde, expliqua Holly. Les FAR ont acheté celle-ci d'occasion dans une vente aux enchères d'objets confisqués. Le moteur est gonflé pour échapper aux vaisseaux des douanes. Elle appartenait à un trafiquant de curry.

Artemis renifla. Une légère odeur d'épice flottait dans le cockpit.

– Quel est l'intérêt de passer du curry en contrebande ?

– Les piments très forts sont interdits à Haven-Ville. Quand on vit sous terre, il faut faire attention aux émissions de toutes sortes, si vous voyez ce que je veux dire.

Artemis voyait très bien et il estima préférable de changer de conversation.

– Nous devons localiser la navette d'Opale avant de nous aventurer en surface, ce qui révélerait notre position.

Holly s'arrêta près d'un petit lac de pétrole brut, le souffle de la navette ridant la surface.

– Artemis, je crois vous avoir déjà signalé qu'il s'agissait d'une navette furtive. Rien ne peut la détecter. Nous ne disposons pas de capteurs suffisamment perfectionnés pour la repérer. Opale et ses complices pourraient tout aussi bien se trouver derrière le prochain virage, nos ordinateurs seraient incapables de nous le signaler.

Artemis se pencha sur les voyants de la planche de bord.

– Vous prenez la question à l'envers, Holly. Nous devons plutôt déterminer où la navette ne se trouve *pas*.

Artemis déclencha divers détecteurs, cherchant certaines traces de gaz dans un rayon de cent cinquante kilomètres.

– A mon avis, nous pouvons estimer que la navette furtive se trouve tout près du conduit E7. Peut-être juste à son entrée mais cela nous laisse encore beaucoup de terrain à explorer, surtout si nous devons nous fier uniquement à nos yeux pour la repérer.

– C'est ce que je vous disais. Mais poursuivez, je suis sûre que vous avez pensé à quelque chose d'intéressant.

– Je me sers des détecteurs limités de cette navette pour scanner le conduit d'ici à la surface et jusqu'à une profondeur de cinquante kilomètres.

– Qu'est-ce que vous comptez découvrir ? demanda Holly d'un ton exaspéré. Un trou dans l'air ?

Artemis sourit.

– Exactement. Voyez-vous, l'atmosphère normale est constituée de divers gaz : oxygène, hydrogène, et autres. Mais la navette furtive interdit qu'on les détecte à l'intérieur même du vaisseau. Donc, si nous découvrons un petit espace dépourvu des gaz habituels...

– ... alors, nous aurons trouvé la navette, acheva Holly.

– En effet.

L'ordinateur de bord mena rapidement ses recherches, établissant une représentation graphique des alentours. Les gaz étaient indiqués par différentes couleurs qui tournoyaient sur l'écran.

Artemis demanda à l'ordinateur de signaler les anomalies. Il en découvrit trois dont l'une présentait une accumulation anormalement élevée de monoxyde de carbone.

– Sans doute un aéroport. Beaucoup de gaz d'échappement.

La deuxième anomalie indiquait un endroit où n'existaient que quelques traces d'éléments gazeux.

– Un vide. Probablement une installation informatique, présuma Artemis.

La troisième anomalie consistait en un petit espace, juste à l'entrée du conduit E7, qui semblait ne contenir aucun gaz, quel qu'il soit.

– Elle est là. Le volume correspond exactement. Elle se trouve du côté nord, à l'entrée du conduit.

– Bien joué, dit Holly en lui donnant un petit coup de poing sur l'épaule. Allons là-haut.

– Vous savez, bien sûr, que dès que nous pointerons le nez dans le réseau principal des conduits, Foaly nous repérera immédiatement.

Holly accorda quelques secondes aux moteurs pour les laisser chauffer.

– Il est trop tard pour s'en préoccuper. Haven-Ville

se trouve à près de mille kilomètres d'ici. Le temps que quelqu'un nous rejoigne, nous serons devenus soit des héros soit des hors-la-loi.

– Nous sommes déjà des hors-la-loi, fit remarquer Artemis.

– C'est vrai, admit Holly. Mais bientôt, il se pourrait qu'il n'y ait plus personne pour nous poursuivre.

CENTRE DE POLICE, MONDE SOUTERRAIN

Opale Koboï était de retour. Était-ce possible ? Cette idée taraudait l'esprit bien ordonné de Foaly, perturbant tous les raisonnements qu'il essayait d'échafauder. Il ne retrouverait plus la paix tant qu'il ne serait pas sûr de la vérité, quelle qu'elle soit.

Le premier élément à vérifier était l'enregistrement vidéo du conduit E37. Si l'on acceptait l'hypothèse que Koboï était vraiment vivante, de nombreux détails devenaient explicables. D'abord, l'étrange tremblement qu'on voyait sur les images aurait eu pour but de masquer quelque chose et ne serait pas dû à une simple interférence. Ensuite, la coupure du son pouvait aussi avoir été provoquée par Koboï pour cacher ce qui s'était passé entre Holly et Julius dans le tunnel. Enfin, la désastreuse explosion était peut-être l'œuvre de Koboï et non celle de Holly. A cette pensée, Foaly éprouva un formidable sentiment de paix intérieure mais il le repoussa. Il n'avait encore rien démontré.

Foaly visionna la bande en utilisant divers filtres,

sans aucun résultat. L'étrange zone floue refusait toute mise au point, on ne pouvait ni la cloner, ni la décaler. Le fait en soi était inhabituel. Si le phénomène avait été provoqué par un dysfonctionnement informatique, Foaly aurait pu y remédier. Mais la partie brouillée résistait, insensible à tous les procédés auxquels Foaly la soumettait.

« Tu as peut-être couvert tout le champ de la haute technologie, songea le centaure. Mais si tu essayais une bonne vieille technologie beaucoup moins haute ? »

Foaly agrandit les images prises quelques instants avant l'explosion. La zone floue s'était transférée sur la poitrine de Julius et par moments, on voyait que le commandant regardait dans cette direction. Y avait-il une bombe là-dessous ? Si oui, la mise à feu avait dû se faire à distance. Le signal de brouillage était sans doute envoyé de la même télécommande. Le déclenchement de l'explosion annulerait tous les autres signaux, y compris celui du brouilleur. Cela signifiait que pendant peut-être un millième de seconde avant la détonation, ce qui se trouvait sur la poitrine de Julius deviendrait visible. Pas assez longtemps pour qu'un œil de fée puisse le distinguer mais une caméra pouvait très bien saisir l'image.

Foaly mit la cassette en avance rapide jusqu'au moment de l'explosion puis entreprit de revenir en arrière image par image. Il était terriblement douloureux de regarder ainsi le corps déchiqueté d'un ami se reconstituer tandis que le film passait à l'envers et le centaure, concentré sur ses manipulations, s'efforça de

⬡⬟⬢⬩ · ⬢⬟⬩⬗ · ⬖⬟⬪ · ⬟⬗ ⬡ · ⬡⬪⬟⬩ · ⬗⬖

ne pas y prêter attention. Les flammes se contractèrent, passant d'un panache orange à des éclats blancs, puis se confinant dans un minuscule soleil rougeâtre. Enfin, quelque chose apparut sur une seule image qui passa très vite. Foaly revint aussitôt dessus. Là ! Sur la poitrine de Julius, à l'endroit où se trouvait habituellement la zone de flou. On distinguait un appareil, impossible à identifier au premier coup d'œil.

Les doigts de Foaly enfoncèrent les touches d'agrandissement. Une plaque de métal carrée de trente centimètres de côté était fixée à la poitrine de Julius à l'aide d'octo-liens. Elle avait été saisie par la caméra le temps d'une unique image. Moins d'un millième de seconde, ce qui expliquait pourquoi elle avait échappé aux enquêteurs. La plaque de métal comportait un écran à plasma. Quelqu'un avait communiqué avec le commandant avant sa mort et ce quelqu'un ne voulait pas que d'autres témoins l'entendent, d'où la coupure du son. Malheureusement, l'écran était vide car le signal de mise à feu avait interrompu la liaison vidéo.

« Je sais qui c'est, songea Foaly. C'est Opale Koboï, revenue des limbes. » Mais il lui fallait une preuve. Pour Ark Sool, la simple parole du centaure avait à peu près autant de valeur que celle d'un nain qui aurait nié avoir lâché un vent.

Foaly observa d'un regard noir les images transmises en direct depuis la clinique du docteur Argon. Elle était là. Opale Koboï, toujours plongée dans son coma. Apparemment.

⠦⠦⠦⠦⠦ ⠦⠦⠦ ⠦ ⠦⠦⠦ ⠦⠦⠦⠦⠦⠦⠦ ⠦

« Comment y es-tu parvenue ? Comment as-tu fait pour mettre une autre fée à ta place ? »

La chirurgie plastique n'aurait pas suffi. On ne peut pas changer d'ADN avec une opération chirurgicale. Foaly ouvrit un tiroir de son bureau et en sortit deux objets qui ressemblaient à des ventouses pour déboucher les éviers.

Il n'existait qu'un seul moyen de découvrir ce qui se passait. Il faudrait qu'il demande directement à Opale.

Lorsque Foaly arriva à la clinique, le docteur Argon se montra réticent à l'idée de le laisser pénétrer dans la chambre d'Opale.

– Miss Koboï est dans un état profond de catatonie, déclara le gnome avec mauvaise humeur. Qui sait quels effets vos appareils auraient sur son psychisme ? Il est difficile, quasiment impossible, d'expliquer à un profane les dégâts que peuvent entraîner des stimuli inopportuns dans le processus de guérison des facultés cérébrales.

Foaly poussa un hennissement.

– Vous n'avez pas eu les mêmes scrupules quand il s'agissait de faire entrer des équipes de télévision dans sa chambre. J'imagine qu'elles payent mieux que les FAR. J'espère que vous ne commencez pas à considérer Opale comme votre propriété personnelle, docteur. C'est une prisonnière qui appartient à la justice et je peux très bien à tout moment la faire transférer dans un établissement public.

– Peut-être cinq minutes, alors, répondit Jerbal Argon en composant le code d'entrée de la porte.

UＡ☙·|Ａ)◊·Uᕤ·⊕◊Ａ⊖ᕤ·୨⊛⊛)ᕤ·ᕤ⊕·୨

Foaly passa devant lui dans un bruit de sabots et posa d'un geste brusque sa mallette sur la table. Opale se balança doucement sous l'effet du courant d'air provoqué par l'ouverture de la porte. Car apparemment, il s'agissait bien d'Opale. Même de si près, en observant ses traits en détail, Foaly aurait juré avoir sous les yeux son éternelle adversaire. La même Opale qui avait été sa rivale à l'université chaque fois qu'il s'agissait d'obtenir un prix. La même Opale qui avait failli réussir à lui faire porter la responsabilité du soulèvement des gobelins.

– Décrochez-la, ordonna-t-il.

Argon plaça un banc sous le harnais en se plaignant à chaque geste qu'il accomplissait.

– Les efforts physiques ne sont pas bons pour moi, gémit-il. A cause de ma hanche. Personne n'a idée de la douleur que j'endure. Personne. Les médicosorciers ne peuvent rien pour moi.

– Vous n'avez pas de personnel pour se charger de ce genre de tâches ?

– Habituellement, si, répondit Argon en descendant le harnais. Mais les employés du nettoyage sont en congé. Tous les deux en même temps. Normalement, je ne l'aurais pas permis mais les bonnes fées lutines sont difficiles à trouver.

Foaly dressa les oreilles.

– Les fées lutines ? Vos deux employés sont des fées lutins ?

– Oui. Nous sommes très fiers de les avoir avec nous – ce sont de petites célébrités dans leur genre. Les fameux jumeaux. Et bien sûr, ils ont pour moi le plus grand respect.

Les mains de Foaly tremblaient tandis qu'il déballait son équipement. Tous les éléments semblaient concorder. D'abord Chix, puis l'étrange appareil sur la poitrine de Julius, maintenant les fées lutins en congé. Il n'avait plus qu'à découvrir le dernier morceau du puzzle.

– Qu'est-ce que vous avez là ? demanda Argon d'un air anxieux. Ça ne risque pas de provoquer des dégâts ?

Foaly pencha en arrière la tête de la fée inconsciente.

– Ne vous inquiétez pas, Argon. C'est un simple rétinoscope. Je n'irai pas plus loin que les globes oculaires.

Il lui souleva les paupières l'une après l'autre, fixant les ventouses autour des orbites.

– Toutes les images sont enregistrées sur la rétine, expliqua-t-il. Ce qui laisse des traces microscopiques, semblables à des éraflures, dont on peut augmenter l'intensité pour les décrypter.

– Je sais ce qu'est un Rétinoscope, répliqua sèchement Argon. Il m'arrive de lire des revues scientifiques, figurez-vous. Vous allez donc savoir quelle est la dernière chose qu'Opale a vue. A quoi cela vous servira-t-il ?

Foaly connecta les capteurs visuels à un ordinateur mural.

– C'est ce que nous allons découvrir, répondit-il en s'efforçant de paraître mystérieux plutôt qu'angoissé.

Il ouvrit le programme du Rétinoscope sur l'écran à plasma et deux images sombres apparurent.

– L'œil gauche et l'œil droit, commenta Foaly, manipulant une touche à bascule jusqu'à ce que les deux images se superposent.

La forme qui se dessina représentait de toute évidence un visage vu de profil mais trop sombre pour qu'on puisse l'identifier.

– Oh, quelle virtuosité ! Vraiment brillant, lança Argon d'un ton ironique. Faut-il convoquer la presse ? Ou dois-je me contenter de tomber à la renverse ?

Foaly ignora ses sarcasmes.

– Augmenter la luminosité et la netteté, ordonna-t-il à l'ordinateur.

Un pinceau optique balaya l'écran, laissant derrière lui une image plus brillante et mieux définie.

– C'est une fée lutine, marmonna Foaly. Mais on ne la voit pas assez bien.

Il se caressa le menton.

– Ordinateur, compare cette image avec celle de la patiente nommée Koboï, Opale.

Le visage d'Opale apparut sur une fenêtre séparée. L'image changea de format et tourna sur elle-même jusqu'à ce qu'elle se présente sous le même angle que l'original. Des flèches rouges clignotèrent entre les deux, montrant les similitudes. Quelques instants plus tard, l'espace qui séparait les deux profils était strié de lignes rouges.

– Ces images représentent-elles la même personne ? demanda enfin Foaly.

– Affirmatif, répondit l'ordinateur. Avec une marge d'erreur de 0,5 pour cent.

Foaly actionna la commande d'impression.

– Je prends le risque.

Argon s'approcha de l'écran, comme dans un état second. Son teint devint de plus en plus pâle à mesure qu'il prenait conscience de ce qu'impliquait cette image.

– Elle s'est vue elle-même de profil, murmura-t-il. Ça signifie...

– Qu'il y avait deux Opale Koboï, acheva Foaly. La vraie, que vous avez laissée échapper. Et cette coquille vide, ici, qui ne peut être qu'un...

– ... un clone.

– Exactement, approuva Foaly en prenant la feuille de papier qui sortait de l'imprimante. Elle s'est fait cloner et ensuite vos deux employés l'ont sortie d'ici sous votre nez.

– Oh, mon Dieu.

– « Oh, mon Dieu » me paraît un peu court. C'est peut-être maintenant qu'il faudrait convoquer la presse ou tomber à la renverse.

Argon choisit la deuxième option, s'effondrant par terre en un petit tas flasque. La volatilisation de ses rêves de gloire et de fortune était trop brutale pour qu'il puisse l'affronter aussi soudainement.

Foaly l'enjamba puis galopa jusqu'au centre de police.

E7, SUD DE L'ITALIE

Opale Koboï éprouvait les plus grandes difficultés à attendre. Elle avait épuisé ses réserves de patience dans la clinique du docteur Argon. Maintenant, elle

·)ᚠ· Ս♭)í·)ᚠ· ᚱՍ♭)ᚱᚱ·)ᚠ· ⊛♭)ᚾ· ⚡

voulait que tout se passe au moment où elle le commandait. Malheureusement, cent millions de tonnes d'hématite ne peuvent s'enfoncer dans la Terre qu'à une vitesse de cinq mètres par seconde et personne ne peut faire grand-chose pour y remédier.

Opale décida de passer le temps en regardant Holly Short mourir. Cette idiote de capitaine. Pour qui se prenait-elle avec ses cheveux en brosse et sa bouche en cœur ? Opale jeta un coup d'œil à sa propre image qu'elle distinguait sur une surface réfléchissante de la navette. Voilà ce qu'était la beauté véritable. Voilà un visage qui méritait de figurer sur des pièces de monnaie et il était possible que cela arrive bientôt.

– Mervall, lança-t-elle sèchement. Apporte-moi le disque des Onze Merveilles. J'ai besoin de me distraire.

– Tout de suite, Miss Koboï, répondit Merv. Voulez-vous que je finisse d'abord de préparer le repas ou dois-je vous apporter le disque immédiatement ?

Opale roula les yeux devant son reflet.

– Qu'est-ce que je viens de dire ?

– De vous apporter le disque.

– Dans ce cas, que faut-il faire, à ton avis, mon très cher Mervall ?

– Je pense que je devrais l'apporter, conclut Merv.

– Un génie, ce Mervall. Un pur génie.

Merv quitta la petite cuisine de la navette et éjecta un disque du lecteur. Le film était enregistré dans l'ordinateur mais Miss Koboï aimait bien avoir ses scènes préférées sur un disque séparé pour pouvoir se distraire, où qu'elle soit. Les grands moments du passé comportaient notamment la crise de nerfs de son père, l'attaque du centre de police et l'image de Foaly, les yeux hors de la tête, dans la cabine de contrôle des FAR.

Merv tendit le disque à Opale.

– Tu n'aurais pas oublié quelque chose ? demanda la minuscule fée lutine.

Pendant un instant, Merv parut déconcerté, puis il se souvint. L'un des nouveaux commandements d'Opale était que les frères Brill devaient s'incliner lorsqu'ils s'approchaient de leur chef. Il ravala sa fierté et s'inclina bien bas, le corps à angle droit.

– C'est mieux. Au fait, tu n'avais pas un dîner à préparer ?

Merv recula, toujours courbé. Il avait dû ravaler sa fierté très souvent ces dernières heures. Opale n'était pas satisfaite de la qualité du service et trouvait que les frères Brill ne lui manifestaient pas suffisamment de respect, elle avait donc établi une nouvelle liste de règles. Ces directives incluaient l'obligation déjà mentionnée de s'incliner bien bas sans jamais regarder Opale dans les yeux, de sortir de la navette s'ils devaient émettre un vent et de ne pas penser trop fort dans un rayon de moins de trois mètres autour de leur patronne.

– Parce que je sais ce que vous pensez, leur avait dit Opale d'une voix basse, frémissante. Je vois vos pensées tournoyer autour de votre tête. En cet instant, vous êtes en train de vous émerveiller de ma beauté.

– Impressionnant, avait murmuré Merv dans un souffle, tout en se demandant traîtreusement si elle n'avait pas plutôt vu une araignée au plafond.

Opale commençait à dérailler sérieusement avec cette histoire de changement d'espèce et de domination du monde. Scant et lui l'auraient déjà laissée tomber si elle ne leur avait pas promis la Barbade pour eux tout seuls lorsqu'elle serait la reine de la Terre. Et puis s'ils l'abandonnaient maintenant, Opale ajouterait les deux frères à la liste des personnes dont elle voulait se venger.

Merv retourna dans la cuisine et poursuivit ses efforts pour préparer le repas de Miss Koboï sans toucher directement les ingrédients. Encore une nouvelle règle. Pendant ce temps, Scant se trouvait dans la soute et vérifiait les relais des détonateurs sur les deux dernières charges creuses. Une pour faire le travail, une autre en secours. Les charges avaient la taille d'un melon mais causeraient des dégâts infiniment plus grands en explosant. Il vérifia que les capsules magnétiques des relais étaient bien fixées sur le corps des deux bombes. Constitués d'unités de mise à feu standard utilisées dans les mines, ces dispositifs capteraient le signal de la télécommande et enverraient une charge à neutrons au cœur des explosifs.

Scant adressa un clin d'œil à son frère à travers l'ouverture de la porte de la cuisine.

Merv porta discrètement un doigt à sa tempe dans un geste qui évoquait la folie. Scant acquiesça en hochant la tête d'un air las. Tous deux en avaient assez du comportement extravagant d'Opale. Seule la perspective de boire des *piñas coladas* sur les plages de la Barbade les incitait à continuer.

Opale, inconsciente du mécontentement qui montait dans son propre camp, inséra le disque vidéo dans son lecteur multifonction. Voir ses ennemis mourir dans des couleurs éclatantes et en son surround était certainement l'un des plus grands avantages de la technologie. Plusieurs fenêtres vidéo s'ouvrirent sur l'écran. Chacune correspondait à l'une des caméras installées dans l'hémisphère.

Opale regarda avec délices Holly et Artemis fuir dans l'eau de la rivière, pourchassés par une horde de trolls bavant de convoitise. Avec des « Oh » et des « Ah » réjouis, elle les vit se réfugier sur la minuscule île formée de cadavres et de débris divers. Son cœur minuscule battit plus vite lorsqu'ils escaladèrent l'échafaudage du temple. Elle était sur le point d'ordonner à Mervall d'aller lui chercher des truffes en chocolat dans la boîte à butin pour accompagner le film lorsque les caméras cessèrent soudain de transmettre les images.

– Mervall, couina-t-elle en tordant ses doigts fins. Descant ! Venez ici.

Les frères Brill se précipitèrent dans le salon de la navette, pistolet au poing.

– Oui, Miss Koboï ? dit Scant en posant les charges creuses sur une banquette recouverte de fourrure.

Opale se cacha le visage derrière les mains.

– Ne me regarde pas ! ordonna-t-elle.

Scant baissa les yeux.

– Désolé. Pas de contact visuel. J'avais oublié.

– Et arrête de penser à ce que tu penses.

– Bien, Miss Koboï. Désolé, Miss Koboï.

Scant n'avait aucune idée de ce qu'il était censé penser, il essaya donc de faire le vide dans son esprit.

Opale croisa les bras, ses doigts pianotant sur ses coudes, jusqu'à ce que les deux frères s'inclinent devant elle.

– Quelque chose n'a pas marché, dit-elle, la voix légèrement tremblante. Les caméras du temple d'Artémis n'ont pas bien fonctionné.

Merv remonta le film jusqu'à la dernière image. Elle montrait les trolls qui avançaient vers Artemis et Holly sur le toit du temple.

– De toute façon, ils ont dû avoir leur compte, Miss Koboï.

– Ouais, approuva Scant. Impossible de s'en sortir.

Opale s'éclaircit la gorge.

– D'abord, « ouais » n'est pas un mot acceptable et je ne permettrai pas qu'on me parle en argot. Nouvelle règle. Deuxièmement, il m'est déjà arrivé une fois de croire qu'Artemis Fowl était mort et cela m'a coûté un an de coma. Nous devons considérer que Fowl et Short ont survécu et sont sur nos traces.

– Avec tout le respect que je vous dois, Miss Koboï, reprit Merv en parlant à ses chaussures, nous sommes dans une navette furtive. Nous n'avons donc laissé aucune trace.

– Crétin, répliqua Opale d'un ton détaché. Notre trace se trouve sur tous les écrans de télévision, que ce soit en surface ou sous terre. Même si Artemis Fowl n'était pas un génie, il devinerait tout de suite que c'est moi qui suis derrière la sonde Zito. Il faut placer les explosifs maintenant. Quelle profondeur a atteinte la sonde ?

Scant consulta un tableau sur l'écran de l'ordinateur.

– Cent quarante et un kilomètres virgule douze. Elle mettra encore quatre-vingt-dix minutes à arriver au point idéal pour l'explosion.

Opale marcha de long en large pendant quelques instants.

– Nous n'avons capté aucune communication avec le centre de police, donc s'ils sont encore vivants, ils sont seuls. Mieux vaut ne pas prendre de risques. Nous allons placer la charge maintenant et la surveiller. Descant, vérifie une nouvelle fois les dispositifs de mise à feu. Mervall, tu vas procéder à un contrôle des systèmes de la navette – je ne veux pas que le moindre ion s'échappe de l'appareil.

Les deux fées lutins reculèrent, toujours penchés en avant. Ils feraient ce qu'elle leur avait dit mais la patronne devenait un tantinet paranoïaque.

– J'ai entendu cette pensée, s'écria Opale d'une voix suraiguë. Je ne suis pas paranoïaque !

Merv s'abrita derrière une cloison d'acier pour protéger ses ondes cérébrales. Miss Koboï avait-elle véritablement lu dans ses pensées ? Ou était-ce encore un effet de la paranoïa ? Généralement, les paranoïaques pensent que tout le monde les trouve paranoïaques. Merv passa la tête derrière la cloison et envoya une pensée à Opale, simplement pour vérifier.

« Holly Short est plus belle que toi », songea-t-il aussi fort qu'il put. Une véritable trahison qu'Opale ne manquerait pas de capter si elle parvenait réellement à lire dans les pensées.

Opale l'observa d'un regard fixe.

– Mervall ?

– Oui, Miss Koboï ?

– Tu me regardes en face. C'est très mauvais pour ma peau.

– Désolé, Miss Koboï, dit Merv en détournant la tête, ce qui lui donna l'occasion de jeter un coup d'œil à travers le pare-brise du cockpit, vers l'entrée du tunnel.

Il eut tout juste le temps d'apercevoir une navette des FAR qui s'élevait à travers les rochers holographiques masquant la porte d'accès à l'aire de stationnement.

– Heu... Miss Koboï, nous avons un problème.

Il pointa l'index en direction du pare-brise.

La navette se trouvait à dix mètres de la surface, en vol stationnaire au-dessus du paysage italien, cherchant de toute évidence quelque chose.

– Ils nous ont découverts, dit Opale dans un murmure terrifié.

Elle refoula la panique qui montait en elle et analysa rapidement la situation.

– C'est une navette de transport, pas un véhicule d'interception, remarqua-t-elle en se hâtant vers le cockpit, suivie de près par les jumeaux. Nous devons présumer qu'Artemis Fowl et le capitaine Short sont à bord. Ils ne disposent d'aucune arme et n'ont que des détecteurs rudimentaires. Dans cette obscurité, nous sommes pratiquement invisibles à l'œil nu. Ils sont donc aveugles.

– Est-ce qu'on les pulvérise ? demanda le plus jeune des frères Brill avec enthousiasme.

Enfin un peu d'action, comme on le lui avait promis.

– Non, répliqua Opale. Une décharge de plasma indiquerait notre position aux satellites de surveillance des humains et des fées. Nous allons établir un silence total. Éteignez tout. Même les systèmes d'aération. Je ne sais pas comment ils ont pu s'approcher si près mais leur seul moyen de découvrir notre position exacte sera de nous rentrer dedans. Et si cela arrive, leur misérable petite navette s'écrasera comme une boîte en carton.

Les frères Brill se dépêchèrent d'obéir, éteignant tous les dispositifs de fonctionnement du vaisseau.

– Très bien, murmura Opale, un doigt mince posé contre ses lèvres.

Ils regardèrent la navette un bon moment jusqu'à ce qu'Opale décide de rompre le silence :

– Que celui qui a émis un vent ne recommence pas sinon, je lui infligerai un châtiment approprié.

– Ce n'était pas moi, chuchotèrent simultanément les deux frères.

Ni l'un ni l'autre n'avait envie de savoir quel châtiment elle jugeait approprié aux flatulences.

CONDUIT E7, DIX MINUTES PLUS TÔT

Holly glissa la navette dans un puits secondaire particulièrement étroit puis s'engagea dans le conduit E7. Presque aussitôt, deux lumières rouges se mirent à clignoter sur la console de bord.

⋃◙◖◗· ⚿⚸⚹♌◭◖♄⬡·· ◉♄⚹◖⚹⚹·· ⇡⚶⚶⚮⚯

— Le compte à rebours a commencé, annonça-t-elle. Nous venons de déclencher deux des détecteurs de Foaly. Les FAR vont établir le lien entre la navette et la sonde et arriver à toute vitesse.

— Dans combien de temps ? demanda Artemis.

Holly calcula dans sa tête.

— S'ils viennent dans une navette d'attaque supersonique, moins d'une demi-heure.

— Parfait, dit Artemis, ravi.

— Je suis content que ça vous plaise, gémit Mulch. Mais les membres de la brigade supersonique ne sont pas très agréables à voir pour des cambrioleurs. En règle générale, nous préférons les subsoniques.

Holly arrima la navette à une saillie rocheuse sur la paroi du conduit.

— Tu essayes de te défiler, Mulch ? Ou bien s'agit-il simplement de tes plaintes coutumières ?

Le nain fit tourner sa mâchoire, un échauffement en prévision du travail qui l'attendait.

— J'ai quand même le droit de me plaindre un peu, non ? Pourquoi vos plans m'obligent-ils toujours à me mettre en danger pendant que vous attendez tous les trois dans la navette ?

Artemis lui tendit un sac réfrigérant qu'il avait pris dans la cuisine.

— Parce que vous êtes le seul à pouvoir faire ça, Mulch. Vous seul avez le pouvoir de réduire à néant les projets de Koboï.

Mulch ne se laissa pas attendrir.

— Je ne me laisserai pas attendrir, dit-il. Vous avez

intérêt à me décerner une médaille. Et en or massif. Fini les disques d'ordinateur plaqués or.

Holly le poussa vers la porte tribord.

– Mulch, s'ils ne me bouclent pas en prison jusqu'à la fin de mes jours, j'entreprendrai une campagne pour qu'on te donne la plus grosse médaille des FAR.

– Et une amnistie pour tous les délits passés et futurs ?

Holly ouvrit la porte.

– Passés, peut-être. Futurs, sûrement pas. Mais je ne peux rien garantir. Je ne suis pas vraiment le chouchou du mois au centre de police.

Mulch glissa le sac réfrigérant à l'intérieur de sa chemise.

– OK. Peut-être une médaille et probablement une amnistie. Je prends.

Il posa un pied au-dehors, sur la surface plate des rochers. Le vent violent qui soufflait dans le tunnel lui aspira la jambe, menaçant de l'emporter dans l'abîme.

– On se retrouve ici dans vingt minutes.

Artemis donna au nain un petit walkie-talkie trouvé dans le compartiment où était conservé l'équipement des FAR.

– Souvenez-vous bien du plan, lui cria Artemis, sa voix dominant le rugissement du vent. N'oubliez pas de laisser le communicateur. Et ne volez que ce que vous devez voler, rien d'autre.

– Rien d'autre, répéta Mulch en écho.

Il n'avait pas l'air enchanté. Après tout, qui pouvait savoir quels objets de valeur Opale cachait là-dedans ?

– A moins que quelque chose n'attire vraiment mon regard.

– Rien d'autre, insista Artemis. Vous êtes sûr de pouvoir vous y introduire ?

Le sourire de Mulch découvrit des rangées de dents rectangulaires.

– Je peux très bien m'y introduire. Arrangez-vous simplement pour qu'ils coupent l'électricité et qu'ils regardent ailleurs.

Butler souleva le sac à malices qu'il avait emporté du manoir des Fowl.

– Ne vous inquiétez pas, Mulch. Ils regarderont ailleurs, je vous le garantis.

CENTRE DE POLICE, MONDE SOUTERRAIN

Toutes les huiles réunies dans la salle des opérations regardaient les dernières informations transmises en direct par la télévision sur la progression de la sonde, lorsque Foaly fit irruption sans la pièce.

– Il faut que je vous parle, lança le centaure à l'assemblée.

– Silence, siffla Cahartez, le président du Grand Conseil. Prenez donc un peu de curry.

Le président Cahartez possédait à Haven-Ville une véritable flotte de fourgons à curry. Le curry de rat des champs était sa spécialité. De toute évidence, c'était lui qui avait assuré le ravitaillement de cette petite séance télévisuelle.

Foaly ignora le buffet et saisit sur le bras d'un

fauteuil une télécommande dont il actionna la touche d'interruption du son.

– Mesdames et messieurs, nous avons de très gros ennuis. Opale Koboï est en liberté et je pense que c'est elle qui se trouve derrière cette sonde Zito.

Un fauteuil à dossier haut pivota. Ark Sool y était confortablement installé.

– Opale Koboï? Extraordinaire. Et elle accomplit tout cela par la seule force de sa pensée, j'imagine ?

– Non. Mais d'abord, qu'est-ce que vous faites dans ce fauteuil ? C'est celui du commandant. Le vrai commandant, pas celui des Affaires internes.

Sool tapota les glands d'or accrochés à son revers.

– J'ai été promu.

Foaly devint livide.

– Vous êtes le nouveau commandant des Fées Aériennes de Détection ?

Le sourire de Sool aurait suffi à éclairer une pièce plongée dans l'obscurité.

– Oui, le Conseil a estimé que les FARfadet avaient besoin d'une reprise en main, ces temps derniers. Ses membres ont pensé – et je ne peux que les approuver – qu'un sérieux redressement s'imposait. Bien entendu, je continuerai à diriger les Affaires internes jusqu'à ce qu'on ait trouvé un remplaçant à la hauteur.

Foaly fronça les sourcils. Il n'avait pas le temps de parler de ça. Pas maintenant. Il devait obtenir l'autorisation d'envoyer immédiatement une navette supersonique.

– OK, Sool. Commandant. Je formulerai mes objections plus tard. Pour l'instant, nous sommes dans une situation d'urgence.

Tout le monde écoutait, à présent. Mais sans grand enthousiasme, à part le lieutenant-colonel Vinyaya qui avait toujours fermement soutenu Julius Root et n'aurait certainement pas voté pour Sool. Vinyaya était tout ouïe.

– Quelle est cette urgence ? demanda-t-elle.

Foaly glissa un disque dans le lecteur multifonction de la salle des opérations.

– Cette chose qui se trouve dans la clinique du docteur Argon n'est pas Opale Koboï, c'est un clone.

– La preuve ? demanda Sool d'un ton impérieux.

Foaly ouvrit une fenêtre en surbrillance sur l'écran.

– J'ai scanné la rétine et j'ai découvert que la dernière image vue par le clone était Opale Koboï elle-même. Au cours de son évasion, de toute évidence.

Sool n'était pas convaincu.

– Je ne me suis jamais fié à vos gadgets, Foaly. Votre Rétinoscope ne peut être accepté comme une preuve valable devant un tribunal.

– Nous ne sommes pas devant un tribunal, Sool, objecta Foaly, les dents serrées. Si nous admettons l'idée qu'Opale se soit enfuie, les événements de ces dernières vingt-quatre heures prennent une tout autre signification. Une certaine cohérence commence à apparaître. Scalène est mort, les fées lutins sont absents de la clinique, Julius est assassiné et Holly accusée du crime. Puis, vingt-quatre heures plus tard, une sonde est envoyée dans les profondeurs de la

Terre, avec une dizaine d'années d'avance. Koboï se trouve derrière tout cela. Cette sonde descend droit vers nous pendant que nous sommes tous là à la regarder sur un écran de télévision... en mangeant un infect curry de rat des champs !

– Je m'élève contre cette remarque désobligeante sur la qualité du curry, protesta Cahartez, blessé. Mais pour le reste, vos arguments me paraissent convaincants.

Sool bondit de son fauteuil.

– Quels arguments ? Foaly établit des liens qui n'ont aucune réalité. Tout ce qu'il essaye de faire, c'est de disculper son amie décédée, le capitaine Short.

– Holly est peut-être vivante ! lança sèchement Foaly. Et elle essaye de tenter quelque chose contre Opale Koboï.

Sool leva les yeux au plafond.

– Les graphiques de ses fonctions vitales étaient complètement plats, centaure. Nous avons détruit son casque à distance. J'étais là, vous vous en souvenez ?

Une tête apparut par la porte entrebâillée de la salle. C'était l'un des stagiaires du laboratoire de Foaly.

– J'ai été chercher la mallette, monsieur, dit-il d'une voix essoufflée. Aussi vite que j'ai pu.

– Très bien, Roob, répondit Foaly en lui arrachant la mallette des mains.

Il la fit pivoter vers lui.

– J'avais équipé Holly et Julius de nouvelles combinaisons. Des prototypes. Toutes deux sont dotées de balises et de capteurs biologiques. Elles ne sont pas reliées à l'unité centrale des FAR. Je n'avais pas pensé plus tôt à vérifier leurs données. Le casque de Holly est peut-être hors d'usage mais sa combinaison continue de fonctionner.

– Et que nous disent les capteurs, Foaly ? demanda Vinyaya.

Foaly avait presque peur de regarder. Si les graphiques transmis par la combinaison étaient plats, ce serait comme perdre Holly une deuxième fois. Il compta jusqu'à trois puis consulta le petit écran aménagé dans la mallette. Deux graphiques apparurent. L'un était plat. Celui de Julius. Mais tous les tracés de l'autre étaient actifs.

– Holly est vivante ! s'écria le centaure, en embrassant bruyamment sur la joue le lieutenant-colonel Vinyaya. Vivante et apparemment en bonne santé à part une tension un peu élevée et des réserves de magie à zéro.

– Et où se trouve-t-elle ? demanda Vinyaya avec un sourire.

Foaly agrandit le localisateur de l'écran.

– Dans le conduit E7, aux commandes de la navette volée par Mulch Diggums, si je ne me trompe pas.

Sool était enchanté.

– Si j'ai bien compris, Holly Short, suspectée de meurtre, se trouve à bord d'une navette volée, dans un conduit proche de la sonde Zito.

– Exact.

– Ce qui en fait la suspecte numéro un en cas d'irrégularités concernant cette sonde.

Foaly fut tenté de piétiner Sool sous ses sabots mais il se maîtrisa pour le bien de Holly.

– Tout ce que je demande, Sool, c'est que vous me donniez le feu vert pour envoyer la navette supersonique voir sur place ce qui se passe. Si j'ai raison, votre premier acte en tant que commandant aura été d'éviter une catastrophe.

– Et si vous avez tort ? Ce qui est sans doute le cas.

– Si j'ai tort, vous ramènerez ici l'ennemi public numéro un, le capitaine Holly Short.

Sool caressa son bouc. C'était une situation où il avait tout à gagner.

– Très bien. Envoyez la navette. Combien de temps faut-il pour la préparer ?

Foaly sortit un téléphone de sa poche et appela un numéro en mémoire.

– Major Kelp, dit-il. Feu vert. Allez-y.

Foaly adressa un sourire à Ark Sool.

– J'avais déjà mis le major Kelp au courant en venant ici. J'étais sûr que vous verriez les choses à ma façon. C'est ce que font généralement les commandants.

Sool fronça les sourcils.

– Pas de familiarités avec moi, petit cheval. Nous ne sommes pas du tout au début d'une belle amitié. J'envoie la navette parce que c'est la seule option. Si vous comptez me manipuler ou falsifier la vérité, vous passerez les cinq prochaines années en interrogatoires devant le tribunal des Affaires internes et ensuite, je vous renverrai.

Foaly ne lui accorda aucune attention. Il aurait tout le temps d'échanger des menaces plus tard. Pour l'instant, il devait se concentrer sur l'envoi de la navette. Il avait déjà subi une fois le choc d'apprendre la mort de Holly, il n'avait pas envie de le subir une deuxième fois.

CONDUIT E7

Mulch Diggums aurait pu être un athlète. Il avait les mâchoires et les capacités de recyclage nécessaires pour le cent mètres creusé ou même les épreuves de cross-country souterrain. Beaucoup d'aptitudes mais pas assez de volonté. Il avait essayé pendant deux mois, quand il était étudiant, mais les contraintes de l'entraînement et du régime alimentaire ne lui convenaient pas.

Mulch se souvenait encore de son coach de tunnel, à l'université. Un soir, il lui avait fait un grand discours après une séance d'entraînement :

– Tu as les mâchoires, Diggums, avait reconnu le vieux nain. Tu as aussi un bon postérieur, aucun doute là-dessus. Je n'ai encore jamais vu quelqu'un d'aussi doué pour l'expulsion des bulles. Mais tu n'as pas la motivation et c'est ça qui est important.

Le vieux nain avait peut-être raison. Mulch n'avait jamais eu envie de se lancer dans une activité désintéressée. Creuser des tunnels était un travail solitaire qui ne rapportait pas beaucoup d'argent. Et comme il s'agissait d'un sport ethnique, les télévisions n'étaient pas très intéressées. Or, sans publicité, pas de hauts salaires pour les athlètes. Mulch avait alors estimé que ses prouesses souterraines seraient beaucoup plus lucratives dans des activités que la loi réprouvait. S'il avait un peu d'or, les femelles de son espèce seraient peut-être mieux disposées à lui répondre au téléphone.

Et voilà où il en était à présent, violant ses propres règles, se préparant à pénétrer par effraction dans un vaisseau hérissé de détecteurs *et* occupé par des ennemis armés. Tout cela pour aider quelqu'un d'autre. De tous les véhicules qui existaient sur ou sous la planète, il fallait qu'Artemis choisisse celui qui était équipé des moyens technologiques les plus perfectionnés du moment. Chaque centimètre carré de la navette furtive était doté d'alarmes laser, de capteurs de mouvements, de détecteurs statiques et d'il ne savait quoi encore. Mais les systèmes d'alarme ne servent à rien s'ils ne se déclenchent pas et c'était là-dessus que Mulch comptait.

Il adressa un signe d'adieu à la navette qu'il venait de quitter, au cas où quelqu'un l'aurait regardé partir, et traversa la saillie rocheuse jusqu'à la paroi plus rassurante du tunnel. Les nains n'aiment pas l'altitude et le fait de se trouver au-dessous du niveau de la mer n'atténuait en rien son vertige.

Le nain enfonça les doigts dans une veine d'argile tendre qui affleurait à la surface du roc. Il se sentait chez lui. Un nain se sent partout chez lui sur la Terre, du moment qu'il a de l'argile à portée de dents. Mulch éprouva une impression de tranquillité. Il était en lieu sûr, à présent – pour le moment, tout au moins.

Il décrocha sa mâchoire en produisant deux *crac!* simultanés qui auraient fait tressaillir n'importe quelle créature pourvue d'organes sensitifs puis releva son rabat postérieur et s'enfonça dans l'argile. Ses dents qui grinçaient en dévorant la terre à pleine bouche creusèrent instantanément un tunnel sur son passage. Mulch rampait dans cet espace étroit qu'il refermait aussitôt derrière lui avec l'argile recyclée qui sortait à l'autre extrémité de son corps.

Après une demi-douzaine de bouchées, les ondes sonar émises par ses poils détectèrent une plate-forme rocheuse au-dessus de sa tête et il rectifia sa trajectoire. La navette furtive ne serait certainement pas stationnée sur une surface de roc car c'était un appareil dernier cri équipé d'une tige d'alimentation des batteries. Cette tige télescopique se dépliait sous le vaisseau et creusait un trou dans le sol jusqu'à une profondeur de quinze mètres, rechargeant les batteries de la navette grâce à l'énergie produite par la Terre. La plus propre de toutes les énergies.

La tige vibrait légèrement pendant l'opération et c'était vers cette vibration que Mulch se dirigeait. Il ne lui fallut guère plus de cinq minutes de mastication régulière pour dépasser la plate-forme rocheuse et atteindre l'extrémité du dispositif de recharge. Les vibrations avaient déjà amolli la terre et Mulch n'eut aucun mal à se creuser une petite caverne. Il étala alors de la salive sur les parois et attendit.

Holly pilota la navette des FAR à travers le terminal

⠀⠀⠀

de surface, franchissant les portes grâce à son code d'accès. Le centre de police ne s'était pas donné la peine d'en modifier les chiffres puisqu'on la croyait morte.

Un rideau de pluie déversé par de gros nuages noirs étendait son ombre sur la campagne italienne tandis qu'ils émergeaient des rochers holographiques qui masquaient le terminal. Un léger givre recouvrait l'argile rougeâtre et un vent du sud soulevait la queue de l'appareil.

– Nous ne pouvons pas rester longtemps ici, dit Holly après avoir immobilisé la navette en vol stationnaire. Notre engin de transport n'a aucun moyen de défense.

– Nous n'en aurons pas pour longtemps, assura Artemis. Quadrillez la zone, comme si nous cherchions la navette furtive sans connaître sa position exacte.

Holly entra des coordonnées dans l'ordinateur de vol.

– C'est vous le génie.

Artemis se tourna vers Butler qui était assis en tailleur dans l'allée centrale.

– Maintenant, vieux frère, pouvez-vous vous arranger pour qu'Opale regarde de notre côté ?

– Ça peut se faire, répondit Butler en se glissant vers la sortie située à bâbord.

Il appuya sur le bouton d'ouverture et la porte coulissa. La navette recula légèrement lorsque la pression extérieure et intérieure s'égalisa puis se stabilisa à nouveau.

Butler ouvrit le sac qui contenait ses armes et en retira une poignée de sphères métalliques de la taille d'une balle de tennis. Il rabattit la capsule de sécurité de l'une d'elles puis enfonça le bouton qui se trouvait au-dessous. Le bouton commença à remonter lentement vers sa position d'origine.

– Dans dix secondes, il sera revenu à son point de départ et établira alors le contact.

– Merci pour la leçon, répliqua sèchement Artemis. Mais ce n'est pas vraiment le moment.

Butler sourit, envoyant la sphère métallique en l'air. Cinq secondes plus tard, elle explosa, creusant un petit cratère dans le sol, à l'endroit où elle était retombée. Des traces de brûlure s'échappaient du cratère en traînées sombres qui lui donnaient l'aspect d'une fleur noire.

– Je parie qu'Opale nous regarde, maintenant, dit Butler en amorçant une deuxième grenade.

– Je suis sûr qu'elle ne sera bientôt plus la seule à nous regarder. Les explosions ont tendance à attirer l'attention. Nous sommes relativement isolés, ici. Le prochain village est à une quinzaine de kilomètres. Avec un peu de chance, nous devrions bénéficier d'une marge de dix minutes. Continuez à quadriller le terrain, s'il vous plaît, Holly. Mais pas trop près d'eux, il ne faut pas leur faire peur.

A quinze mètres au-dessous du sol, Mulch Diggums attendait dans sa petite caverne de fortune, contemplant l'extrémité de la tige d'alimentation. Dès qu'elle cessa de vibrer, il commença à monter en se creusant un chemin dans l'argile tendre. La tige télescopique était tiède au toucher, réchauffée par l'énergie qu'elle transmettait aux batteries de la navette. Mulch s'en servit dans son ascension, se hissant à la force des bras comme s'il s'agissait d'une corde. L'argile qu'il avalait avait été remuée par la tige et de l'air s'y était mélangé pour la plus grande satisfaction de Mulch qui transformait cet air en vent et l'utilisait comme moyen de propulsion.

Mulch accéléra l'allure, engloutissant l'argile dans son tube digestif. Opale ne serait pas distraite indéfiniment par le vaisseau des FAR et s'apercevrait bientôt que c'était une diversion. La tige s'épaississait à mesure qu'il la remontait ; enfin, il atteignit un joint de caoutchouc, sous la navette elle-même, posée sur trois pieds rétractables, à cinquante centimètres du sol. Lorsqu'elle était en vol, le joint était recouvert par un panneau métallique mais en cet instant, l'appareil ne volait pas et les détecteurs étaient désactivés.

Mulch sortit de son tunnel et raccrocha ses mâchoires. Il devait accomplir un travail de précision qui exigeait un total contrôle de ses dents. Le caoutchouc n'était pas recommandé dans le régime alimentaire des nains, il ne fallait pas en avaler. Du caoutchouc à moitié digéré risquait de lui obstruer les entrailles avec autant d'efficacité qu'un tonneau de colle.

Mordre là-dedans n'allait pas être facile. Il n'y avait guère de prise. Mulch colla sa joue contre la tige métallique et se tortilla comme un ver jusqu'à ce que ses incisives entrent en contact avec le joint. Il s'efforça de les enfoncer dans le caoutchouc épais, faisant tourner ses mâchoires en petits cercles. Enfin, une incisive de sa mâchoire supérieure parvint à pénétrer la surface. Il frotta alors ses dents les unes contre les autres, élargissant la fente qui se transforma en une ouverture de dix centimètres de long. Mulch put ainsi glisser un côté de sa bouche dans la déchirure et arracher de gros morceaux de caoutchouc qu'il recrachait aussitôt.

En moins d'une minute, il avait pratiqué un trou carré d'une trentaine de centimètres de côté. Juste assez pour qu'il puisse s'y faufiler. Un observateur peu familier des nains aurait été prêt à parier une jolie somme que Mulch n'arriverait jamais à faire passer sa silhouette bien nourrie dans une ouverture aussi étroite, mais il aurait perdu son argent. Depuis des millénaires, les nains ont appris à s'extraire des éboulements et ont ainsi acquis la faculté de se glisser dans des trous encore plus étroits que celui-là.

Mulch rentra le ventre et se contorsionna pour traverser le caoutchouc déchiré. Il fut content d'échapper à la faible lumière que diffusait le soleil matinal. Le soleil est une autre chose que les nains n'aiment pas ; il suffit qu'un nain y reste exposé quelques minutes pour avoir la peau plus rouge qu'un homard bouilli. Mulch escalada la tige métallique jusqu'au bout et se retrouva dans le compartiment moteur. La plus grande partie de cet espace réduit était occupée par des batteries plates et un générateur d'hydrogène. Au-dessus de lui, une trappe devait donner accès à la soute.

Courant sur toute la longueur du compartiment, des cordons lumineux diffusaient une lueur vert pâle. Toute fuite de radiation du générateur aurait eu une couleur violette. Les cordons continuaient de fonctionner malgré la coupure du courant, leur lumière étant produite par une algue en décomposition spécialement cultivée pour cet usage. Mulch n'en savait rien, cependant. Il pensa simplement que cette lueur était très semblable à celle émise par la salive de nain et cet aspect familier le détendit. Il se détendit même si bien qu'une petite émanation de gaz de tunnel s'échappa par son rabat postérieur. Heureusement, personne ne le remarquerait...

Trente secondes plus tard, il entendit la voix d'Opale au-dessus de lui :

– Que celui qui a émis un vent ne recommence pas sinon, je lui infligerai un châtiment approprié.

« Oups ! » pensa Mulch d'un air coupable. Dans le monde des nains, on considère comme quasiment criminel de laisser quelqu'un d'autre se faire accuser à sa place de ses propres flatulences. La simple force de l'habitude faillit pousser Mulch à lever la main pour se confesser mais par chance, son instinct de survie l'emporta sur sa conscience.

Quelques instants plus tard, le signal arriva. Il aurait été difficile de l'ignorer. L'explosion fit osciller la navette tout entière de vingt degrés sur son axe. Il était temps d'agir en faisant confiance à Artemis quand il disait qu'il était presque impossible de ne pas regarder une explosion.

De la tête, Mulch entrouvrit la trappe. Le nain s'attendait plus ou moins à ce que quelqu'un rabatte le panneau d'un coup de pied mais la soute était vide. Il s'y hissa, referma la trappe et parcourut à pas feutrés l'espace exigu. Il y avait là beaucoup de choses qui l'intéressaient. Des caisses de lingots, des boîtes en Plexiglas remplies d'argent venu du monde des hommes et des bijoux anciens accrochés à des mannequins. De toute évidence, Opale n'avait pas l'intention de vivre pauvre dans son nouveau rôle d'humain. Mulch arracha une boucle d'oreille en diamant d'un buste qui se trouvait à côté de lui. Artemis lui avait dit de ne rien prendre ? Et alors ? Ce n'était pas une boucle d'oreille qui allait le ralentir.

Mulch fourra le diamant de la taille d'un œuf de pigeon dans sa bouche et l'avala. Il le récupérerait plus tard, quand il serait seul. Il s'avança ensuite vers la porte de la soute, légèrement entrebâillée. Elle donnait sur la cabine des passagers, aussi luxueuse que Holly l'avait décrite. Mulch fit une grimace en voyant les fauteuils recouverts de fourrure. Répugnant. De l'autre côté de la cabine se trouvait le cockpit. Opale et ses deux amis, nettement visibles, regardaient attentivement par le pare-brise, sans faire le moindre bruit, sans prononcer le moindre mot. Tout comme Artemis l'avait prévu.

Mulch se laissa tomber à genoux et rampa sur la moquette. Il était à présent complètement exposé. Si la fée lutine ou l'un de ses complices avait décidé de se retourner en cet instant, il se serait fait surprendre au beau milieu de la cabine sans rien d'autre pour se cacher que son plus beau sourire.

« Continue sans y penser, songea Mulch. Si Opale te surprend, fais semblant d'être perdu ou frappé d'amnésie ou de sortir du coma. Peut-être qu'elle compatira, te donnera un peu d'or et te laissera repartir. Oui, c'est ça. »

Quelque chose grinça légèrement sous le genou de Mulch. Le nain s'immobilisa mais les trois autres ne réagirent pas. C'était sans doute le couvercle de la boîte à butin, la petite cachette d'Opale. Rampant toujours, Mulch la contourna. Il n'était vraiment pas nécessaire de provoquer d'autres grincements.

Deux charges creuses étaient posées sur un fauteuil, au niveau du nez de Mulch. Il avait du mal à le croire. Juste là, à moins de un mètre. C'était la partie du plan qui reposait sur la chance Si l'un des frères Brill avait gardé la bombe sous le bras ou s'il y avait eu plus de bombes qu'il ne puisse en porter, la seule solution qui leur restait aurait été de foncer sur la navette en espérant que le choc la mette hors d'usage. Mais les explosifs étaient devant lui, suppliant presque qu'il s'en empare. Quand il commettait un vol, Mulch faisait souvent parler dans sa tête les objets qu'il s'apprêtait à dérober. Il savait que cela pouvait apparaître comme de la folie mais il passait beaucoup de temps seul et avait besoin de dialoguer avec quelqu'un.

« Viens donc, monsieur Joli Nain, lui disait l'une des bombes d'une voix flûtée. Je t'attends. Je ne me plais pas beaucoup ici, tu sais. S'il te plaît, sauve-moi. »

« Très bien, madame, songea Mulch en sortant de sous sa chemise le sac réfrigérant. Je vous emmène mais nous n'irons pas très loin. »

« Moi aussi, dit l'autre bombe. Moi aussi, je veux m'en aller. »

« Ne vous inquiétez pas, mesdames. Là où vous serez, il y aura largement de la place pour vous deux. »

Une minute plus tard, lorsque Mulch Diggums ressortit de la navette par le joint de caoutchouc éventré, les bombes avaient disparu du fauteuil. A leur place était posé un petit walkie-talkie.

La fée lutine et ses deux complices étaient assis en silence dans le cockpit de la navette furtive. Opale concentrait son regard sur l'appareil de transport immobilisé en vol stationnaire, à deux cents mètres devant eux. Les deux frères, eux, exerçaient leur concentration sur tout autre chose : ne pas laisser échapper le moindre vent et ne pas même penser à ne pas laisser échapper le moindre vent, de peur que leur patronne devine ce qu'ils avaient en tête.

La porte latérale de l'appareil de transport s'ouvrit et un objet étincela dans le soleil matinal en tombant par terre. Quelques secondes plus tard, une explosion fit osciller la navette furtive sur ses suspensions.

Les frères Brill sursautèrent et Opale leur donna à tous deux une tape sur l'oreille.

Elle n'était pas inquiète. Ils la cherchaient. Un peu comme s'ils devaient tirer dans le noir. Dans une demi-heure, il y aurait peut-être suffisamment de lumière pour voir la navette à l'œil nu mais, en attendant, elle se fondait parfaitement dans la campagne environnante, grâce à son fuselage recouvert de métal furtif et de feuilles de camouflage. Fowl avait dû deviner où ils se trouvaient parce que ce conduit était proche du lieu d'où la sonde était partie. Mais il ne disposait que d'une approximation. Bien sûr, il aurait été très réjouissant de les détruire en vol mais la lumière des décharges de plasma serait repérée par les détecteurs satellites de Foaly et leur vaisseau deviendrait aussi visible qu'une cible.

Elle prit sous la planche de bord une tablette graphique et un crayon numérique et griffonna un message. « Restez calmes et silencieux. Même si l'une de ces grenades nous atteint, elle ne pénétrera pas la coque. »

Mervall prit à son tour la tablette et écrivit : « Nous devrions peut-être nous en aller d'ici. Les Hommes de Boue vont arriver. »

Opale inscrivit la réponse : « Mon cher Mervall, ne commence pas à penser – tu aurais mal à la tête. Nous attendrons jusqu'à ce qu'ils soient partis. D'aussi près, ils entendraient nos moteurs démarrer. »

Une autre explosion ébranla la navette furtive. Opale sentit une goutte de sueur rouler sur son front. Ridicule, elle n'allait quand même pas transpirer – certainement pas devant le petit personnel. Dans cinq minutes, les humains viendraient voir ce qui se passait ; c'était dans leur nature. Elle attendrait donc cinq minutes puis essaierait de s'enfuir en se glissant derrière la navette des FAR, et si elle n'y parvenait pas,

⌖⌖⌖⌖⌖⌖⌖⌖⌖⌖⌖⌖⌖⌖⌖⌖⌖⌖⌖⌖

elle les détruirait en vol et tenterait d'échapper à la navette supersonique qui serait sans nul doute envoyée sur place.

D'autres grenades furent lancées mais le vaisseau de transport s'était éloigné à présent et les ondes de choc provoquèrent tout juste quelques vibrations dans la navette furtive. Le manège dura deux ou trois minutes sans représenter le moindre danger pour Opale ou les frères Brill puis soudain, la porte se referma sur le flanc de l'appareil des FAR qui s'éloigna et disparut en replongeant dans le conduit E7.

— Mmmh, dit Opale. Surprenant.

— Ils n'avaient peut-être plus de munitions, suggéra Merv, tout en sachant qu'Opale le punirait pour avoir donné son opinion.

— C'est ce que tu crois, Mervall ? A court d'explosifs, ils auraient décidé de nous laisser partir ? Tu imagines véritablement une chose pareille, espèce de simulacre imbécile d'être pensant ? Tu es donc totalement dépourvu de lobe frontal ?

— Je me faisais l'avocat du diable, marmonna Merv d'une voix éteinte.

Opale se leva de son siège, adressant un signe de la main à chacun des frères Brill.

— Taisez-vous, tous les deux. J'ai besoin de me parler à moi-même pendant une minute.

Elle marcha de long en large dans l'étroit cockpit.

— Que se passe-t-il ? Ils retrouvent notre trace, nous offrent un beau feu d'artifice et puis s'en vont. Comme ça, simplement. Pourquoi ? Pourquoi ?

Elle se frotta les tempes avec les jointures de ses doigts.

– Réfléchis.

Soudain, Opale se rappela quelque chose.

– La nuit dernière. Une navette a été volée dans le conduit E1. Nous avons entendu l'information sur la longueur d'onde de la police. Qui l'a volée ?

Scant haussa les épaules.

– Je ne sais pas. Un nain, il paraît. C'est important ?

– Exact. Un nain. Et n'y avait-il pas un nain impliqué dans le siège du manoir des Fowl ? N'y avait-il pas aussi des rumeurs selon lesquelles ce même nain aurait aidé Julius à pénétrer par effraction dans les laboratoires Koboï ?

– Simples rumeurs. Aucune preuve.

Opale se tourna vers Scant.

– Peut-être est-ce parce que, contrairement à toi, ce nain est intelligent. Peut-être n'a-t-il pas envie de se faire prendre.

La fée lutine réfléchit un moment pour relier ces éléments entre eux.

– Ils disposent donc d'un nain cambrioleur, d'une navette et d'explosifs. Short doit savoir que ces minables petites grenades ne peuvent pas percer notre fuselage, alors pourquoi les lancer ? A moins que...

La vérité la frappa soudain comme un coup de poing à l'estomac.

– Oh non, soupira-t-elle. Une diversion. Nous étions assis là comme des idiots à regarder les jolies lumières. Et pendant ce temps...

Elle écarta Scant et se précipita dans le salon.

– Les bombes ! s'écria-t-elle. Où sont-elles ?

Scant alla droit vers le fauteuil.

– Ne vous inquiétez pas, Miss Koboï, elles sont juste...

Il s'interrompit, le dernier mot de sa phrase coincé dans sa gorge.

– Je... heu... enfin, elles étaient juste là. **Sur** ce fauteuil.

Opale prit le petit walkie-talkie.

– Ils se sont payé ma tête. Dis-moi que tu as mis la charge de secours en sûreté.

– Non, répondit Scant d'un ton piteux. Elles étaient ensemble.

Merv passa devant lui pour se rendre dans la soute.

– Le compartiment moteur est ouvert.

Il se pencha au-dessus de la trappe. Sa voix remonta, étouffée par les panneaux de revêtement du sol.

– Le joint de la tige d'alimentation a été déchiré. Et il y a des traces de pas. Quelqu'un est entré par là.

Opale rejeta la tête en arrière et se mit à hurler. Son cri se prolongea longtemps pour un être aussi petit. Enfin, elle fut à bout de souffle.

– Suivez cette navette, hoqueta-t-elle lorsqu'elle eut repris sa respiration. J'ai modifié moi-même ces explosifs et ils ne peuvent pas être désamorcés. Il est encore possible de les mettre à feu. Au moins, nous détruirons mes ennemis.

– Oui, Miss Koboï, répondirent Merv et Scant d'une même voix.

– Ne me regardez pas, mugit Opale.

Les frères Brill se ruèrent dans le cockpit, essayant en même temps de s'incliner, de fixer leurs chaussures, de ne penser à rien de compromettant et surtout, de ne laisser échapper aucun vent.

Mulch attendait au lieu de rendez-vous lorsque la navette des FAR arriva. Butler ouvrit la porte et hissa le nain à bord en le saisissant par le col.

– Vous les avez ? demanda Artemis, anxieux.

Mulch lui passa le sac réfrigérant, qui avait une forme renflée à présent.

– Là-dedans ! Et avant que vous me posiez la question, j'ai laissé le communicateur derrière moi.

– Donc, tout s'est passé selon le plan prévu ?

– Absolument, répondit Mulch, négligeant de mentionner le diamant qui reposait bien au chaud dans son estomac.

– Excellent, dit Artemis qui passa devant le nain pour se diriger vers le cockpit. Allez-y, cria-t-il en donnant une tape sur le repose-tête de Holly.

Celle-ci avait déjà allumé les moteurs de la navette et ne la retenait plus que par le frein.

– C'est parti, dit-elle.

Elle relâcha le frein et mit les gaz à fond. Le vaisseau des FAR bondit de la saillie rocheuse à la manière d'un caillou lancé par une catapulte.

Les jambes d'Artemis quittèrent le sol, battant derrière lui comme des manches à air. Le reste de son corps aurait suivi s'il ne s'était fermement cramponné au repose-tête.

– Combien de temps nous reste-t-il ? demanda Holly, les lèvres déformées par l'accélération.

A la force des bras, Artemis parvint à se glisser dans le fauteuil du passager.

– Quelques minutes. Le minerai atteindra une profondeur de cent soixante-dix kilomètres dans exactement un quart d'heure. Opale devrait commencer à nous poursuivre à tout moment.

Holly longea au plus près la paroi du conduit, tournoyant entre deux éminences rocheuses. La partie inférieure du E7 était pratiquement droite mais ce tronçon s'enfonçait en tire-bouchon à travers la croûte terrestre, suivant les lignes de fracture des plaques.

– Vous croyez que ça va marcher, Artemis ? demanda Holly.

Il réfléchit à la question.

– J'ai envisagé huit plans différents et celui-ci était le meilleur. Mais nous n'avons quand même que soixante-quatre pour cent de chances de succès. L'élément clé consiste à distraire Opale le plus long-temps possible afin qu'elle ne découvre pas la vérité. Tout dépend de vous, Holly. Pouvez-vous y arriver ?

Holly serra le volant entre ses doigts.

– Ne vous inquiétez pas. Ce n'est pas souvent que j'ai l'occasion de me livrer à quelques acrobaties aériennes. Opale sera tellement occupée à essayer de nous rattraper qu'elle n'aura pas le temps de songer à quoi que ce soit d'autre.

Artemis regarda à travers le pare-brise. Ils se dirigeaient droit vers le centre de la Terre. A cette profondeur et à cette vitesse, la force gravitationnelle était sujette à des fluctuations : parfois, ils étaient collés à leur siège, d'autres fois, leur ceinture de sécurité, tendue à craquer, les retenait à grand-peine. Les ténèbres du tunnel les enveloppaient comme du goudron que seul perçait le cône de lumière des projecteurs de la navette. Des formations rocheuses gigantesques jaillissaient dans le faisceau lumineux, pointées sur l'avant de l'appareil. Holly parvint cependant à se faufiler entre les obstacles sans faire une seule fois usage du frein.

Sur le tableau de bord à plasma, l'icône représentant l'anomalie gazeuse qui indiquait la présence du vaisseau d'Opale se déplaçait sur l'écran.

– Ils sont derrière nous, dit Holly qui avait saisi le mouvement du coin de l'œil.

L'estomac d'Artemis s'était noué sous l'effet du mal de l'air, de l'anxiété, de la fatigue et de l'exaltation.

– Très bien, commenta-t-il, perdu dans ses pensées. La poursuite a commencé.

A l'entrée du conduit E7, Merv était aux commandes de la navette furtive. Scant s'occupait des instruments de bord et Opale se chargeait de donner des ordres et de vociférer à tout propos.

– Les bombes émettent-elles des signaux ? hurlat-elle d'une voix criarde, depuis son siège.

« Sa voix commence vraiment à m'agacer », pensa Scant, mais pas trop fort.

--Non, répondit-il. Rien. Ce qui signifie qu'elles doivent

être dans leur navette. Leurs boucliers bloquent sans doute les signaux. Il faut que nous nous rapprochions d'eux – ou alors je peux essayer de déclencher la mise à feu. On aura peut-être de la chance.

Les hurlements d'Opale devinrent plus stridents :

– Non ! Nous ne devons pas provoquer l'explosion avant que la navette ait atteint une profondeur de cent soixante-dix kilomètres. Sinon, le métal en fusion ne changera pas de trajectoire. Et ce stupide walkie-talkie ? Il transmet quelque chose ?

– Négatif, dit Scant. S'il y en a un autre de leur côté, il doit être éteint.

– On peut toujours retourner sur le terrain de Zito, suggéra Merv. Nous avons une douzaine d'autres explosifs, là-bas.

Opale se pencha en avant et martela les épaules de Merv de ses poings minuscules.

– Idiot ! Crétin ! Demeuré ! Tu fais un concours de bêtise ? C'est ça ? Si on revient chez Zito, le métal sera parvenu à une trop grande profondeur lorsque nous redescendrons. Sans compter que le capitaine Short va présenter aux FAR sa version des faits et qu'ils seront bien obligés de mener une enquête. Nous devons nous rapprocher et déclencher l'explosion. Même si nous ratons la fenêtre de la sonde, au moins nous aurons détruit tous ceux qui pourraient témoigner contre moi.

La navette furtive était équipée de détecteurs de proximité connectés au logiciel de navigation, ce qui signifiait qu'Opale et compagnie n'avaient pas à craindre d'éventuelles collisions contre les parois du conduit ou contre des stalactites.

– Combien de temps encore pour être dans le rayon d'action de la télécommande ? aboya-t-elle.

En fait, c'était plutôt un jappement.

Merv se livra à quelques calculs rapides.

– Trois minutes, pas plus.

– Ils auront atteint quelle profondeur à ce moment-là ?

Encore quelques calculs.

– Deux cent quarante-huit kilomètres.

Opale se pinça le nez.

– Ça pourrait encore marcher. En présumant qu'ils ont les deux bombes, l'explosion, même si elle n'est pas orientée selon nos prévisions, suffira peut-être à provoquer une fissure dans la roche. C'est notre seule possibilité. Si nous échouons, nous aurons au moins le temps de nous réorganiser. Dès qu'ils seront à cent soixante-huit kilomètres de profondeur, envoyez le signal de détonation. Envoyez-le en continu. Nous aurons peut-être un coup de chance.

Merv releva d'une pichenette le capot de sécurité en plastique qui protégeait le bouton de mise à feu. Plus que quelques secondes.

Artemis avait l'impression que ses entrailles allaient lui sortir par la gorge.

– Ce tas de ferraille a besoin de nouveaux gyroscopes, dit-il.

Holly acquiesça d'un vague signe de tête, trop occupée

⠿⠕⠗⠊⠃⠋⠗⠪⠄ ⠠⠕⠜⠕⠱⠥⠪⠨⠄ ⠪⠗⠺⠪⠯⠕⠃⠗⠪⠢

à se concentrer sur une série de zigzags et de courbes que décrivait le conduit à cet endroit.

Artemis consulta les voyants du tableau de bord.

– Nous sommes maintenant à une profondeur de cent soixante-huit kilomètres. Opale va essayer de mettre à feu les charges creuses. Elle se rapproche rapidement.

Mulch passa la tête par la porte qui les séparait de la cabine des passagers.

– Est-ce que tous ces slaloms sont vraiment nécessaires ? J'ai beaucoup mangé ces temps derniers.

– On y est presque, dit Artemis. La balade sera bientôt terminée. Dites à Butler d'ouvrir le sac.

– OK. Vous êtes sûr qu'Opale fera ce qu'on attend d'elle ?

Artemis lui adressa un sourire rassurant.

– Bien entendu. C'est dans la nature humaine et n'oubliez pas qu'Opale est devenue humaine, désormais. Maintenant, Holly, arrêtez-vous.

Mervall tapota le cadran.

– Vous n'allez pas le croire, Op... Miss Koboï.

Une imperceptible esquisse de sourire passa sur les lèvres d'Opale.

– Ne me dis rien. Ils se sont arrêtés.

Merv hocha la tête, abasourdi.

– Oui, ils sont en vol stationnaire à deux cents kilomètres de profondeur. Pourquoi font-ils ça ?

– Inutile d'essayer de te l'expliquer, Mervall. Continue simplement d'envoyer le signal de mise à

⟨symboles⟩

362

feu, mais ralentis. Je ne veux pas être trop près quand la connexion s'établira.

Elle tapota le communicateur laissé par le nain. La liaison pouvait s'établir à tout moment, à présent.

Une lumière rouge clignota soudain, accompagnée d'une légère vibration. Opale sourit et ouvrit d'une pichenette l'écran du walkie-talkie.

Le visage au teint pâle d'Artemis remplit le minuscule rectangle. Il essayait de sourire mais de toute évidence, c'était un sourire forcé.

– Opale, je vous donne une chance de vous rendre. Nous avons désamorcé vos explosifs et les FAR arrivent. Il serait dans votre intérêt de vous livrer au capitaine Short plutôt que d'affronter un vaisseau armé des FAR.

Opale frappa ses mains l'une contre l'autre.

– Bravo, mon petit Fowl, quelle imagination ! Et maintenant, si je vous racontais la vérité ? Vous vous êtes rendu compte qu'il était impossible de désamorcer les explosifs. Le simple fait que je puisse communiquer avec vous signifie que mon signal de mise à feu traversera bientôt vos boucliers. Vous ne pouvez pas jeter mes bombes par-dessus bord car je les ferais exploser dans le conduit, exactement comme je l'avais prévu. Ensuite, il me suffirait d'envoyer quelques missiles à guidage infrarouge sur votre appareil. Et si vous tentiez de vous enfuir, je vous poursuivrais et pénétrerais vos défenses avant que vous n'ayez eu le temps d'arriver au bout du tronçon parallèle à la trajectoire de la sonde. Vous n'êtes pas

en communication avec les FAR. Sinon, nous aurions intercepté votre liaison. Vous n'avez donc pas d'autre choix que de recourir à ce bluff minable. Vraiment minable. De toute évidence, vous essayez de me retenir, le temps que le métal ait parcouru une plus grande distance que vous.

– Vous refusez de vous rendre ?

Opale fit semblant de réfléchir, se tapotant le menton d'un ongle manucuré.

– Eh bien, oui, je crois que je vais continuer à me battre, même si toutes les chances semblent contre moi. Au fait, ne me regardez pas en face sur votre écran, c'est mauvais pour mon teint.

Artemis eut un soupir théâtral.

– Soit, mais si nous devons mourir, au moins, ce sera l'estomac plein.

Une réflexion bien désinvolte pour quelqu'un qui n'avait plus que quelques secondes à vivre, même s'il s'agissait d'un humain.

– L'estomac plein ?

– Oui, répondit Artemis. Mulch a pris quelque chose d'autre dans votre navette.

Il agita devant l'écran une petite boule recouverte de cacao.

– Mes truffes ? s'étrangla Opale. Vous les avez volées ? Ça, c'est vraiment mesquin.

Artemis jeta la friandise dans sa bouche et la mâcha lentement.

– Elles sont vraiment divines. Je comprends qu'elles vous aient manqué à la clinique. Nous allons avoir du mal à les manger toutes avant que vous nous réduisiez en miettes.

Opale siffla à la manière d'un chat.

– Vous tuer sera du gâteau.

Elle se tourna vers Merv.

– Tu captes le signal ?

– Non, il n'y a rien, Miss Koboï. Mais c'est pour bientôt. Puisque nous parvenons à communiquer avec eux, ça ne devrait plus tarder.

Holly passa la tête devant l'objectif. Les truffes gonflaient l'une de ses joues.

– Elles fondent véritablement dans la bouche, Opale. Le dernier repas des condamnés.

Opale Koboï enfonça son ongle dans l'écran.

– Vous avez survécu deux fois, Short. Ça ne se reproduira pas, je vous le garantis.

Holly éclata de rire.

– Vous devriez voir Mulch. Il enfourne ces truffes à la pelle.

Opale était furieuse.

– Vous recevez les signaux ? demanda-t-elle.

Même à présent, sachant qu'ils allaient mourir dans quelques instants, ils continuaient à se moquer d'elle.

– Pas encore. Mais ça va venir.

– Continue d'essayer. Laisse ton doigt sur le bouton.

Opale détacha son harnais de sécurité et s'avança à grands pas dans la cabine. Le nain ne pouvait avoir emporté toutes les truffes *en plus* des explosifs. Sûrement pas. Elle aurait eu tellement envie d'une poignée de ces divins chocolats, une fois Haven-Ville détruite.

Elle s'agenouilla sur la moquette, glissant sa main sous la couture, là où se trouvait le fermoir de la cachette. Il sauta sous ses doigts et le couvercle de la boîte bascula en arrière.

Il n'y avait plus la moindre truffe. A la place, elle vit deux charges creuses. Pendant un moment, Opale n'en crut pas ses yeux. Puis tout devint effroyablement clair. Artemis n'avait jamais volé les bombes, il avait simplement demandé au nain de les déplacer. Une fois dans la boîte à butin, on ne pouvait plus ni les détecter, ni les faire exploser. Tant que le couvercle était fermé. Or, elle venait d'ouvrir la boîte elle-même. Artemis l'avait amenée à sceller son propre sort.

Le visage d'Opale se vida de son sang.

– Mervall ! hurla-t-elle. Le signal de mise à feu !

– Ne vous inquiétez pas, Miss Koboï, lui cria-t-il depuis le cockpit. Nous venons d'établir le contact. Plus rien ne peut nous arrêter, maintenant.

Des horloges vertes s'activèrent sur les deux charges et commencèrent un compte à rebours de vingt secondes. Le détonateur utilisé habituellement dans les mines.

Opale se rua dans le cockpit. Elle avait été trompée. Dupée. A présent, les deux bombes allaient exploser inutilement à cent dix-neuf kilomètres huit cents de profondeur, loin au-dessus de l'endroit où le conduit devenait parallèle à la trajectoire de la sonde. Bien entendu, sa propre navette serait détruite et elle resterait là, échouée, à la merci des FAR qui viendraient la chercher. Théoriquement, en tout cas. Car Opale Koboï se ménageait toujours une porte de sortie.

Elle se sangla dans un siège du cockpit.

– Je vous conseille de vous attacher aussi, dit-elle sèchement aux frères Brill. Vous n'avez pas bien fait le travail que je vous avais confié. Amusez-vous bien en prison.

Merv et Scant eurent à peine le temps de boucler leur harnais avant qu'Opale active sous leurs sièges les capsules d'éjection à gel protecteur. Ils furent immédiatement enveloppés d'une bulle de matière antichoc couleur ambre et éjectés à travers les panneaux qui venaient de s'ouvrir dans le fuselage.

Les bulles de gel ne comportaient aucune source d'énergie, seule leur propulsion à gaz initiale permettait de s'échapper de la navette. Le gel était ignifugé, résistait aux explosions, et la bulle contenait trente minutes d'oxygène à condition de ne pas respirer trop profondément. Merv et Scant furent catapultés dans l'espace noir jusqu'à ce qu'ils heurtent la paroi du conduit. Le gel les colla alors à la surface rocheuse, les laissant seuls et sans défense à des milliers de kilomètres de chez eux.

Pendant ce temps, Opale entrait rapidement une série de codes dans l'ordinateur de la navette. Elle n'avait plus que dix secondes pour accomplir sa dernière agression. Artemis Fowl l'avait peut-être battue cette fois-ci, mais il ne survivrait pas suffisamment longtemps pour s'en réjouir.

Avec une habileté d'experte, Opale activa et lança deux fusées plasma à guidage infrarouge qui jaillirent de l'avant du fuselage, puis actionna sa propre capsule

⊕⚡♈☐ · ♋⚡⟩☉◖ · ◊⚡ · ☉♌ · ⚡⟩▷ · ⟨⚡◆◖ · ⚡⟩▷

d'éjection. Pas de gel antichoc pour Opale Koboï. Bien entendu, elle avait inclus dans la conception de la navette une capsule de luxe. Une seule cependant, le petit personnel n'avait pas besoin de confort pour voyager. En fait, Opale ne se souciait pas de ce qui pouvait arriver aux frères Brill, qu'ils s'en sortent ou pas. Ils ne lui étaient plus d'aucune utilité.

Elle mit les gaz à fond, ignorant les règles de sécurité. Après tout, quelle importance si elle brûlait un peu la coque de la navette ? Elle subirait bientôt des dégâts bien pires qu'une simple trace de brûlure sur le fuselage. La capsule fila vers la surface à plus de huit cents kilomètres heure. Une belle vitesse mais pas suffisante pour échapper complètement à l'onde de choc provoquée par l'explosion des deux charges creuses.

La navette furtive se volatilisa dans un éclair de lumière multicolore. Holly ramena l'appareil des FAR tout près de la paroi pour éviter les chutes de débris. Une fois les ondes de choc passées, ils attendirent en silence que l'ordinateur de bord ait fini d'explorer par balayage la partie du conduit qui se trouvait au-dessus d'eux. Enfin, trois points rouges apparurent sur la représentation en trois dimensions du tunnel. Deux de ces points étaient immobiles tandis que le troisième montait rapidement vers la surface.

– Ils ont réussi à s'échapper, soupira Artemis. Sans aucun doute, le point mobile représente Opale. Nous devrions la poursuivre.

– Nous devrions, dit Holly qui n'avait pas l'air aussi

heureuse qu'on aurait pu s'y attendre. Mais nous ne le ferons pas.

Artemis remarqua le ton de Holly.

– Et pourquoi ? Qu'est-ce qui ne va pas ?

– Voilà ce qui ne va pas, répondit-elle en montrant l'écran.

Deux autres points étaient apparus et fonçaient vers eux à une vitesse considérable. L'ordinateur les identifia comme étant des missiles, puis les compara rapidement à sa base de données.

– Des fusées plasma à guidage infrarouge. Dirigées sur nos moteurs.

Mulch hocha la tête.

– Cette petite fée lutine est vraiment teigneuse. Elle n'abandonne jamais.

Artemis fixa l'écran comme s'il avait pu détruire les missiles par la seule force de sa concentration.

– J'aurais dû le prévoir.

Butler passa sa tête massive derrière l'épaule de son protégé.

– Avez-vous un leurre pour les détourner ?

– C'est une navette de transport, répondit Holly. Nous avons déjà de la chance d'être équipés de boucliers.

– Les missiles recherchent notre signature thermique ?

– Oui, répondit Holly, espérant qu'il y avait une idée dans l'air.

– Existe-t-il un moyen de modifier cette signature d'une manière significative ?

ᛒᎾᎧ·ᶎ·ᶎᎾᏜᎧᎧᏯᏯ·ᛈᎧᛒᎾ ᎧᏯᛨ·ᛒ·ᏜᎧᏜᎧᎧᎧ

Holly pensa alors à quelque chose. Quelque chose de si extrême qu'elle ne prit pas la peine de le soumettre aux autres occupants de la navette.

– Il y a une possibilité, dit-elle.

Et elle éteignit les moteurs.

La navette tomba comme une pierre dans le conduit. Holly essaya de la manœuvrer à l'aide des volets mais sans propulsion, c'était comme si elle avait voulu diriger une ancre.

Ils n'eurent pas le temps d'avoir peur ou de céder à l'affolement, tout juste celui de s'accrocher où ils pouvaient en s'efforçant de conserver leur dernier repas à l'intérieur de leur estomac.

Holly serra les dents, ravalant la panique qui essayait de monter en elle tandis qu'elle luttait avec le manche à balai. Si elle parvenait à maintenir les volets centrés, la navette ne heurterait pas la paroi du conduit. De cette façon, au moins, il leur restait une chance.

Elle jeta un coup d'œil aux voyants. La température de l'appareil diminuait mais sa baisse serait-elle assez rapide ? Cette partie du conduit était à peu près droite ; il y avait cependant une éminence rocheuse cinquante kilomètres plus loin et ils risquaient de s'y écraser comme une mouche contre un éléphant.

Butler grimpa vers l'arrière de l'appareil. Au passage, il arracha deux extincteurs et fit sauter leurs goupilles de sécurité. Il les jeta ensuite dans le compartiment moteur et referma la porte. A travers le hublot, il vit les extincteurs tournoyer dans les airs en recouvrant les moteurs d'une mousse refroidissante.

La température tomba encore d'un cran.

Les missiles étaient beaucoup plus près et gagnaient du terrain.

Holly ouvrit en grand tous les orifices de ventilation, inondant la navette d'air froid. L'indicateur de température se rapprocha du vert.

– Allez, dit-elle, les lèvres étirées par la force d'accélération. Encore quelques degrés.

Ils tombaient, tombaient, de plus en plus vite, tournoyant dans les ténèbres. Peu à peu, l'appareil dérivait vers tribord. Bientôt, il s'écraserait contre l'éperon rocheux qui s'élevait un peu plus loin. Le doigt de Holly se tenait prêt à actionner la commande d'allumage. Elle attendrait jusqu'au tout dernier moment.

Les moteurs refroidirent encore un peu. Ils comportaient un système efficace d'économie d'énergie. Dès qu'ils ne fonctionnaient plus, leur excès de chaleur était renvoyé aux batteries sur lesquelles était branchée l'alimentation en oxygène. Les missiles, cependant, poursuivaient leur course.

L'éperon rocheux apparut dans le faisceau de leurs projecteurs, plus grand qu'une montagne de taille moyenne et composé de rocs compacts, implacables. Si la navette le heurtait, elle s'aplatirait comme une boîte de conserve.

Artemis parvint à faire sortir quelques mots d'entre ses lèvres :

– Marche pas. Moteurs.

– Attendez, répliqua Holly.

Les volets vibraient et la navette se mit à tourner sur

elle-même dans une série de culbutes. Ils voyaient les missiles fondre sur eux, tantôt devant, tantôt derrière, selon la position de l'appareil dans sa chute.

Ils étaient très près de la masse rocheuse, à présent. Beaucoup trop près. Si Holly tardait encore une seconde, elle n'aurait plus assez de marge pour manœuvrer. Elle enfonça la commande d'allumage, virant vers bâbord à la dernière milliseconde. A l'avant, des étincelles jaillirent des plaques de revêtement lorsque l'appareil racla la surface du roc. Ils purent ensuite reprendre librement leur vol en fonçant dans le vide. Si toutefois le mot « librement » a encore un sens quand on est poursuivi par deux missiles.

La température des moteurs baissait toujours et continuerait ainsi pendant une trentaine de secondes, le temps que les turbines chauffent à nouveau. Serait-ce suffisant ? Holly brancha la caméra arrière sur l'écran de contrôle. Les missiles s'étaient encore rapprochés. Inflexibles. Une traînée violette brûlait dans leur sillage. Plus que trois secondes avant l'impact. Plus que deux.

Puis soudain, ils perdirent le contact, leur trajectoire déviant de leur cible. L'un passa au-dessus de la navette, l'autre sous son ventre.

– Ça a marché, soupira Artemis.

Il laissa échapper un souffle qu'il avait longtemps retenu sans même s'en apercevoir.

– Bien joué, soldat, commenta Butler en ébouriffant les cheveux de Holly.

Mulch passa la tête derrière la porte de la cabine des passagers. Il avait le teint légèrement verdâtre.

– J'ai eu un petit accident, dit-il.

Personne ne chercha à en savoir plus.

– Ce n'est pas encore le moment de faire la fête, déclara Holly qui consultait ses instruments. Ces missiles auraient dû exploser contre la paroi, ce qui ne s'est pas produit. Je ne vois qu'une seule raison pour expliquer qu'ils n'aient pas poursuivi leur course en ligne droite.

– Ils ont trouvé une nouvelle cible, suggéra Butler.

Un point rouge apparut sur l'écran à plasma. Les deux missiles se dirigeaient droit dessus.

– Exactement. Ceci est une navette d'attaque supersonique des FAR et, de leur point de vue, c'est nous qui venons d'ouvrir le feu sur eux.

La navette d'attaque des FAR était pilotée par le major Baroud Kelp. L'appareil volait à une vitesse de plus de trois fois celle du son, filant dans le conduit comme une aiguille d'argent. Les vols supersoniques étaient très rarement autorisés car ils risquaient de provoquer des éboulements et, dans certains cas, d'être détectés par des sismographes humains.

L'intérieur de la navette était rempli de gel antichoc pour atténuer les vibrations qui, sinon, auraient été assez puissantes pour briser les os des occupants. Le major Kelp était suspendu dans le gel, vêtu d'une combinaison de pilote spécialement modifiée. Les manettes de l'appareil étaient directement connectées à ses gants et l'écran vidéo intégré à son casque.

Foaly était en contact constant avec lui depuis le centre de police.

𝕬𝕺𝕽𝕬𝕵𝕺✦•𝕭•𝕫 𝕱𝕽𝕱𝕽𝕭⊕•𝕵𝕭•𝕽𝕬𝕵𝕵𝕺𝕽

– Sachez que la navette volée est revenue dans le conduit, annonça-t-il à Baroud. Elle est en vol stationnaire à deux cents kilomètres de profondeur.

– Je l'ai, répondit Baroud en repérant le point sur son radar.

Il sentit son cœur battre à tout rompre. Il y avait une chance pour que Holly soit vivante et à bord de cette navette. Et si c'était vrai, il ferait tout ce qu'il pourrait pour la ramener avec lui saine et sauve.

Un éclat blanc, jaune et orange en forme de soleil se déploya sur son écran.

– Quelque chose vient d'exploser. C'était la navette volée ?

– Non, Baroud. L'explosion est venue de nulle part. Il n'y avait rien à cet endroit. Attention aux débris.

Des lignes brisées de couleur jaune strièrent l'écran tandis que des morceaux de métal brûlant étaient précipités vers le centre de la Terre. Baroud activa les lasers, à l'avant de l'appareil, prêt à détruire tout objet qui se trouverait sur son chemin. Il était peu probable que sa navette soit menacée – à cette profondeur, le conduit était plus large qu'une ville moyenne. Les débris de l'explosion se répandraient dans un rayon d'environ un kilomètre et demi, pas plus. Il avait toute la place de se mettre à l'abri.

A moins que certains de ces débris ne le suivent. Deux des traînées jaunes avaient en effet viré vers lui, dans une trajectoire qui n'était pas naturelle. L'ordinateur de bord les analysa. Les deux objets étaient équipés de systèmes de guidage et de propulsion. Des missiles.

– Je suis sous feu ennemi, dit Baroud dans son micro. Deux missiles arrivent sur moi.

Était-ce Holly qui avait tiré ? Ce que Sool avait dit était-il vrai ? Avait-elle vraiment mal tourné ?

Baroud leva le bras, tapotant un écran virtuel. Il appuya sur les représentations des deux missiles, programmant ainsi leur destruction. Dès qu'ils seraient à portée, un rayon laser commandé par l'ordinateur les détruirait en vol. Baroud mit le cap sur le centre du conduit de telle sorte que les lasers aient la distance de tir la plus longue possible. Ils n'étaient efficaces qu'en ligne droite.

Trois minutes plus tard, les missiles suivirent la courbe que décrivait le conduit. Baroud leur accorda à peine un regard et l'ordinateur fit feu à deux reprises, les pulvérisant aussitôt. Le major Kelp traversa l'onde de choc, protégé par les nombreuses couches de gel.

Un autre écran s'ouvrit dans sa visière. C'était Ark Sool, le commandant récemment nommé.

– Major, vous êtes autorisé à riposter. Utilisez toute la force nécessaire.

Baroud fronça les sourcils.

– Mais, commandant, Holly se trouve peut-être à bord de la navette.

Sool leva la main pour faire taire toute objection.

– Le capitaine Short a très clairement choisi son camp. Feu à volonté.

Foaly ne put rester silencieux :

– Ne tirez pas, Baroud. Vous savez très bien que

Holly n'a rien à voir avec ça. C'est Opale Koboï qui s'est arrangée pour tirer ces missiles.

Sool tapa du poing sur son bureau.

– Comment pouvez-vous être aussi aveugle, espèce d'âne? Que doit faire Short pour vous convaincre de sa trahison? Vous envoyer un e-mail? Elle a assassiné son commandant, s'est alliée avec une criminelle et a tiré sur une navette des FAR. Détruisez-la.

– Non! insista Foaly. Les apparences sont contre elle, je vous l'accorde. Mais il doit y avoir une autre explication. Laissez une chance à Holly de nous dire elle-même ce qui s'est passé.

Sool devint apoplectique.

– Taisez-vous, Foaly! Qu'est-ce qui vous prend de donner des ordres en matière de tactique? Vous êtes un civil, libérez cette ligne.

– Baroud, écoutez-moi, commença Foaly, mais ce fut tout ce qu'il parvint à dire avant que Sool ne coupe la liaison avec lui.

– Maintenant, reprit le commandant en s'efforçant de se calmer, vous connaissez vos ordres. Tirez sur cette navette.

La navette volée était en vue, à présent. Baroud agrandit l'image qu'il recevait dans sa visière et remarqua aussitôt trois choses. D'abord, l'antenne de communication de l'appareil avait disparu. Deuxièmement, il s'agissait d'une navette de transport qui n'était pas équipée pour lancer des missiles et troisièmement, il voyait que Holly Short se trouvait bel et bien dans le cockpit, les traits tirés, une expression de défi sur le visage.

– Commandant Sool, dit Baroud. Je crois qu'il faut lui accorder des circonstances atténuantes.

– Je vous ai ordonné de tirer ! s'écria Sool d'une voix stridente. Vous allez m'obéir !

– Oui, mon commandant, répondit Baroud.

Et il tira.

Holly avait observé l'écran radar, suivant la trajectoire des missiles sans ciller. Ses doigts s'étaient serrés sur le manche à balai jusqu'à en faire grincer le caoutchouc qui le recouvrait. Elle ne commença à se détendre qu'au moment où la navette d'attaque, fine comme une aiguille, détruisit les deux engins et traversa sans dommage l'onde de choc.

– Pas de problème, dit-elle avec un sourire, les yeux brillants, en s'adressant au reste de l'équipe.

– Pour lui, peut-être, répliqua Artemis, mais nous, nous allons en avoir.

La navette d'attaque s'était immobilisée devant eux en vol stationnaire, luisante, menaçante, les baignant dans les rayons d'une bonne douzaine de projecteurs. Holly plissa les yeux dans la lumière pâle, essayant de voir qui se trouvait aux commandes. Un tube de lancement s'ouvrit à l'avant de l'appareil et un cône métallique apparut.

– Ça va mal, dit Mulch. Ils vont nous tirer dessus.

Mais, étrangement, Holly eut un sourire. « Ça va à merveille, au contraire, pensa-t-elle, il y a là quelqu'un qui m'aime bien. »

Le cône de communication parcourut la faible distance qui séparait les deux navettes et s'enfonça dans le fuselage de l'appareil volé. Un enduit à séchage rapide jaillit par des orifices aménagés à la base du projectile, rebouchant aussitôt la brèche, puis la partie pointue du cône se dévissa automatiquement et tomba par terre dans un bruit métallique. Au-dessous se trouvait un haut-parleur de forme également conique.

La voix de Baroud Kelp s'éleva dans le cockpit :

– Capitaine Short, j'ai reçu l'ordre de vous détruire en vol. Un ordre auquel je me suis empressé de désobéir. Alors, donnez-moi des explications et suffisamment d'informations pour que nous puissions sauver nos carrières respectives.

Holly se lança donc dans des explications. Elle présenta à Baroud une version condensée des événements : comment Opale avait orchestré toute cette affaire et comment ils pourraient la retrouver en explorant le conduit.

– Pour le moment, cela suffira à vous garantir la vie sauve, assura Baroud. Mais officiellement, vous êtes, vous et tous les autres occupants de la navette, en état d'arrestation jusqu'à ce que nous ayons capturé Opale Koboï.

Artemis s'éclaircit la gorge.

– Excusez-moi, mais je ne crois pas que vous puissiez exercer votre juridiction sur les humains. Il serait illégal que vous nous arrêtiez, moi et mon associé.

Baroud soupira. Dans le haut-parleur, on aurait dit un papier de verre frottant une surface.

– Laissez-moi deviner. Vous êtes Artemis Fowl, c'est ça ? J'aurais dû m'en douter. Vous commencez à faire une sacrée équipe, tous ensemble. Alors, disons que vous serez l'hôte des FAR si cela peut vous être plus agréable. Un commando de Récupération se trouve dans le conduit et va s'occuper d'Opale et de ses complices. A présent, suivez-moi jusqu'à Haven-Ville.

Holly aurait voulu protester. Elle aurait voulu attraper Opale elle-même. Avoir la satisfaction personnelle de jeter la fée vénéneuse au fond d'une cellule. Mais leur situation était déjà suffisamment précaire et elle estima préférable, pour une fois, d'obéir aux ordres.

CHAPITRE XI

UN DERNIER AU REVOIR

CONDUIT E7, HAVEN-VILLE

A leur arrivée à Haven, une escouade des FAR monta à bord de la navette pour emmener les prisonniers. Les policiers s'avancèrent d'un air assuré, aboyant des ordres, puis ils virent Butler et leur arrogance s'évapora comme de l'eau de pluie sur une chaussée brûlante. On leur avait dit que l'humain était grand. Mais ça, c'était plus que grand. C'était monstrueux. Une vraie montagne.

Butler eut un sourire d'excuse.

– Ne vous inquiétez pas, mes petites fées. Même aux humains, je fais cet effet-là.

Les policiers poussèrent un soupir de soulagement quand Butler accepta de les suivre sans résistance. Peut-être auraient-ils réussi à le neutraliser s'il avait décidé de se battre mais le colosse humain risquait d'écraser quelqu'un en tombant.

Les détenus furent emmenés dans le salon de pre-

8⬠))◊⩃ • ⌁⬠⬡⭍⬠⬡⬡ •)⬠ • ⩃⬡⭍⬠⬡⬡ • ⴑ⬡⬡

380

mière classe du terminal des navettes d'où l'on évacua quelques avocats et fées d'affaires grincheux. Tout se passa d'une manière fort civile : excellent repas, vêtements propres (pas pour Butler) et programmes de divertissement. Ils restèrent néanmoins sous bonne garde.

Une demi-heure plus tard, Foaly fit irruption dans le salon.

– Holly ! s'écria-t-il en passant un bras velu autour des épaules de l'elfe. Je suis tellement heureux que vous soyez vivante.

– Moi aussi, Foaly, répondit-elle avec un sourire.

– Un petit « bonjour » ne vous écorcherait pas la langue, intervint Mulch d'un air boudeur. Comment allez-vous, Mulch ? Il y a longtemps qu'on ne s'est pas vus, Mulch. Voici votre médaille, Mulch.

– Bon, d'accord, dit Foaly en passant son autre bras velu autour des épaules du nain qui n'avait rien à lui envier en matière de pilosité. Content de vous voir aussi, Mulch, même si vous avez coulé une de mes navettes sous-marines. Mais pour la médaille, c'est non.

– A cause d'une navette coulée ? protesta Mulch. Si je ne l'avais pas fait, vous seriez enterré sous cent millions de tonnes de fer en fusion à l'heure qu'il est.

– Je vous l'accorde, admit le centaure. J'en parlerai le jour de votre audience.

Il se tourna vers Artemis.

– Je vois que vous avez réussi à déjouer l'effacement de mémoire, Artemis.

Celui-ci eut un sourire.

– Une bonne chose pour nous tous.

– En effet. Je ne commettrai plus jamais l'erreur d'essayer de supprimer vos souvenirs.

Il prit la main d'Artemis et la serra chaleureusement.

– Vous avec été un ami du Peuple. Vous aussi, Butler.

Le garde du corps, tassé sur lui-même, était assis dans un canapé, les coudes sur les genoux.

– Vous pourriez me récompenser en aménageant une pièce dans laquelle il me soit possible de tenir debout.

– Je suis vraiment désolé, dit Foaly d'un ton d'excuse. Nous n'avons aucun endroit prévu pour des gens de votre taille. Sool veut que vous restiez tous ici jusqu'à ce que vos déclarations puissent être vérifiées.

– Comment ça se présente ? demanda Holly.

Foaly sortit un dossier de sous sa chemise.

– Je ne suis pas censé me trouver avec vous mais j'ai pensé que vous aimeriez être au courant.

Ils se rassemblèrent autour d'une table tandis que Foaly étalait devant lui les derniers rapports.

– Nous avons découvert les frères Brill accrochés à la paroi du conduit. Ils s'épanchent comme des vers gluants – adieu la loyauté envers leur patronne. Le laboratoire de police a collecté suffisamment de débris de la navette furtive pour prouver son existence.

Holly frappa ses mains l'une contre l'autre.

– Donc, c'est réglé.

– Pas vraiment, rectifia Artemis. Si Opale n'est pas capturée, on pourrait nous accuser d'avoir tout combiné.

ꀀꀀ· ꀀꀀꀀꀀꀀꀀ· ꀀꀀꀀ· ꀀꀀ· ꀀꀀꀀꀀꀀꀀ

Et imaginer que les Brill mentent pour nous couvrir.
Vous l'avez attrapée ?

Foaly serra les poings.

– Eh bien, oui et non. Son module d'éjection a été
endommagé par l'explosion de la navette et nous
avons pu ainsi suivre sa trace. Mais lorsque nous avons
atteint l'endroit où elle s'était écrasée en surface, elle
avait disparu. Nous avons pratiqué une analyse thermique des environs et des traces de pas d'Opale ont
été retrouvées. Nous les avons suivies et elles nous ont
menés à une petite propriété rurale dans une région de
vignobles proche de Bari. En fait nous pouvons la voir
par satellite mais il faut du temps pour organiser une
expédition. Elle est à notre merci et nous finirons par
l'arrêter. Mais cela prendra peut-être une semaine.

Holly avait le visage assombri par la rage.

– Elle ferait bien de profiter de cette semaine de
liberté, c'est le meilleur moment qui lui restera à passer
d'ici à la fin de ses jours.

PRÈS DE BARI, ITALIE

La capsule d'Opale Koboï arriva péniblement en
surface, de grosses gouttes de plasma s'échappant par
une fissure du générateur. Opale savait très bien que
ces traces étaient aussi efficaces pour Foaly que si elle
avait dessiné des flèches derrière elle. Il fallait qu'elle
se débarrasse de cet engin dès que possible et qu'elle
trouve une cachette jusqu'à ce qu'elle puisse avoir
accès à ses fonds.

⌑⟩⟨⋇⬡⬢⟐·⬚⟩⬡·⬢⬡⟐⬡⬢⬡⟐·⟨⋇⟐·⟊·⟆⬡⬢⬡⬡⋇

Elle franchit le terminal des navettes et parcourut près de quinze kilomètres au-dessus de la campagne avant que son moteur ne rende l'âme, la forçant à s'écraser dans des vignes. Lorsqu'elle sortit tant bien que mal de sa capsule, Opale se retrouva devant une grande femme d'une quarantaine d'années, le teint hâlé, qui l'attendait, une pelle à la main et une expression furieuse sur le visage.

– Ce sont mes vignes, dit la femme en italien. Ces vignes sont toute ma vie. Qui êtes-vous pour vous permettre de vous écraser dans votre petit avion en détruisant tout ce que je possède ?

Opale réfléchit très vite.

– Où est votre famille ? demanda-t-elle. Votre mari ?

La femme souffla sur une mèche de ses cheveux pour l'écarter de son visage.

– Je n'ai pas de famille. Pas de mari. Je cultive mes vignes toute seule. Je suis la dernière de la lignée. Ces vignes ont plus de valeur pour moi que ma propre vie et certainement beaucoup plus que la vôtre.

– Tu n'es plus seule, dit alors Opale en l'hypnotisant grâce au mesmer des fées. Je suis avec toi, maintenant. Je suis ta fille, Belinda.

« Pourquoi pas ? songea-t-elle. Si cela a marché une fois... »

– Bel-inda, répéta lentement la femme. J'ai une fille, moi ?

– En effet, assura Opale. Belinda. Souviens-toi. Nous cultivons ces vignes ensemble. Je t'aide à faire le vin.

ᑌ⊕·⋇◉ᑌ·ᓫ⋇⊃◆·ᛜ⋇◔ᖇ·ᖇ◔·◉ᕳ⊃ᖇ·⋨◉⊘

– Tu m'aides ?

Opale fronça les sourcils. Les humains ne comprenaient jamais rien du premier coup.

– Oui, répondit-elle, en cachant à grand-peine son irritation. Je t'aide. Je travaille à tes côtés.

Le regard de la femme s'illumina soudain.

– Belinda. Qu'est-ce que tu attends ? Va prendre une pelle et enlève-moi ces débris. Quand tu auras fini, tu iras préparer le dîner.

Opale eut un coup au cœur. Un travail manuel ? Sûrement pas. Ce genre de tâche était réservé aux autres.

– Réflexion faite, dit-elle en poussant le *mesmer* au maximum, je suis plutôt une enfant gâtée. Belinda, ta petite fille chérie à qui tu épargnes toutes les corvées, de peur qu'elles n'abîment mes jolies mains. Tu me ménages en attendant de me trouver un riche mari.

Voilà qui devrait suffire. Elle se cacherait chez cette femme pendant quelques heures, puis s'échapperait pour se rendre dans la grande ville la plus proche.

Mais une surprise attendait Opale.

– Ça, c'est bien ma Belinda, reprit la femme. Toujours là à rêver. Et maintenant, prends cette pelle, fillette, ou tu iras te coucher sans dîner.

Les joues d'Opale devinrent écarlates.

– Tu ne m'as donc pas entendue, vieille harpie ? Je ne veux faire aucun travail physique. Toi, en revanche, tu vas te mettre à mon service, c'est ton seul but dans la vie.

⊞◊⚹⚘⚘⚷◊· ⚶⚘⚶· ⊞◊◊· ⚶⚘⚶⚘⚶⊞

L'Italienne s'avança vers sa minuscule « fille ».

– Écoute-moi bien, Belinda. J'essaye de ne pas entendre les paroles empoisonnées qui sortent de ta bouche mais c'est difficile. Nous cultivons toutes deux cette vigne, il en a toujours été ainsi. Alors, prends cette pelle, sinon je t'enferme dans ta chambre avec une centaine de pommes de terre à éplucher et tu n'auras pas le droit d'en manger.

Opale fut stupéfaite. Elle ne comprenait pas ce qui se passait. Chez les humains, même les esprits forts se montraient soumis face au *mesmer*. Qu'est-ce qui ne marchait pas ?

La vérité était qu'Opale s'était montrée trop habile, ce qui avait fini par se retourner contre elle. En se faisant greffer une glande pituitaire dans le crâne, elle s'était véritablement humanisée. L'hormone de croissance humaine avait peu à peu pris le pas sur les fonctions magiques de son organisme. Par malchance, elle avait utilisé ses ultimes réserves de magie pour convaincre cette femme qu'elle était sa fille. Maintenant, elle n'avait plus aucun pouvoir et devenait pratiquement prisonnière de cette vigne. En plus, elle était obligée de travailler, ce qui était encore pire que d'être plongée dans le coma.

– Dépêche-toi ! s'écria la femme. Ils prévoient de la pluie et nous avons beaucoup à faire.

Opale prit la pelle et en posa l'extrémité sur la terre sèche. L'outil était plus grand qu'elle et son manche piqueté, usé.

– Comment se sert-on de ça ?

– Enfonce-la dans la terre et creuse une rigole d'irrigation entre ces deux rangs de vigne. Et après dîner, je veux que tu laves à la main le linge qu'on m'a confié cette semaine. C'est celui de Carmine et tu sais ce que c'est que de laver ses affaires.

La femme eut une grimace éloquente qui ne laissa aucun doute sur l'état dans lequel devaient se trouver les vêtements du dénommé Carmine.

L'Italienne prit une deuxième pelle et commença à creuser à côté d'Opale.

– Ne boude pas, Belinda. Le travail forme le caractère. Tu verras, dans quelques années.

Opale donna un coup de pelle ridicule qui parvint tout juste à soulever un fragment d'argile. Déjà, le simple fait de tenir l'outil lui faisait mal aux mains. Dans une heure, elle aurait des ampoules et des courbatures partout. Peut-être que les FAR viendraient vite la chercher.

Son souhait allait être exaucé – mais il lui fallut attendre encore une semaine à la fin de laquelle ses ongles étaient noirs, cassés, sa peau couverte de boursouflures. Elle avait épluché un nombre incalculable de pommes de terre et servi sa nouvelle mère comme une domestique. Opale fut également horrifiée de découvrir que sa mère adoptive élevait des cochons et que nettoyer la porcherie constituait une autre de ses interminables corvées. Lorsque le commando de Récupération des FAR vint la chercher, elle fut presque heureuse de les voir.

ᚖᛁᛁᚐ ᚒᚑᚐᚐ⊙ · ᚘᚕᚄ · ⊙ᚐᚗᚐᚐ · ᛁᚐᚐᚐᚗᛈᚐᚑᚐ · ᛒ

Les funérailles de Julius Root eurent lieu le lendemain de l'arrivée d'Artemis et de Holly à Haven-Ville. Tous les officiers de haut rang s'étaient rendus à la cérémonie d'hommage. Tous, sauf le capitaine Holly Short. Le commandant Sool avait refusé qu'elle soit présente, même sous bonne garde. Le tribunal qui enquêtait sur son cas n'avait pas encore pris sa décision et, en attendant qu'il ait statué, Holly restait suspectée de meurtre.

Elle était donc demeurée dans le salon de première classe et regardait les obsèques sur le grand écran. De tout ce que Sool lui avait fait subir, c'était la pire épreuve. Julius Root avait été son ami le plus proche et voilà qu'elle était obligée d'assister à la cérémonie de recyclage devant un écran, alors que tous les gros bonnets étaient sur place, affichant devant les caméras des mines attristées.

Elle enfouit son visage dans ses mains lorsqu'un cercueil vide fut descendu dans la cuve de décomposition en pierre ouvragée. S'il y avait eu une dépouille, les os et les tissus organiques auraient été entièrement séparés en leurs divers composants pour nourrir la terre.

Des larmes coulèrent entre les doigts de Holly.

Artemis, assis à côté d'elle, avait posé avec douceur une main sur son épaule.

– Julius aurait été fier de vous, dit-il. Haven est toujours là aujourd'hui grâce à ce que vous avez fait.

Holly renifla.

– Peut-être. Mais peut-être aussi que si j'avais été un

peu plus intelligente, Julius serait avec nous en ce moment.

– Possible, mais je ne le pense pas. J'y ai réfléchi et j'en ai conclu qu'il n'y avait aucun moyen de sortir de ce conduit sans savoir à l'avance ce qui vous attendait.

Holly posa les mains sur ses genoux.

– Merci, Artemis. C'est très gentil de votre part de dire ça. Vous n'allez pas vous attendrir, quand même ?

Artemis était sincèrement perplexe.

– Honnêtement, je ne sais pas. Une moitié de moi-même aspire à la délinquance, l'autre moitié voudrait que je devienne un adolescent normal. J'ai l'impression d'avoir en moi deux personnalités contradictoires et la tête pleine de souvenirs qui ne sont pas vraiment les miens, pas encore. C'est une étrange sensation de ne pas savoir qui on est exactement.

– Ne vous inquiétez pas, Bonhomme de Boue, je vous surveillerai de près pour m'assurer que vous restez dans le droit chemin.

– J'ai deux parents et un garde du corps qui s'y essayent déjà.

– Peut-être est-ce le moment de les laisser faire.

A cet instant, les portes du salon s'ouvrirent en coulissant et Foaly entra dans un bruit de sabots, l'air surexcité, suivi par le commandant Sool et deux sous-fifres. De toute évidence, Sool n'était pas aussi réjoui que le centaure de se trouver là et avait amené deux de ses subalternes au cas où Butler aurait montré des signes d'agitation.

Foaly se précipita sur Holly et la saisit par les épaules.

𝌆𐩐𐩑𐩒⚝✦·· 𐩐𐩑𐩒𐩓𐩔𐩕· 𐩖𐩗𐩘𐩙· 𐩚𐩛𐩜𐩝

389

– Vous êtes innocentée, annonça-t-il, le visage rayonnant. Le tribunal a voté en votre faveur par sept voix contre une.

Holly regarda Sool, la mine renfrognée.

– Je devine laquelle.

Sool se hérissa.

– Je suis toujours votre supérieur, Short. J'exige que vous en teniez compte dans votre attitude à mon égard. Vous avez peut-être échappé à une condamnation cette fois-ci mais à partir de maintenant, je vous tiendrai à l'œil avec la vigilance d'un faucon.

Mulch claqua des doigts devant le visage de Foaly.

– Hé, petit poney. Par ici. Et moi ? Est-ce que je suis un nain libre ?

– Le tribunal a décidé de vous poursuivre pour vol de véhicule.

– Quoi ? s'exclama Mulch. Alors que j'ai sauvé la ville ?

– Cependant, poursuivit Foaly, considérant le temps que vous avez déjà passé en prison à la suite d'une perquisition illégale, ils sont disposés à passer l'éponge. Mais, désolé de vous décevoir, il n'y aura pas de médaille.

Mulch donna une tape sur la croupe du centaure.

– Vous ne pouviez pas le dire plus tôt ? Il fallait vraiment faire durer le plaisir ?

Holly continuait de regarder Sool d'un air sombre.

– Je vais vous répéter ce que Julius m'a déclaré peu avant sa mort, reprit-elle.

– Allez-y, répondit Sool d'un ton sarcastique. Je suis fasciné par tout ce que vous racontez.

⠠⠃⠕⠝⠚⠕⠥⠗

– Julius m'a dit, en résumé, que ma tâche consistait à servir le Peuple et que je devais l'accomplir de toutes les manières possibles.

– La voix de la sagesse. J'espère que vous avez l'intention d'honorer ces paroles.

Holly arracha l'insigne des FAR de son épaule.

– En effet. Si je vous ai sur le dos à chaque mission, je serai incapable de venir en aide à qui que ce soit, j'ai donc décidé d'agir seule, à partir de maintenant.

Elle lança son insigne sur la table.

– Je démissionne.

Sool pouffa de rire.

– Si c'est un coup de bluff, ça ne marchera pas. Je serais ravi de vous voir partir.

– Holly, ne faites pas ça, implora Foaly. Les FAR ont besoin de vous. J'ai besoin de vous.

Holly lui tapota le flanc.

– Ils m'ont accusée d'avoir assassiné Julius. Comment pourrais-je rester ? Ne vous inquiétez pas, vieux frère, je ne serai pas loin.

Elle adressa un signe de tête à Mulch.

– Tu viens avec moi ?

– Qui, moi ?

Holly eut un sourire.

– Tu es un nain libre, à présent, et les détectives privés ont toujours besoin d'un associé. Quelqu'un qui ait des contacts dans la pègre.

Mulch bomba la poitrine.

– Mulch Diggums, détective privé. C'est une idée qui me plaît. Mais je ne serai pas un simple adjoint,

n'est-ce pas ? Les adjoints finissent toujours par se faire tuer.

– Non, tu seras un associé à part entière. Nous partagerons tout ce que nous gagnerons.

Holly se tourna ensuite vers Artemis.

– On a réussi une fois de plus, Bonhomme de Boue. Nous avons sauvé le monde ou, en tout cas, évité que nos deux mondes se télescopent.

Artemis approuva d'un signe de tête.

– C'est de plus en plus difficile à chaque fois. Quelqu'un d'autre devrait peut-être prendre le relais.

Holly lui donna un coup de poing amical sur le bras.

– Qui donc aurait le même panache ?

Puis elle se pencha et lui parla à l'oreille pour que lui seul puisse l'entendre :

– Je resterai en contact avec vous. Peut-être qu'un travail de consultant pourrait vous intéresser ?

Artemis haussa un sourcil et hocha légèrement la tête en signe d'assentiment. Elle n'avait pas besoin d'autre réponse.

D'habitude, Butler se levait pour dire au revoir mais cette fois, il dut se contenter de se redresser sur ses genoux. Holly disparut entre ses bras quand il la serra contre lui.

– A la prochaine crise, dit-elle.

– Peut-être que vous pourriez simplement venir nous voir, répondit-il.

– Obtenir un visa me sera plus difficile, maintenant que je suis devenue simple civile.

– Vous êtes sûre de votre décision ?

ᗞᑌᏋᗞ• ᗞᑌᑌᗞ⊕ᗞᗞ• ᚹ• ᕠᚫ• ᕼᚫᗷᏋ• ᗞ• ⊕ᗞᚫᚱᚫ⊕

Holly fronça les sourcils.

– Non, je suis déchirée.

Elle adressa un signe de tête à Artemis.

– Mais qui ne l'est pas ?

Artemis gratifia Sool de son regard le plus méprisant.

– Mes félicitations, commandant, vous avez réussi à vous priver du meilleur officier des FAR.

– Écoutez-moi un peu, l'humain, commença Sool mais Butler émit un grognement et Sool ravala ses paroles.

Le gnome se réfugia précipitamment derrière le plus grand de ses subalternes.

– Renvoyez-les chez eux. Tout de suite.

Les deux sous-fifres dégainèrent leurs pistolets, visèrent et firent feu. Une pastille de tranquillisant se colla contre le cou d'Artemis, se dissolvant instantanément. Pour éviter toute mauvaise surprise, ils tirèrent quatre fois sur Butler.

Artemis entendit Holly protester tandis que sa vue se brouillait, comme s'il avait soudain regardé un tableau impressionniste. Telle *La Fée voleuse*, par exemple.

– Il était inutile de faire ça, Sool, dit Holly en rattrapant Artemis par le bras. Ils connaissent déjà l'existence du conduit. Vous auriez pu les ramener sans les endormir.

La voix de Sool résonna aux oreilles d'Artemis comme s'il parlait du fond d'un puits :

– Je ne veux courir aucun risque, capitaine, je veux

dire *Miss* Short. Les humains sont des créatures violentes par nature, surtout quand on les transporte.

Artemis sentit la main de Holly sur sa poitrine, sous sa veste, glissant quelque chose dans sa poche. Mais il ne put demander ce que c'était car sa langue refusait de lui obéir. Tout ce qu'il arrivait encore à faire avec sa bouche, c'était respirer. Il entendit un choc sourd derrière lui.

« Butler s'est endormi, conclut-il. Il n'y a plus que moi. »

Et il sombra à son tour dans l'inconscience.

MANOIR DES FOWL

Artemis revint progressivement à lui. Il se sentait bien, reposé, et tous ses souvenirs étaient en place. Mais peut-être pas, finalement. Comment savoir ?

Il ouvrit les yeux et vit la fresque du plafond au-dessus de lui. Il était de retour dans sa propre chambre.

Pendant un certain temps, il resta immobile. Non parce qu'il ne pouvait bouger mais parce que rester allongé lui semblait un luxe extraordinaire. Aucune fée lutine ne le poursuivait, aucun troll ne reniflait sa trace, aucun tribunal des fées n'essayait de le juger. Il pouvait demeurer étendu là et se contenter de réfléchir. Son occupation préférée.

Artemis Fowl devait prendre une grande décision. Dans quelle direction s'orienterait sa vie à partir de maintenant ? C'était à lui de le déterminer. Il ne pouvait rendre responsables de sa situation les circonstances ou les pressions de son entourage. Il était son propre maître et suffisamment intelligent pour le comprendre.

La vie solitaire du délinquant ne le séduisait plus autant qu'auparavant. Il n'avait aucun désir de faire des victimes. Et pourtant, l'excitation qu'il ressentait en mettant en œuvre une brillante machination l'attirait toujours. Peut-être existait-il un moyen de combiner son génie du banditisme avec ses nouvelles exigences morales ? Certaines personnes méritaient qu'on les vole. Il pouvait devenir une sorte de Robin des Bois des temps modernes : voler aux riches pour donner aux pauvres. Ou simplement voler aux riches. Chaque chose en son temps.

Un objet vibra dans la poche de sa veste. Artemis y trouva un walkie-talkie de fée. L'un des émetteurs-récepteurs qu'ils avaient placé dans la navette d'Opale Koboï. Il se souvenait vaguement que Holly avait glissé la main dans sa poche intérieure juste avant qu'il ne perde connaissance. De toute évidence, elle voulait garder le contact.

Il se leva, ouvrit l'appareil et vit apparaître sur l'écran le visage souriant de Holly.

– Vous êtes donc revenus sans encombre ? Désolée pour les sédatifs. Sool est un abruti.

– N'y pensez plus. Il n'en reste aucune trace.

– Vous avez changé. Autrefois, Artemis Fowl aurait juré de se venger.

– Autrefois.

Holly jeta un regard autour d'elle.

– Écoutez, je ne peux pas rester longtemps en ligne. J'ai dû me brancher sur un amplificateur pirate, simplement pour obtenir un signal. Cet appel me coûte une fortune. Je voudrais que vous me rendiez un service.

Artemis poussa un grognement.

– Personne ne m'appelle jamais simplement pour me dire bonjour.

– La prochaine fois, je vous le promets.

– Je vous le rappellerai à l'occasion. Quel service ?

– Mulch et moi, nous avons eu notre premier client. C'est un marchand d'art qui s'est fait voler un tableau. Franchement, je suis un peu perdue et j'aurais voulu l'avis d'un expert.

Artemis sourit.

– Je pense en effet avoir une certaine expérience en matière de tableaux volés. Racontez-moi ce qui s'est passé.

– Voilà : il s'agit d'un endroit où on ne peut pas entrer et d'où on ne peut pas sortir sans être aussitôt détecté. Or, le tableau s'est volatilisé. Même des sorciers n'auraient pas les pouvoirs magiques suffisants pour parvenir à ça.

Artemis entendit des pas dans l'escalier.

– Ne quittez pas une seconde, Holly. Quelqu'un vient.

Butler surgit dans la pièce, pistolet au poing.

– Je me réveille à l'instant, dit-il. Vous allez bien ?

– A merveille, répondit Artemis. Vous pouvez ranger votre artillerie.

⊙⚬⚭⟩⛢·⟩ꜰ⚯⟩⚝✦·⊗⟩⚭⟩⊙⊘·⟩ꞵ·ⴑ⚮⊖ꞵ·⚝

– J'espérais presque que Sool serait encore là pour que je puisse lui faire un peu peur.

Butler s'approcha de la fenêtre et écarta les rideaux.

– Une voiture arrive dans l'allée. Ce sont vos parents qui reviennent du Westmeath. Nous avons intérêt à mettre notre histoire au point. Pourquoi sommes-nous rentrés d'Allemagne plus tôt que prévu ?

Artemis réfléchit rapidement.

– Disons que j'avais le mal du pays. J'avais envie tout simplement d'être le fils de mes parents. Ce qui n'est pas faux.

Butler sourit.

– J'aime bien cette excuse. J'espère que vous n'aurez plus besoin de vous en servir.

– Je n'en ai pas l'intention.

Butler lui tendit une toile roulée.

– Et ça ? Vous avez décidé de ce que vous vouliez en faire ?

Artemis prit *La Fée voleuse* et l'étala sur le lit. Elle était vraiment magnifique.

– Oui, vieux frère. J'ai décidé de faire ce que je dois. Pouvez-vous retenir un peu mes parents en bas ? Je suis en ligne.

Butler acquiesça d'un signe de tête et dévala l'escalier quatre à quatre.

Artemis reprit son appareil de communication.

– Holly, en ce qui concerne votre petit problème, avez-vous envisagé que le tableau puisse toujours se trouver dans la pièce et que notre voleur l'ait simplement déplacé ?

397

– C'est la première chose à laquelle j'ai pensé. Allons, un petit effort, Artemis, vous êtes censé être un génie. Utilisez votre cerveau.

Artemis se caressa le menton. Il avait du mal à se concentrer. Il entendit des pneus crisser sur le gravier de l'allée puis la voix de sa mère qui riait en quittant la voiture.

– Arty? appela-t-elle. Descends. On veut te voir.

– Viens, Arty, mon garçon, lui cria son père. Viens nous accueillir.

Artemis se surprit à sourire.

– Holly, pourriez-vous me rappeler plus tard? Je suis occupé pour le moment.

Holly s'efforça d'afficher une mine maussade.

– D'accord. Je vous donne cinq heures, ensuite, vous avez intérêt à me proposer des hypothèses.

– Ne vous inquiétez pas, je vous en fournirai. Je vous fournirai aussi ma note d'honoraires.

– Il y a des choses qui ne changent jamais, soupira Holly.

Et elle coupa la communication.

Artemis rangea précipitamment l'appareil dans le coffre-fort de sa chambre puis se précipita dans l'escalier. Sa mère l'attendait au pied des marches, les bras grands ouverts.

ÉPILOGUE

ARTICLE PUBLIÉ PAR L'*IRISH TIMES*,
SOUS LA PLUME D'EUGÈNE DRISCOLL,
JOURNALISTE À LA RUBRIQUE CULTURE

Grand émoi la semaine dernière dans le monde des arts, à la suite de la découverte d'un tableau disparu de Pascal Hervé, le maître impressionniste français. Les rumeurs concernant l'existence d'une huile sur toile intitulée *La Fée voleuse* se sont trouvées confirmées lorsque le tableau a été envoyé au musée du Louvre de Paris. Quelqu'un, sans doute un amateur d'art, a tout simplement expédié par la poste l'inestimable chef-d'œuvre au conservateur du musée. L'authenticité de la toile a été confirmée par six experts indépendants.

Un porte-parole du Louvre a déclaré que le tableau sera exposé au cours du mois prochain. Ainsi, pour la première fois depuis près d'un siècle, les visiteurs du musée pourront admirer le chef-d'œuvre d'Hervé.

Mais l'aspect le plus intrigant de l'affaire est sans doute le mot imprimé qui accompagnait *La Fée voleuse*. Il indiquait simplement : « D'autres suivront. »

Quelqu'un a-t-il décidé de récupérer lui-même les œuvres de grands maîtres perdues ou volées pour les rendre au public ? Dans ce cas, que les collectionneurs prennent garde ! Aucune chambre forte ne sera plus inviolable. L'auteur de ces lignes attend la suite des événements avec impatience. « D'autres suivront. » Tous les amoureux de peinture l'espèrent vivement !

TABLE DES MATIÈRES

PROLOGUE   *P. 9*

CHAPITRE I : **UNE VÉRITABLE OBSESSION**   *P. 15*

CHAPITRE II : **LA FÉE VOLEUSE**   *P. 41*

CHAPITRE III : **LA MORT DE PRÈS**   *P. 67*

CHAPITRE IV : **SAUVÉS DE JUSTESSE**   *P. 113*

CHAPITRE V : **PRÉSENTATION AUX VOISINS**   *P. 145*

CHAPITRE VI : **CRUAUTÉ DE TROLL**   *P. 173*

CHAPITRE VII : **LE TEMPLE D'ARTÉMIS**   *P. 202*

CHAPITRE VIII : **UN PEU D'INTELLIGENCE DANS LA CONVERSATION**   *P. 270*

CHAPITRE IX : **LA FILLE À PAPA**   *P. 289*

CHAPITRE X : **CHEVAL SAVANT**   *P. 309*

CHAPITRE XI : **UN DERNIER AU REVOIR**   *P. 380*

ÉPILOGUE   *P. 399*

Eoin (prononcer Owen) **Colfer** est né en 1965 à Wexford, en Irlande. Enseignant, comme l'étaient ses parents, il vit avec sa femme Jackie et ses enfants dans sa ville natale, où sont également installés son père, sa mère et ses quatre frères. Tout jeune, il s'essaie à l'écriture et compose une pièce de théâtre pour sa classe, une histoire dans laquelle, comme il l'explique, « tout le monde mourait à la fin, sauf moi ». Grand voyageur, il a travaillé en Arabie Saoudite, en Tunisie et en Italie avant de revenir en Irlande. Eoin Colfer avait déjà publié plusieurs livres pour les enfants et était, même avant la publication d'*Artemis Fowl*, un auteur pour la jeunesse reconnu dans son pays. Il est aujourd'hui un auteur au succès international et son jeune héros est devenu en peu de temps l'un des personnages les plus célèbres de la littérature jeunesse. *Opération Opale* est le quatrième volume des aventures d'Artemis Fowl.

**Avez-vous lu
les autres aventures
d'ARTEMIS FOWL ?**

Déjà parus :

Artemis Fowl / 1

Artemis Fowl / 2
« Mission Polaire »

Artemis Fowl / 3
« Code Éternité »

Le dossier Artemis Fowl

Avez-vous lu
les autres livres
d'Eoin Colfer ?

En Hors Série

Le Supernaturaliste

En Folio Junior

Que le diable l'emporte...

En Folio Cadet

Panique à la bibliothèque

La légende du capitaine Crock

Loi n° 49-956
du 16 juillet 1949
sur les publications
destinées à la jeunesse

ISBN : 2-07-052494-9
Numéro d'édition : 133945
Numéro d'impression : 76933
Imprimé en France
sur les presses de la Société
Nouvelle Firmin-Didot
Dépôt légal : janvier 2006